Dem Netz des Jägers entronnen

Dem Netz des Jägers entronnen

Das Jesusdrama
nacherzählt
von Raymund Schwager

Kösel

ISBN 3-466-20335-X

© 1991 by Kösel-Verlag GmbH & Co., München
Printed in Germany. Alle Rechte vorbehalten
Druck und Bindung: Kösel, Kempten
Umschlag: Bine Cordes, Weyarn

1 2 3 4 5 · 95 94 93 92 91

Inhalt

Die Sendung Jesu ist so die seine, daß er sie mit seiner ganzen Verantwortung aus sich selbst heraus gestalten, ja in einer wahren Hinsicht sogar erfinden muß.

Hans Urs von Balthasar

Reifen in der Stille

Eine Stimme rief laut seinen Namen. Woher kam sie? Wer sprach zu ihm? Hatte er geträumt, oder war tatsächlich ein Rufer da? Er richtete sich im Dunkeln auf, horchte, konnte aber nichts mehr vernehmen. Er ließ sich nieder, und in der Stille erging bald wieder die Stimme, die er früher noch nie vernommen hatte (Ps 81,6) und die ihm doch seltsam vertraut war. Da er auch diesmal niemanden entdecken konnte, kam die Erzählung auf ihn zu, wie der junge Samuel die Stimme des Herrn mit der eines Menschen verwechselt hatte, als sie ihn zum ersten Mal rief. Der Priester Eli war an seiner Statt hellsichtig und unterwies den Knaben, daß er dem Herrn zu antworten habe (1 Sam 3,1-10). Mit wachem und wartendem Herzen legte sich Jesus wieder nieder. Als die Stimme zum dritten Mal an ihn erging, war sie wie ein Flüstern, und er antwortete ins Dunkel hinein: »Rede, Herr, dein Diener hört!« Gleichzeitig ließ er sich auf die geflüsterten Laute ein, die sein Ohr und sein Herz erreicht hatten. Alles in ihm wurde lebendig, und er glitt aus der alltäglichen Welt hinaus. Eine Gestalt, leibhaftig wie ein Mensch (Dan 7,13) und lichtdurchwirkt wie ein Engel, tauchte vor ihm auf. Die geheimnisvolle Stimme, die ihn gerufen hatte, sprach nun mit Worten voll Trostes (Sach 1,13) zu dieser Gestalt: »Menschensohn, ich gebe dich dem Haus Israel als Wächter und Retter« (Ez 3,16). Die Worte trafen ihn selber und öffneten einen Raum in seiner Seele, den er noch nie durchschritten hatte. Geflügelte Wesen erschienen, die den Rufenden priesen, indem sie sangen und einander zuriefen: »Heilig ist der Herr der Heere« (Jes 6,1-4). Jesus stand auf, warf sich auf die Knie und verneigte sich tief, bis seine Stirn den Boden berührte. So verharrte er lange Zeit. Er ließ den neueröffneten Raum seiner Seele von dem erfüllen, was die Wesen einander singend zuriefen. Die Gestalt, die einem Menschensohn glich, kam ganz nahe an ihn heran. Wer war sie? Er fühlte sich mit ihr tief verbunden, und zugleich wirkte sie wie eine große Frage auf ihn. Eine seltsame Mischung von tiefstem Vertrautsein und großer Ungewißheit ging von ihr aus. Deshalb wußte er, daß er trotz des Rufes Zeit hatte und warten durfte.

In den kommenden Wochen und Monaten dachte er oft an die Stimme zurück, die an sein Ohr geklungen und in seine Seele gefallen war. Auch der Gesang der geflügelten Wesen tönte in ihm weiter, und je mehr seine Seele darin einstimmte, desto deutlicher überzeugte es ihn, daß alles Erlebte ihm schon längst vertraut war. Bilder aus der frühesten Kindheit wurden lebendig, und aus dem großen Meer der Vergangenheit tauchten Vorstellungen auf, die er nie verdrängt hatte, die aber doch leicht unter die Schwelle des Bewußtseins gesunken waren. Als er noch nicht verstand, das Gute bewußt zu wählen und das Böse zu verwerfen (Jes 7,16), hatte er sich oft auf seltsame Weise getragen und gehalten gefühlt. Tief war die Geborgenheit, wenn er von seiner Mutter in die Arme genommen wurde oder in ihrer Nähe weilen durfte, und schon früh ergriffen ihn die heiligen Lieder Israels. Je mehr er aber heranwuchs, desto stärker strömte ihm eine Kraft des Friedens aus der Tiefe seines eigenen Herzens zu. Und nun begleitete ihn die Gestalt und führte wie ein Engel seine Schritte.

Mit Gott und unter den Menschen

Er verbrachte viele Stunden außerhalb des Dorfes in der Einsamkeit der Natur. Die große Stille, die sich wie ein schützender Raum über die bergige Landschaft legte, nahm ihn auf. Alle Dinge traten ihm wie sprechende Wesen entgegen und prägten sich seinen Sinnen und seiner Seele ein. Im Frühling konnte er sich lange der Betrachtung einer Lilie oder im heißen trockenen Sommer dem Anblick einer Distel überlassen. Wie Zeichen für Kommendes sah er steinige und staubige Wege, die zwischen den Feldern in die Ferne liefen und hinter dem nächsten Hügel verschwanden. Vögel flogen darüber weg und suchten ihre karge Nahrung. Nichts war für ihn gewöhnlich und alltäglich. Die ganze Natur sprach zu ihm und wollte ihm etwas mitteilen. Noch verstand er aber nicht, was die seltsamen Worte, die von allen Dingen ausgingen, ihm zu sagen hatten. Er hörte nur, wie sie leise tönten und ihren Schöpfer lobten und priesen.

Die Leute im Dorf sahen den Sohn der Maria und des Zimmermanns gern und hielten ihn doch für seltsam. Seine Hände waren geschickt bei der Arbeit mit seinem Vater und darauf bedacht, die begonnenen Werke schön zu vollenden (Sir 38,27). Dennoch war er kein Arbeiter wie andere, denn sein Herz forschte Geheimnissen nach (Sir 39,7). Seine Freundlichkeit strahlte den Nachbarn und allen im Dorf zu (Ps 27,4); aber seine Art paßte nicht zu den jungen Leuten. Warum war er oft allein? Warum stellte er Fragen, auf die niemand eine Antwort wußte und die aus dem Mund eines jungen Mannes verwirrend klangen? In seiner Abwesenheit redete man viel über ihn, und hie und da begann ein gemeinsames Spotten, das aber bald wieder versickerte, denn keiner konnte ihm böse sein, und viele waren ihm zugetan. Ein Hauch der Faszination ging von ihm aus.

Kaum trat er in ihren Kreis, veränderten sich ihre alltäglichen Gespräche. Obwohl es keine großen Dinge zu erzählen gab, wollte er gern hören, was sie bei ihrer Arbeit taten, wie es ihren Familien erging und was sie aus der Synagoge mit sich nahmen. Unter seinem Fragen merkte mancher, daß ihm vieles begegnet und zugestoßen war, an das er gar nicht mehr gedacht hatte. Zungen, die sonst stumm waren oder nur ins Gerede und Gespött anderer einstimmen konnten, fanden in seiner Gegenwart ihre eigene Sprache. Einige spürten erst nachher, wie sie durch ihn plötzlich zum Reden gekommen waren und viel von ihren Freuden und Leiden zu erzählen hatten. In seiner Gegenwart wurde ihr eigenes Leben intensiver, gelöster und fröhlicher. Sie spürten, wie ihr übliches Reden banal, ja oft grob und verletzend war. Obwohl er keinem Vorwürfe machte, stiegen in den meisten beunruhigende und sich selber anklagende Gedanken auf. Man suchte deshalb seine Nähe und mied sie zugleich. Man kam mit ihm nicht ins Reine, und manche halfen sich deshalb mit leichtem Spott.

Was er selber im tiefsten dachte, wußte niemand. Es war aufgefallen, daß er schon als kleiner Knabe lesen und schreiben gelernt hatte und sich viel mit den heiligen Schriften beschäftigte. Entgegen der Erwartung wurde er aber kein Schüler der Schriftgelehrten, und obwohl er die Weisheit suchte, trat er in kein Lehrhaus ein (Sir 41,23). Er ging seine eigenen Wege und konnte schon früh durch seine Fragen sogar angesehene Schriftgelehrte in Verlegenheit bringen. Obwohl er sich viel mit dem Gesetz zu beschäftigen schien, hatte er sich auch nicht der Gemeinschaft der Pharisäer angeschlossen, die besonders fromm waren und sich zur genauen Beobachtung der Zehnt- und Reinheitsvorschriften verpflichteten. Er zählte zu jenen, die oft hart für das tägliche Brot arbeiten mußten. Doch was würde aus ihm werden?

Viele griechisch sprechende Heiden wohnten im nahen Sepphoris, und in Jerusalem, der Stadt des Tempels, herrschten die Römer. Ihr Einfluß war auch in Galiläa zu spüren, obwohl hier Herodes Antipas, ein Sohn jenes Herodes regierte, der den Tempel mit großem Glanz neu aufgebaut hatte, aber als fremder und grausamer Herrscher nie das Herz des Volkes zu gewinnen vermochte. Die Heiden, die nun im Land der Erwählung das Sagen hatten, glaubten nicht an den Gott der Väter und zeigten für die heiligen Überlieferungen nur Verachtung. Warum ließ Gott eine so schwere Last und ein solches Unglück über sein Volk kommen? Hatte es schwer gesündigt, oder waren diese Übel ein Zeichen der Drangsal und Not, die dem Ende der alten Welt und dem Beginn der neuen Heilszeit vorausgehen mußten (Dan 12,1-12)? Immer wieder kamen die Gespräche bei den Menschen Galiläas auf diese Fragen, endeten aber stets in Ratlosigkeit. Bei allen war die Erinnerung an jenen Judas aus Gamala noch lebendig, der zur Zeit der Volkszählung viele im Volk begeistert und zum Widerstand gegen die Römer aufgestachelt hatte. In flammenden Reden konnte er den jungen Männern vor Augen malen, daß die langersehnte Heilszeit nahe sei. Durch den offenen Kampf müsse sie ganz herbeigedrängt werden, und die Heiden, die sich heute noch emporreckten, würden morgen schon verschwunden sein (1 Makk 2,63). Er pries die Heldentaten des Priesters Pinhas, der in alten Tagen leidenschaftlich für Jahwe geeifert und mit seinem Speer einen abtrünnigen Israeliten auf dem Lager mit seiner fremden Frau durchbohrt hatte. Dank dieser heiligen und blutigen Tat wurde damals das ganze Volk entsühnt und eine Plage abgewehrt, der bereits viele zum Opfer gefallen waren. Dem Priester Pinhas aber und seinen Nachkommen wurde ein Friedensbund und ein ewiges Priestertum zuteil (Num 25,6-13). Würde heute Gott nicht ähnlich handeln, wenn das Volk wieder für ihn zu eifern begänne? Judas von Gamala ließ vor den Augen des Volkes auch die Ereignisse zur Zeit der Makkabäer in leuchtenden Farben neu erstehen. Damals ging eine große Not durch Israel, weil ganz Jerusalem einem gotteslästerlichen Treiben verfallen war. Heiden herrschten im Lande und hatten den Tempel durch das Scheusal eines Götzenbildes entweiht. Doch Mattatias und seine Söhne klagten nicht bloß über dieses Elend (1 Makk 2,6-13), wie es zahlreiche Fromme auch taten; sie machten sich selber zur Hand des Herrn. Als ein Abtrünniger aus dem eigenen Volk sie herausforderte und vor ihren Augen anfing, auf gotteslästerliche Weise zu opfern, wurden sie vom heiligen Eifer ergriffen und taten, was einst Pinhas getan hatte. Sie erstachen den abtrünnigen Glaubensbruder beim Altar und erschlugen den königlichen Beamten, der sie zu den heidnischen Opfern zwingen wollte. Dann flohen sie in die Berge, um dort die treuen Anhänger des heiligen Gesetzes zu sammeln. Dank göttlicher Hilfe konnten sie die Truppen des heidnischen Königs, der sie verfolgen ließ, abwehren, und Judas, der Sohn des Mattatias, durfte den Tempel in Jerusalem zurückerobern und Israel befreien (1 Makk 2,15-4,61).

Er zog durch die Städte Judäas
vernichtete die Frevler im Land
und wandte Gottes Zorn von Israel ab.
Man sprach von ihm bis ans Ende der Welt.

1 Makk 3,6f.

Judas von Gamala hatte in seinen Reden die göttliche Hilfe eifrig beschworen und die vergangenen Großtaten gepriesen, die dank der Hand des Herrn geschahen. Doch ihm selber war es anders als dem Pinhas und dem Mattatias ergangen. Er vermochte weder die Plage abzuwehren, noch die Römer zu vertreiben. Er konnte das ersehnte Gottesreich nicht herbeidrängen, denn er selber und viele seiner Anhänger fielen im Kampf, während der Rest sich zerstreute. Seither sprach man in der Öffentlichkeit Galiläas von ihm als einem falschen Propheten, der das Volk verführt hatte. In den Herzen vieler lebte er aber weiter und nährte Träume voll heili gen Eifers.

Ringen mit der Schrift

Man hatte Jesus, den Sohn des Zimmermanns, oft gefragt, was er von Judas aus Gamala halte und wann wohl der Messias kommen werde. Doch er hatte nie eine eindeutige Antwort gegeben. Zwar betonte er immer, daß man die Entscheidung des Herrn nicht erzwingen dürfe (Jdt 8,16). Gleichzeitig liebte er es aber, verwirrende Gegenfragen zu stellen: Wo ist heute das ewige Priestertum nach der Ordnung des Pinhas, da doch andere inzwischen als Hohepriester eingesetzt wurden (1 Makk 10,15-21)? Warum sind jetzt die Römer im Land, wenn doch die Makkabäer es von allen Heiden befreit und gereinigt haben? Auf solche und ähnliche Fragen wußte keiner eine Antwort, und so mieden es die meisten, ihn weiter auszuforschen.

Den Fragen, die er an andere richtete, entsprach ein eigenes Suchen, das in ihm Tag für Tag weiterging. Er sann nach über längst vergangene Jahre (Ps 77,6), und die Verheißung des Landes, die viele seiner Glaubensbrüder in den heiligen Eifer getrieben hatte, beschäftigte auch ihn. Wie oft hatte er gelesen und in Predigten gehört, daß Gott den Vätern Abraham, Isaak und Jakob das Land Kanaan zugesprochen hatte (Gen 13,14-16). Wie oft war ihm von frühester Kindheit an erzählt worden, wie der Herr sein Volk mit hoch erhobener Hand aus dem Sklavenhaus Ägypten befreit und durch die Wüste in das Land der Erwählung geführt hatte. Mit besonderer Faszination, ja innerer Erregung hatte er selber immer wieder jene Worte gelesen, die jenseits des Jordans im Lande Moab durch Mose an das Volk ergingen. Es waren Worte voll der Verheißung (Dtn 8,7-9,8). Doch was war aus ihnen geworden? Das

16

Volk lebte zwar seit Josua dort, wohin der Herr es führen wollte. Aber es war seit langem nicht mehr Herr im eigenen Land. Heiden herrschten über Israel, und anstatt des verheißenen Segens gab es überall Krankheit, Armut und Not. War das eine Strafe Gottes, wie sie bereits Mose angekündigt hatte (Dtn 29,15-30,10) und wie sie schon einmal über das Volk hereingebrochen war, als die babylonischen Heere Jerusalem erobert, den Tempel zerstört und die Überlebenden in eine ferne Gefangenschaft weggeführt hatten? Diese Strafe zur Zeit des Propheten Jeremia fand aber ein Ende. Nach vielen Jahren des Exils konnte das Volk unter dem Perserkönig Cyrus, den sich Gott als sein Werkzeug erwählt hatte, nach Jerusalem zurückkehren. Aber die Heimkehr war längst nicht so herrlich und ruhmreich, wie sie von den Propheten angekündigt worden war (Jer 30,18-31,14). Die fremde Herrschaft blieb und das Leben im Land, das Gott gegeben hatte, war sehr arm und mühselig, so ganz anders, als die Verheißungen es angesagt hatten (Dtn 30,1-10). Auch der Versuch der Makkabäer, die gottlosen Machthaber mit Gewalt zu vertreiben, brachte keine wahre Besserung. Konnte die Untreue und Halsstarrigkeit des Volkes (Ps 78,17.40.56) die Pläne Gottes vereiteln und die Erfüllung der Verheißungen endlos hinauszögern? Würde es überhaupt je besser werden, wenn selbst Mose durch das Murren des Volkes ins Versagen hineingezogen wurde (Num 20,1-13)? Die Propheten hatten zwar im Namen Gottes eine Verwandlung der zu Stein gewordenen Herzen (Ez 36,26) und einen neuen Bund angekündigt (Jer 31,33); aber seither waren viele Jahrhunderte verflossen. Wann würden die Worte der Verheißung Wirklichkeit werden? Bei all diesen Fragen wurde Jesus in seinem Herzen so sehr zu seinem Gott hingezogen, daß er ganz in der Gegenwart des »Ich bin Jahwe« (Jes 43,11) aufging. War die Zeit doch am Kommen, auf die sein Volk so lange gewartet hatte? Die Frage blieb für ihn vorläufig offen, denn noch wußte er nicht, wohin die Gestalt, der Wächter und Retter Israels, ihn führen würde. Alles Offene übergab er seinem Gott, in den er betend wie in ein großes Meer eintauchte.

Am Sabbat ging er regelmäßig in die Synagoge. Der Jubel und Dank der betenden Gemeinde (Ps 42,5) schenkte ihm Verbundenheit mit den Menschen aus seiner Umgebung. Doch die Lesungen und Predigten stellten ihm auch neue Fragen. Er hörte öfters aus den Büchern Mose, was rein und was unrein sei. Alle Tiere, die gespaltene Klauen haben, Paarzeher sind und wiederkäuen, dürften gegessen werden, die anderen aber nicht (Lev 11,3f.). Die Prediger erklärten jeweils ausführlich, welche von den bekannten Tieren zu den reinen und welche zu den unreinen zählten. Jesus fragte sich, weshalb Gott, der die Herzen prüft (Ps 17,3), zugleich auf gespaltene Klauen, Paarzeher oder Wiederkäuer achten sollte. Er stellte sich lebendig vor, wie das Fleisch, das von den Menschen gegessen wurde, in deren Magen gelangte und dann ausgeschieden wurde. Er konnte keinen Grund finden, weshalb dieses Essen die Herzen verunreinigen sollte. Um so lebendiger traten ihm Szenen vor Augen, wie Menschen übereinander herfielen, Verdächtigungen ausstreuten und böse Worte weitertrugen. Im Anschwärzen anderer schienen sich alle wohl zu fühlen. War nicht dies die wahre Brutstätte, aus der so viel Böses entsprang? Doch darauf gingen die Prediger in der Synagoge kaum ein, und sie sprachen lieber von Tieren, von Zehnten, Opfern und Gesetzen. Nach dem Gottesdienst tauchten sie außerhalb der Synagoge sogar selber in jene Menge ein, in der man über Abwesende lachte und in der bald Verdächtigungen und böse Worte hin und her flogen. Waren diese Worte nicht wie giftige Pfeile (Ps 64,4)? Je weniger Jesus die Reinheit und Unreinheit bei den Tieren verstand, um so stärker zeigten sich ihm die leichtfertigen Zungen wie scharfe Pfeile von Kriegerhand (Ps 120,4). Er fühlte sich wie ein Fremder, der im fernen Meschech war und bei den schwarzen Zelten (Hld 1,5) von Kedar, den feindlichen und gewalttätigen Söhnen des Ostens (Jer 49,28), wohnen mußte (Ps 120,4f.), während er sich nach dem Jubel in den Zelten der Gerechten sehnte (Ps 118,15).

Beim Lesen aus den Büchern des Mose fielen ihm auch jene Weisungen auf, nach denen Gesetzesübertreter aus dem Volk zu entfernen und mit dem Tod zu bestrafen waren. Hätte man nicht fast das ganze Volk ausmerzen müssen, wenn man diese Anordnung in allem befolgt hätte? Er konnte sich nicht erinnern, daß im Dorf je einer wegen Verstößen wider das Gesetz gesteinigt wurde.

Man erzählte sich zwar, Judas von Gamala habe bei seinem Aufstand gegen die Römer Gesetzesbrecher hinrichten lassen. Hatten die Aufständischen aber wirklich aus Eifer für Gottes Gebot so gehandelt, oder waren sie eher dem Eifer um Macht verfallen?

An den großen Festtagen zog er, wie das Gesetz es vorschrieb (Dtn 16,16), mit den Leuten aus Galiläa nach Jerusalem hinauf. Dort herrschte stets ein großes Kommen und Gehen. Obwohl er sich freute, zum Hause des Herrn zu pilgern (Ps 122), fand er nie die Ruhe, die ihm in der Einsamkeit außerhalb der Dörfer Galiläas so lieb war. Und erst im Tempel! Er sehnte sich danach, für immer in einem Raum des Betens verweilen zu dürfen (Ps 27,4). Doch welcher Lärm und welches Gedränge herrschte am heiligen Ort! Die Verkäufer von Opfertieren schrieen, und die Menge drängte sich in den Säulenhallen und im Vorhof des Tempels, während die Tiere selber unruhig waren und einen Geruch verbreiteten, der kein Wohlgeruch war, wie er zum Herrn aufsteigen sollte (Sir 35,8). Am nachdenklichsten stimmten ihn die Opfer, die im Heiligtum geschlachtet wurden. Er wußte zwar, daß sie genau so dargebracht wurden, wie das Gesetz es vorschrieb: das tägliche Morgen- und Abendopfer, die Erstlingsgaben zur Zeit der Ernte und die vielen Jungstiere, Widder, Lämmer und Ziegenböcke an den großen Festtagen (Num 29,12-39). All dies geschah – nach den Worten des Mose – zum beruhigenden Duft für den Herrn (Num 15,3.10.13). Hatte Gott aber tatsächlich Freude an diesem blutigen Treiben? Er selber stand oft in der Menge der Pilger, wenn die Tiere getötet wurden. Er sah, wie das Blut floß und an den Altar gesprengt wurde. Er roch den Weihrauch, das verrinnende Blut und das verbrannte Fleisch, und dieser Geruch war ihm widerlich. In solchen Stunden fand er sich wieder in den Worten der Propheten gegen die Opfer:

Ich hasse eure Feste, ich verabscheue sie
und kann eure Feiern nicht riechen.
Ich habe kein Gefallen an euren Gaben,
und eure fetten Heilsopfer will ich nicht sehen.

Am 5,21f.

Während die blanken Messer in die Leiber der Opfertiere fuhren und das Blut herausfloß, betrachtete Jesus die Menschen, die um ihn herum standen. Er sah und spürte eine Erregung, die ihn abstieß. Auch die Priester schlachteten, als ob sie beim Führen ihrer Messer – von fremden Mächten bewegt und einem heimlichen Blutrausch verfallen – nicht ahnten, was sie taten. Das Opferblut, das an ihren Händen klebte, war wie das Blut von Menschen (Jes 1,15). Bei solchen Feiern konnte Jesus nichts von jenem Frieden finden, der ihn selber beglückte. Die Opferwolke, die den ganzen Tempel einhüllte, war kein Wohlgeruch für den Herrn.

Förderten die vielen Riten wenigstens durch die Treue, mit der sie vollzogen wurden, den Gehorsam und die Ehrfurcht gegenüber dem Bundesgott? Er zögerte, und er erinnerte sich bei dieser Frage gern an ein Wort beim Propheten Jeremia, das ihm aus dem Herzen sprach:

> *Ich habe euren Vätern, als ich sie aus Ägypten herausführte, nichts gesagt und nichts befohlen, was Brandopfer und Schlachtopfer betrifft.* Jer 7,22

Sollten die Opfer gar nicht auf eine Anordnung Gottes zurückgehen und eine menschliche Erfindung sein (Am 5,25)? In den Büchern des Mose stand das Gegenteil. Sie berichteten genau, wie Gott die vielen Opfer befohlen und das Volk gewarnt hatte, Weisungen wegzulassen oder neue hinzuzufügen (Dtn 11,1.8). Jesus wurde sehr deutlich, daß die Schrift an vielen Stellen dunkel war. Nur wer sich der Führung durch den Geist des Herrn überließ, durfte hoffen, die Worte des Mose und der Propheten richtig zu verstehen.

Beim feierlichen Gottesdienst im Tempel ertönten Trompeten, die von Priestern geblasen wurden. Die Leviten spielten auf Zimbeln, Harfen und Zithern (2 Chr 5,12), und sie sangen, während das Volk sich niederwarf, die heiligen Lieder Israels, so daß zur Musik süßer Jubel ertönte (Sir 50,18). Während die Opfer ihn störten, konnte seine Seele in den Paukenschall und Zimbelklang zu Ehren jenes Gottes voll einschwingen, der dem Töten und den Kriegen ein Ende setzt (Jdt 16,1f.). Doch der Lobgesang (Ps 150) dauerte nicht sehr lange, und die meisten Pilger, die mit ihm im Tempel weilten, schienen von den Opfern mehr bewegt zu werden als vom gemeinsamen Gebet. Deshalb kehrte er jeweils gern nach Galiläa zurück.

Sein heimatliches Dorf war auf Felsen gebaut, und auch die Felsen naher Berge schauten herüber. Er liebte es, den unerschütterlichen Stein zu spüren und dabei Worten zu lauschen, die seinen Schritten Halt gaben:

Er stellte meine Füße auf den Fels,
machte fest meine Schritte.
Er legte mir ein neues Lied in den Mund,
einen Lobgesang auf ihn, unseren Gott.   Ps 40,3

Wenn er allein war, sang er gern, und ständig hörte er – tief in seinem Ohr und draußen im All – ein feines Summen und zartes, hohes Klingen, wie wenn viele Zikaden in einer warmen Sommernacht ein Konzert geben oder die Sterne auf ihrem Weg über den Himmel leise ertönen würden (Sir 43,9). Auch die Gestalt des Menschensohnes wich nicht mehr von ihm, seit sie ihm zum ersten Mal erschienen war. Zwar nahm er sie mit seinen leiblichen Augen nur selten wahr, aber er spürte mit den inneren Sinnen, wie sie ihn auf allen seinen Wegen begleitete (Ps 91,11).

Oft erinnerte er sich an eine Abendstunde draußen vor dem Dorf. Eine große dunkle Wetterwolke war am Himmel aufgezogen. – Oder war sie gar aus seinem eigenen Inneren aufgestiegen? – Es wurde Nacht, und in der Dunkelheit sah er plötzlich ein Feuer (Dtn 4,11f.) und eine lodernde Fackel (Gen 15,17), die sich hin und her bewegten. Das rötliche Licht kam auf ihn zu, als ob es ihm Aug in Aug entgegentreten wollte (Ex 33,11). Der Atem stockte ihm. Doch dann richtete sich das nahende Rot, das nun die Züge eines königlichen Antlitzes annahm (Ps 47,3), an die Gestalt des Menschensohnes neben ihm. Ein tiefes Schaudern überkam ihn, und er konnte nichts mehr sehen (Dtn 4,12). Doch bald löste sich sein Atem wieder, und er spürte den Felsen, auf dem seine Füße standen (Ps 40,3). Eine Hand beschützte ihn wie in einer Felsennische, während die unbegreifliche Macht und Herrlichkeit vorbeizog (Ex 33,7-23). Er vernahm ein Raunen (Ijob 28,22) und ahnte eine verzehrende Stärke und Kraft.

Am Berg Sinai hatte das Volk Angst, als Jahwe sich ihm unter Donnern und Blitzen, beim Klang der Hörner und im Rauchen des Berges offenbarte. Es schickte Mose vor, weil es meinte, in der direkten Begegnung mit seinem Bundesgott sterben zu müssen (Ex 20,18-20). Damals war auch das Offenbarungszelt so heilig, daß nur die Leviten sich ihm, ohne tödlich getroffen zu werden, nahen durften (Num 1,51), und das Heilige mußte selbst ihren Augen verhüllt bleiben (Num 4,17-20). Am schreckenerregendsten aber war das Allerheiligste. Sogar der Hohepriester mußte es mit einer Wolke von Weihrauch füllen und einhüllen, wenn er es einmal im Jahr mit dem Blut der Sühne zu betreten hatte, damit die verzehrende Heiligkeit Gottes über der Bundeslande ihn nicht mit einem tödlichen Bannstrahl traf (Lev 16,2.12f.). Jesus fragte sich oft, was diese gefährliche Heiligkeit wohl bedeuten sollte. Obwohl auch seine Seele in Ehrfurcht bebte, wenn sie ganz zu ihrem Gott hingezogen wurde, kannte er dennoch keine Angst, und er fürchtete nie, getötet zu werden. War ihm die verzehrende Heiligkeit Gottes bisher noch nicht voll aufgeleuchtet, oder zeigte sich ihm der Gott Israels auf eine Weise, die alles in der Geschichte seines Volkes übertraf? Er vertraute ganz dem, was er mit unerschütterlicher Gewißheit spürte, und überließ die offenen Fragen der Zukunft.

Die Zeit des Heiratens

Die Jahre vergingen. Die Altersgenossen Jesu hatten alle geheiratet, und im Dorf meinte man, daß es auch für ihn längst Zeit wäre, Israel neue Söhne und Töchter zu schenken. Man tuschelte, auf wen wohl seine Wahl fallen würde. Wenn die Frauen sich beim Brunnen, auf dem Feld oder am Abend trafen, wurden immer wieder neue Vermutungen angestellt. Man fragte auch seine Mutter Maria. Doch selbst sie schien nichts Genaues von den Plänen ihres Sohnes zu wissen, und sie erwiderte, er werde im gegebenen Augenblick schon das Richtige tun. Wer ihn direkt fragte, dem lächelte er nur zu und meinte, er warte noch auf seine Braut. Doch seine Worte klangen dabei so seltsam, daß manche sich fragten, ob er überhaupt an ein konkretes Mädchen dachte.

Er las gern im Hohenlied der Liebe. Er staunte, wie die Sehnsucht zwischen dem Königssohn und dem Mädchen die ganze Welt verzauberte und wie die Liebe der beiden über Fluren, Gärten und Weinbergen zu schweben schien. Sie verwandelte die Gassen und Plätze der Stadt, ließ sich auf Weihrauchhügeln und Myrrhenbergen nieder und ersehnte den Frühling nach dem kalten Winter. Hatte der weise König Salomo in diesem Gesang nur den Traum einer Stunde mit schönen Worten gereimt? Jesus hatte schon einige Burschen aus dem Dorf erlebt, die voll trunkener Begeisterung vom Mädchen ihrer ersten Liebe sprachen. Aber einige Jahre später klang es jeweils ganz anders. Aus der besungenen Braut wurde rasch das zänkische Weib im gemeinsamen Haus (Spr 21,9). Was war es mit der Liebe? War sie nur ein schöner nächtlicher Traum, der bald dem nüchternen Morgen weichen mußte, oder war sie eine geheimnisvolle Kraft, durch die sich die ganze Welt verwandeln ließ?

Stark wie der Tod ist die Liebe,
die Leidenschaft ist hart wie die Unterwelt.
Ihre Gluten sind Feuergluten,
gewaltige Flammen.   Hld 8,6

Diese Worte klangen in seinen Ohren nach, und er glaubte an sie, obwohl er bis jetzt noch nie einer solchen Liebe unter Menschen begegnet war. Rief die Weisheit Gottes nicht in ähnlicher Weise auf allen Straßen der Stadt und an allen Wegkreuzungen des Landes (Spr 8,2f.)? Was ihn zu seinem Gott hinzog, erfuhr er selber wie gewaltige Flammen und Feuergluten. Er glaubte ganz selbstverständlich, daß die Leidenschaft seines Herzens stärker war als die Unterwelt und die ganze Welt zu verwandeln vermochte. Doch welchen Platz behielt dabei die menschliche Liebe? Er wußte vorläufig keine volle Antwort, und so bewahrte er die Bilder vom Lied wie einen verschlossenen Garten und einen versiegelten Quell in seinem Herzen (Hld 4,12).

Die Menschen seines Dorfes sahen, daß er die Zeit des Heiratens verstreichen ließ. Manche meinten nun, man hätte es nie anders von ihm erwarten können. Paßte er nicht besser in jene Gemeinschaft, die beim Salzmeer lebte und deren Mitglieder ein strenges Leben führten und nie heirateten? Man erzählte sich seltsame Dinge von diesen Männern. Warum sonderten sie sich in der Wüste ab? Warum praktizierten sie so viele Riten und gingen doch an den Festtagen nie nach Jerusalem hinauf, wie das Gesetz es vorschrieb (Ex 34,23)? Warum heirateten sie nicht, um dem Volk Nachkommen zu schenken? Die seltsame Gemeinschaft weckte bei vielen Mißtrauen, andere bewunderten ihren Eifer für die Reinheit. Wieder andere meinten, Jesus werde nie dorthin gehen. Er sei zwar fromm, nehme aber das Gesetz doch nicht genügend ernst. Er verkehre mit Leuten, von denen ein Gesetzestreuer sich besser fernhalten sollte, und er rede allein mit Frauen, was sich nicht gezieme. Besonders Jakobus, ein frommer Mann aus seiner nahen Verwandtschaft, verstand es nicht, daß sein Bruder keinen größeren Eifer für die vielen Weisungen des Mose zeigte.

Bei den Einfachen im Volk, die wenig vom Gesetz verstanden, verweilte Jesus gern. Bei ihnen hörte er oft, wie sie sich um ihre Kinder, Verwandten oder Nachbarn Sorgen machten. Er fand bei manchen eine große Bereitschaft, Mühen und Opfer auf sich zu nehmen, und er spürte bisweilen eine Liebe, die ihn berührte. Aber auch hier machte er Erfahrungen, die ihn nicht heimisch werden ließen. Auch die Armen im Volk unterschieden sich in ihrem Reden und Urteilen kaum von den Gesetzeslehrern. Auch sie konnten leicht mit spitzen Worten über Schwache und Abwesende herfallen. Er aber wollte nie im Kreis der Spötter sitzen (Ps 1,1) und verabscheute es, einen Bruder oder eine Schwester in einem Netz von Verdächtigungen zu fangen (Ps 35,7).

Er war den Menschen nahe und zugleich fern und fremd (Ps 69,9). Wie konnte er ihnen verständlich machen, was ihn bewegte, wenn er selber dafür kaum richtige Worte fand? Eine zarte Kraft floß oft in seine Seele hinein, ohne dabei je einen Grund zu erreichen. Je mehr er davon trank, desto mehr dürstete ihn. Dann war ihm wieder, er verliere den Boden unter den Füßen, entschwebe in einen weiten und offenen Raum und werde wie auf Händen getragen (Ps 91,12). Wenn er auf den Ruf »Sucht mein Angesicht!« mit tiefstem Herzen antwortete (Ps 27,8), verschmolz er mit dem Wort, so daß seine Antwort zu einem neuen Ruf wurde. Er war kundig in Bildern und Träumen (Dan 1,18), ließ sich aber ganz von der Gestalt führen, die ihn begleitete. Eines Tages glaubte er zu seiner großen Überraschung feststellen zu können, daß auch sie ihm folgte und ihm immer ähnlicher wurde. Selbst bei den Propheten konnte er nichts Vergleichbares finden.

Geheiligt im Mutterschoß

Je deutlicher ihm wurde, daß er einen ganz eigenen Weg zu gehen hatte, desto stärker stiegen Bilder aus der Vergangenheit, aus ferner Vergangenheit in seiner Seele auf. Einmal war ihm, als befände er sich in einem dunklen Raum, sein Leib geborgen in warmen Fluten (Ps 104,6) und eingehüllt von fernen Schwingungen und Tönen. Seine rückgleitende Erinnerung blieb an Worten haften, die ihm bekannt waren:

Noch ehe ich dich im Mutterleib formte, habe ich dich ausersehen, noch ehe du aus dem Mutterschoß hervorkamst, habe ich dich geheiligt. Jer 1,5

Die Worte brachten etwas in seinem Herzen zum Schwingen, das er noch nicht fassen konnte, und er ließ die Frage, wie Gott ihn wohl im Mutterschoß geheiligt habe, in sich einsinken. Er öffnete seine Seele den Bildern, die aufstiegen und ihm zuschwebten. Dann beschloß er, seine Mutter in einem gegebenen Augenblick zu fragen, was sie erfahren hatte, als sie ihn in ihrem Leib trug.

Die Stunde für das Gespräch fand sich bald, und es verlief

anders, als er es sich vorgestellt hatte. Seine Mutter schien zunächst ob seiner Frage verlegen zu sein. Sie schwieg lange. Dann begann sie aus den heiligen Büchern zu erzählen, wie unfruchtbare Frauen nach langem Warten dank der Gnade des Herrn ein Kind empfangen hatten. Sie sprach, wie wenn sie seiner Frage ausweichen wollte. Schließlich schaute sie ihn an, senkte dann ihren Blick und begann ganz leise auf eine Weise zu sprechen, wie sie es bisher noch nie getan hatte. Wort für Wort schwebte zu ihm durch den Raum und berührte seine Seele. Bald kam sie zu Ende, und dann saßen beide noch lange schweigend da. Nachdem er wortlos aufgestanden und hinausgegangen war, verließ er das Dorf. Die Worte vom Wirken Gottes im Mutterschoß hatten für ihn einen unerwarteten Sinn gewonnen, und sein Vater im Himmel kam ihm noch näher. Dennoch verstand er nicht, was das Geheimnis seines Ursprungs ihm sagen wollte. Wohl aber leuchtete ihm mit großer Klarheit auf, daß eine Sendung zu seinem Volk ihn erwartete. Für den Augenblick überließ er sich dem Danken.

Alles, was er aus den heiligen Schriften hörte und was er selber las, trat in das Licht des einen großen Wortes:

Höre, Israel! Jahwe, unser Gott, Jahwe ist einzig. Darum sollst du den Herrn, deinen Gott, lieben mit ganzem Herzen, mit ganzer Seele und mit ganzer Kraft.   Dtn 6,4

Für ihn war diese Liebe kein Sollen und Müssen. Sie war das Geheimnis seiner Seele, ein süßes Geschenk, und es gab viele Stunden, da sie ihn berauschte. Während ein feines Schaudern über seine Haut rieseln konnte, stieg eine zarte Lust aus der Tiefe seines Leibes auf, erfüllte sein Herz und durchdrang seinen Geist, um dann wie in einem Flüstern dem zuzuströmen, der ihm so nahe war. Er hatte kein Wort für das, was ihm wiederfuhr, denn alle Zeichen und Bilder der Schrift schienen zu versagen. Um so mehr hielt er sich aber an die Gestalt, die ihn wie ein zweites Ich begleitete. Er folgte ihr, und sie näherte sich ihm.

Ahnung des Kommenden

Bei den Predigern in den Synagogen spürte er kein inneres Feuer für Gott und nur selten eine echte Begeisterung für das größte und zentralste Gebot (Hos 4,1f.). Sie eiferten sich über viele Einzelheiten des Gesetzes; doch dieser Eifer berührte ihn nicht und war ihm eher lästig. Dennoch mußte er feststellen, daß die Autorität der Schriftgelehrten und der Pharisäer beim Volk groß war. Ihre Kenntnis der heiligen Schriften und vor allem ihre Anspielungen auf ein geheimes Wissen über die göttlichen Wege verlieh ihnen ein hohes Ansehen, das sie geschickt zu nutzen verstanden, um sich mit einer Aura der Erhabenheit zu umgeben. Man erzählte sich, daß sie nur im vertrautesten Schülerkreis die Lehren über die hochheilige Wagenerscheinung (Ez 1,4-28), über die himmlische und unterirdische Welt und über die letzten Dinge vortrugen. Das einfache Volk brachte ihnen deshalb eine Verehrung entgegen, die oft größer war als die Ehrfurcht vor den Priestern, wie er bei seinen Pilgerfahrten nach Jerusalem selber feststellen konnte.

Seit er ganz deutlich die Sendung fühlte, die auf ihn wartete, fragte er sich oft, wie wohl die Schriftgelehrten auf ihn reagieren werden. Er hatte kein Lehrhaus besucht und konnte sich nur auf seine eigene innere Gewißheit stützen. Würden sie auf das, was Gott ihm so klar zu erkennen gab, hören? Und wie würde die Priesterschaft zu ihm stehen? Er hatte oft erlebt, welcher Eindruck von der Gestalt des Hohenpriesters ausging, wenn dieser an den großen Festtagen in der Pracht seiner feierlichen Kleidung (Ex 28), die während des Jahres allerdings von den heidnischen Römern verwahrt wurde, vor das Volk trat. Seinen Kopfbund schmückte ein Goldreif, und am Saum seiner Kleider hingen Glöckchen, die sein Kommen ankündigten. Auf seinen Schultern trug er zwei Karneolsteine, in die alle Namen der zwölf Stämme Israels eingeschnitten waren, und auf seiner Brust ruhte die Lostasche mit zwölf Edelsteinen, die ebenfalls die Namen der Söhne Israels trugen (Sir 45,9-12). Wenn er in der Pracht dieser Kleidung und umgeben von Priestern aus dem Heiligtum trat, erschien er dem Volk

wie ein leuchtender Stern zwischen den Wolken,
wie der Vollmond in den Tagen des Festes,
wie die strahlende Sonne über dem Königspalast,
wie ein Regenbogen, der in den Wolken erscheint,
wie Blütenzweige in den Tagen des Festes.

Sir 50,6-8

Würde dieser leuchtende Stern auf ihn hören? Mehr noch als die Haltung, die der Hohepriester ihm gegenüber einnehmen würde, beschäftigte Jesus der Jom Kipur, der Versöhnungstag, an dem der große Sühneritus vollzogen wurde. Der Hohepriester hatte an diesem Tag zunächst einen Stier für seine eigenen Sünden zu opfern. Dann wurde das Los über zwei Ziegenböcke geworfen, von denen der eine für den Herrn und der andere für Asael bestimmt war. Das Blut des Bockes, der für den Herrn ausgelost wurde, trug der Hohepriester zusammen mit Räucherwerk ins Allerheiligste und spritzte es zur Sühne für das Volk an die Deckplatte über der Bundeslade. Etwas vom Blut sprengte er auch an den Altar im inneren Vorhof des Tempels. Danach legte er seine Hände auf den Kopf des zweiten Bockes, und im Namen aller Stämme Israels, die in die Edelsteine auf seiner Kleidung eingeschnitten waren, lud er die Sünden von ganz Israel auf das Tier, das danach sofort aus dem Tempel und der Stadt hinausgetrieben und in die Wüste gehetzt wurde. Jesus hatte diesen großen Ritus, bei dem der Hohepriester sogar den verbotenen Namen Gottes aussprechen durfte (Sir 50,20), Jahr für Jahr verfolgt, und er gewann die tiefe Gewißheit, daß Israel durch das Blut des einen Bockes und durch die Geste über dem anderen nicht wahrhaft entsühnt und geheiligt wurde. Der Ritus erinnerte wohl an die Sünden, aber diese waren tiefer und schwerer, als daß sie durch einen Bock weggetragen werden konnten. Es bedurfte eines reinen Wassers, das von Gott kam, um die Herzen reinzuwaschen (Ez 36,25), und eine Versöhnung war notwendig, die auch in das Leben der Menschen untereinander einen wahren Frieden brachte.

Einmal war Jesus bewußt vor dem Tempel draußen geblieben, um mitzuerleben, wie der mit den Sünden beladene Bock unter dem Geschrei der vielen Pilger durch die engen Straßen aus der Stadt hinausgetrieben wurde. Der Anblick des gehetzten Tieres und die wilden Rufe der Menge, die außer sich geriet, trafen ihn tief, und für einen Augenblick hatte er die Ahnung, ihn könnte eines Tages ein ähnliches Geschick treffen. Deshalb besuchte er auch die Gräber der Propheten, die in der Nähe der Stadt errichtet wurden. Die Boten Gottes hatten die Worte verkündet, die ihnen zukamen; dafür wurden sie oft vom eigenen Volk verfolgt.

Jesus liebte es, das Tun der Festpilger in Jerusalem zu betrachten. An manche stellte er Fragen, die aber von den meisten kaum verstanden wurden. So lernte er auch zwei Schwestern kennen, die im nahen Betanien bei ihrem Bruder wohnten. Sie wurden durch die Ruhe und Kraft, die von ihm ausstrahlten, angezogen, und bald richteten sie ihrerseits viele Fragen an ihn. Er verwies sie immer wieder auf die heiligen Bücher. Doch sie spürten, daß er die Schrift ganz anders las und deutete als die Schriftgelehrten. Ihre suchenden Herzen erahnten bei ihm einen Frieden, den auch sie im Festbetrieb nie gefunden hatten. Er konnte seinerseits etwas von dem ins Gespräch einfließen lassen, was ihn selber innerlich beschäftigte und wofür er bisher wenig Verständnis gefunden hatte. So entstand eine Freundschaft, in der er anfangshaft von dem sprechen durfte, was seine kommende Sendung werden sollte. Deshalb war er, sooft er nach Jerusalem pilgerte, in Betanien gern zu Gast.

Der Ruf ins Wunder
der Gottesherrschaft

Als Johannes am Jordan predigte, brach ein Glutwind von den Höhen in der Wüste los, und ein Wettergewölk zog heran (Jer 4,11.13). Unheil und großes Verderben drohten vom Norden her (Jer 6,1). Im Sturm, der sich erhob, ließ sich das Toben der Völker vernehmen (Ps 2,1). Bei den Worten des Täufers, die wie Peitschenhiebe wirkten, war es, als ob der Prophet Elija das Feuer vom Himmel über alle Gottlosigkeit herabrufen würde (1 Kön 18,20-40). Seine hagere Gestalt und seine Kleidung zeigten jedem, wie ernst seine Worte waren. Sie trafen die Hörer, und immer mehr Menschen aus Jerusalem, Judäa und der ganzen Jordangegend strömten zu ihm hinaus.

Die Predigt ließ keinen entrinnen. Sie war anders als die Synagogen-Predigten, bei denen Gesetzeslehrer meistens einem Ton verfielen, der ihre Verachtung gegenüber dem einfachen Volk und den Unkundigen im Gesetz verriet. Gerade die Schriftgelehrten und Pharisäer donnerte Johannes an: »Ihr Schlangenbrut, meint ihr, dem kommenden Gericht entrinnen zu können?« Der Prediger wußte, daß die Angesprochenen sich innerlich gegen die Anklage verteidigten und sich auf jenen Bund beriefen, den Jahwe mit Abraham und seinen Nachkommen geschlossen hatte (Gen 15,1-21). Doch selbst die Urverheißung Israels ließ Johannes nicht als Zeichen der Hoffnung gelten: »Ihr täuscht euch, wenn ihr euch auf Abraham als euren Vater beruft. Seine wahren Nachkommen sind nicht die nach dem Fleisch. Ich sage euch: Gott kann sogar aus Steinen echte Kinder Abrahams schaffen.« Nur eines ließ der Prediger gelten: Umkehr. Als Zeichen wahrer Busse forderte er die Hörer auf, sich taufen zu lassen, um so durch den nahenden Gerichtssturm hindurch gerettet zu werden.

Jesus mischte sich unter die Zuhörer des Johannes. Was er hörte, bewegte, ja erregte ihn. Die Botschaft des Täufers, daß Gott bald machtvoll erscheinen und ins Geschick seines Volkes neu eingreifen werde, entsprach dem, was sich ihm selber in den letzten Jahren immer deutlicher gezeigt hatte. War dies das Zeichen, auf das er seit langem wartete? Endlich traf er einen Sohn Israels, der ganz vom Bundesgott ergriffen war und der die dunkle Welt, in deren Bannkreis das Volk lebte, offen beim Namen nannte. Und doch! Der Prediger verkündete den nahen Gott in fast den gleichen dunklen Farben, mit denen er das Böse in den Menschen anprangerte. War der Herr Israels wirklich so bedrohlich? Das entsprach in keiner Weise seiner bisherigen Erfahrung. Zwar gab es Stunden, in denen ihm das Beglückende wie ein tiefer Abgrund erschienen war und er nicht wußte, was sich in der Tiefe noch verbarg. Hatte Gott vielleicht doch eine dunkle Seite, durch die er für die Sünder bedrohlich wurde? Die Frage nach dem Zorn des Herrn tauchte mit neuer Wucht in ihm auf. Er konnte auch in die Erschütterung, die vom Prediger ausging und durch die Menge lief, tief einschwingen. Seine Seele dürstete nach Klarheit, und er ließ sich auf den Täufer ein. Nur von jenem nahen Wirken Gottes her, das Johannes ansagte, konnte er eine Klärung dessen erhoffen, was ihm in der Schrift noch unverständlich war und was er in sich selber als ein abgrundtiefes Geheimniß trug.

Er stellte sich in die lange Reihe derer, die zur Taufe bereit waren. Er sah Menschen vor sich und spürte andere, die hinter ihm nachdrängten. Er fühlte ihren Atem, und er roch die Ausdünstung der Menge. Es war ein Drängen, Keuchen und Stöhnen. Wieviel Leid und Sehnsucht, aber auch wieviel Härte und Bosheit war in diesen Leibern? Jesus nahm mit allen Poren seines Leibes wahr, wie er unerwartet in eine Welt hineingezogen wurde, die ihn bisher nicht berührt hatte. Was kam auf ihn zu? Als er an der Reihe war, stutzte der Täufer. Er wich leicht zurück, schaute mit Staunen auf den Mann, der vor ihm stand, und wurde betroffen durch seine Gestalt (1 Sam 10,23). Er wollte mit dem Taufen aufhören; Jesus aber drängte ihn. Zögernd gab er nach, und während Johannes seine Hand auf ihn legte, stieg Jesus ins Wasser.

Als er untertauchte, begann für ihn ein Beben, in dem die Grundfesten der Erde zu wanken schienen (Ps 18,8). Ihm war, der Boden unter seinen Füßen verliere an Festigkeit. Er stieg rasch wieder aus dem Wasser, aber das Beben fuhr fort. Die Landschaft, die nahen Berge, ja die ganze Welt und das Himmelsgewölbe wurden lebendig. Licht durchdrang seinen Geist, und sein Bewußtsein weitete sich aus, bis es mit der Landschaft, die ihn umgab, verschmolz. Dann öffnete sich der Himmel über ihm. Einem leisen Flügelschlag gleich kam es auf ihn zu, und ein unendlich zarter Atem umhauchte ihn (Hld 7,9). Er berührte seinen Leib und senkte sich in seine Seele (Gen 2,7), ohne darin auf einen Grund zu kommen. Jesus wußte nicht mehr, wo er stand und fühlte sich getragen. Er hatte das Bewußtsein nicht verloren; aber es war ihm, als ob ein fremder und zugleich vertrauter Geist, der das ganze All umfing, ihn durchwehen würde. Aus dem offenen Raum erging eine Stimme (Num 7,89), und er hörte mit großer Klarheit: »Das ist mein geliebter Sohn, an dem ich Gefallen gefunden habe.« Die Worte deuteten auf die Gestalt des Menschensohns, die ihn ständig begleitete, und waren doch an ihn gerichtet. Sie durchfuhren ihm Mark und Bein. Schlagartig leuchtete ihm auf: *Die Gestalt war er selber.* In einer Tiefe, die ihm geheimnisvoll blieb, verschmolz er mit ihr, während er sie weiterhin neben sich spürte. Drohte sein Bewußtsein eben noch ins Endlose zu verschwimmen, so sammelte sich jetzt alles um die Gewißheit: Er selber war der geliebte Sohn. Seine Füße spürten wieder festen Boden.

Nun hielt ihn nichts mehr in der Menge. Er drängte hinaus, ja eine Kraft trieb ihn von den Menschen weg. Er brauchte die Einsamkeit, um mit dem Gott, der zu ihm gesprochen, und mit dem Ich, das ihm geschenkt wurde, vertraut zu werden. Alles, was für Menschen wichtig war, fiel von ihm ab; selbst ans Essen mochte er nicht mehr denken. Wie ein großer bergender Raum nahm ihn die Wüste auf, und in ihrem tiefen Schweigen begleitete sie ihn.

Tagelang ließ er das Geschehen bei der Taufe in sich nach-
klingen. Das blaue Firmament über der offenen Wüste hielt das
Bild vom offenen Himmel gegenwärtig, und das Wandern des
Sandes im Wind ließ das Beben lebendig bleiben. Da er in den
heiligen Schriften kein Bild und keine Gestalt mehr fand, in denen
er sich hätte wiedererkennen können, heftete sich seine ganze
Seele an das Wort vom geliebten Sohn. Er vermied es, näher zu
fragen, was es bedeute. Während der Hauch vom Flügelschlag
einer Taube (Hld 6,9) ihn weiter umhüllte, spürte er eine geheimnisvolle Kraft, die ihn auf dem kommenden Weg zu führen versprach. Und während er dem zärtlichen Atem nachspürte, der ihn
durchdrungen hatte, tauchten Bilder aus dem Hohenlied auf, die
er seit vielen Jahren wie einen verschlossenen Garten in sich trug:

Meine Taube im Felsennest,
versteckt an der Steilwand,
dein Gesicht laß mich sehen,
deine Stimme hören!
Denn süß ist deine Stimme,
lieblich dein Gesicht.   Hld 2,14

Er fühlte sich selber wie eine Taube, wie eine Braut, deren Herz
unter dem Hauch des Bräutigams erwachte, und er spürte, wie
Gott sich ihm ganz zuneigte. In seinem Inneren stiegen Worte des
Propheten Jesaja auf:

Wie der junge Mann sich mit der Jungfrau vermählt,
so vermählt sich mit dir dein Erbauer.
Wie der Bräutigam sich freut über die Braut,
so freut sich dein Gott über dich.

                                                           Jes 62,5

Er wußte plötzlich: Auch diese Worte waren zu ihm gesprochen.
Es bebte in ihm vor Glück, während bald die Stimme von der
Taufe und bald das Bild des Propheten Jesaja in den Vordergrund
seines Bewußtseins traten. In der Tiefe seines Herzens schwangen
Stimme und Bild zusammen und vermählten sich zu einem
geheimnisvollen Bund. Doch ein deutlicher Unterschied blieb be-

36

stehen. Das Bild von der Braut, die vom Bräutigam geliebt wird, belebte unmittelbar sein menschliches Fühlen und Spüren. Das Wort vom geliebten Sohn durchdrang hingegen seinen Geist, sein Herz und seinen Leib so tief und auf so feine Weise, daß es sich nirgends festmachen konnte. Es drohte, ihm zu entgleiten. Beim Zusammenklang von Wort und Bild aber erfüllte ihn ein Friede, der tief war wie das Meer. Jene Macht, die ihn aus der Höhe des Himmels und in der unsichtbaren Tiefe seines Herzens angesprochen hatte, war wie ein liebender Vater. Das Wort, mit dem die kleinen Kinder in Galiläa vertrauensvoll nach ihren Vätern riefen, trat unwillkürlich auf seine Lippen: Abba. Er mußte danken, und er dankte für eine Huld, die ewig währt (Ps 136,26).

Die Wüste war menschenleer. Während des Tages lag eine Wärmeglocke über dem Sand und den Felsen, und nachts wurde es empfindlich kalt. An einer kleinen Quelle zwischen den Felsen, deren Wasser nur einige Blumen und Sträucher und eine einsame Palme (Ps 92,13) tränkte, stillte er seinen Durst. Viele Stunden wanderte er im inneren Gespräch mit seinem Abba dahin, wobei die leise Stimme, die er vernahm, seine Füße führte (Ps 119,105) und ihn sicher jeden Stein spüren ließ. Abends legte er sich mit dem Rücken in den warmen Sand und betrachtete den weiten Himmel über sich und das plötzliche Auftauchen der Sterne in ihrer Schönheit und Pracht (Sir 43,9). Zum Schlafen zog er sich nahe der Quelle in eine Höhle zurück (1 Kön 19,9), die einen Rest der Tageswärme speicherte.

Eines Abends stieg ein mächtiges Unwetter auf. Schwarze Wolken ballten sich zusammen (Sir 43,15), und es wurde dunkel. Dann leuchtete es in der Ferne über den ganzen Himmel, und ein Grollen ließ sich hören. Die Blitze und das Feuer am Himmel kamen näher. Ein Wind erhob sich, der sich rasch zum Sturm steigerte und über den Wüstenboden fegte. Jesus ging in die freie Ebene hinaus und schritt mit erhobenem Haupt dem Unwetter entgegen. Dunkel umhüllte und Feuer vom Himmel umloderte ihn, der Donner brüllte und selbst die Felsen schienen zu beben (Ex 20,18). Die ganze Natur war in Erregung. Die Wolken gossen ihr Wasser aus (Ps 77,18), und die Stimme des Herrn ertönte mit

Macht (Ps 18,14). Doch je mächtiger die Wüste bebte, um so tiefer wurde der Friede in ihm. Das mächtige Dröhnen vernahm er zugleich wie ein zartes Flüstern (Ijob 4,16). Sein Ohr war weit geöffnet, und sobald ein Donner verklang, lauschte er mit höchster Intensität in die nachfolgende Stille hinein. Seine Augen waren weit in die Ferne gerichtet, und wenn ein Blitz die Wolken zerriß, erstrahlte auf ihnen der Glanz des Herrn (Ps 18,13). Sein Abba kam in machtvollen Zeichen auf ihn zu.

So rasch das Unwetter aufgetaucht war, so rasch klang es wieder ab. In den letzten Sonnenstrahlen, die nochmals kurz hervorbrachen, leuchtete ein Regenbogen auf (Gen 9,12f.), und ein sanftes, leises Säuseln (1 Kön 19,12) ging durch die Wüste. Jesus kauerte sich nieder, berührte mit der Stirn den Boden, und die Hand des Herrn kam nochmals über ihn (1 Kön 18,42.46). Nach längerer Zeit stand er auf. Am Himmel leuchteten inzwischen die Sterne, und die Umrisse der nahen Berge traten im fahlen Licht hervor. Mit erhobenem Haupt schritt er in die Nacht hinein, und langsam ordnete er in seinen Gedanken, was ihm begegnet war. Er hatte die Stimme seines Abbas, der ihn bei der Taufe gerufen hatte, auch in der Natur vernommen. In den Bund, den er tief in seinem Herzen spürte, waren alle Dinge einbezogen worden:

Ich schließe für Israel an jenem Tag einen Bund
mit den Tieren des Feldes
und den Vögeln des Himmels
und mit allem, was auf dem Erdboden kriecht.

Hos 2,20

Die alte Verheißung vom Land, die ihn oft beschäftigt hatte, war ihm plötzlich klar geworden. Im Gewitter hatte er die gewaltige Stimme des Herrn als die Gegenwart seines Abbas erfahren, die alle Wesen der Erde zu Zeichen und Gleichnissen werden ließ. Hatte er früher nur gespürt, wie alle Dinge ihren Schöpfer priesen, so begannen sie nun vom Vater her zu ihm zu sprechen. Er wußte, sie würden ihm helfen, seine neue Botschaft zu den Menschen zu tragen. Sein Abba war König und Herr über alles (Ps 145,11-12).

Der Regen hatte über Nacht in der Wüste ein kleines Wunder entstehen lassen. Alles war am Keimen und Spriessen (Jes 55,10), und der dürre Wüstenboden begann wie ein Garten zu blühen (Jes 32,15), während aus seiner Quelle frisches Wasser in die Steppe hinausfloß (Jes 35,6). Auf dem dürren Wüstenboden lag für einige Stunden der Hauch eines paradiesischen Gartens, ein Zeichen der Herrschaft seines Vaters.

In den kommenden Tagen verbrachte er viel Zeit damit, auf alle Dinge in seiner Umgebung neu zu hören. Er konnte sich in den Anblick von Disteln und Felsen in der Wüste oder von Blumen und Sträuchern bei seiner Quelle verlieren. Er sah, wie die Wolken und Vögel am Himmel dahinzogen, und alles sprach zu ihm von der Herrschaft seines Vaters. Auf Schritt und Tritt fühlte er sich begleitet. Um ihn war ein Singen (Ps 65,13), und die einsame Gegend wurde noch lebendiger. Er betete, sang selber die Psalmen seines Volkes und stimmte in den Jubel ein, den er in der Wüste vernahm (Jes 40,1-3). Bisweilen stieg er auf einen Berg in der Nähe, von dem aus er einen größeren Teil der Wüste überblicken konnte. Es gab Berge, Hügel und enge Schluchten. In weiter Ferne ließ sich sogar das weite Tal und der Fluß sehen, in dem er getauft worden war.

Was ist mit dir, Meer, daß du fliehst,
und mit dir, Jordan, daß du zurückweichst?
Ihr Berge, was hüpft ihr wie Widder,
und ihr Hügel, wie junge Lämmer?　　　　　Ps 114,5f.

Die Tage vergingen rasch, und er war etwas magerer geworden. Eines Morgens spürte er plötzlich wieder Hunger. In seinen großen Frieden war ein störendes Element eingedrungen. Er suchte, nicht darauf zu achten. Wider seinen Willen stieg aber die Frage in ihm auf, ob sein Abba ihn auch durch Manna speisen werde, wie er das Volk in der Wüste ernährt hatte. Beim Wandern fielen ihm diesmal besonders die Steine auf, die er wie üblich auf sich wirken ließ, und auch das Wort vom geliebten Sohn hielt er in sich wach. Doch heute ging von allem kein beglückender Friede aus. Das Wort klang nicht voll in seiner Seele, ja es schien sich sogar von ihm abzulösen und zu verselbständigen, während die Dinge stumm und dunkel blieben. Er spürte auch wieder den Hunger. Er wollte sich ablenken und achtete bewußt auf die Steine in der Hoffnung, sie als lichte Zeichen seines Abbas zu erleben. Doch plötzlich ballte sich alles zusammen: das Wort, das sich von ihm abgelöst hatte, der Hunger, den er spürte, und die Steine, die heute dumpf blieben. Sehr deutlich vernahm er neben sich: »Wenn du wirklich der geliebte Sohn bist, so befiehl, daß aus diesen Steinen Brot wird«. Er zuckte zusammen und wußte im gleichen Augenblick, daß dies ein Geräusch des Versuchers war. Er dachte blitzartig an die große Versuchung in der Wüste zurück, wo Gott sein Volk hatte hungern lassen, damit es die wunderbare Speise nicht als selbstverständlich nähme. Mose hatte daraus für Israel die Lehre gezogen:

> *Er wollte dich erkennen lassen, daß der Mensch nicht nur von Brot lebt, sondern daß der Mensch von allem lebt, was der Mund des Herrn spricht.* Dtn 8,3

Laut und entschieden wiederholte er die Worte des Mose, und sobald er sprach, löste sich das Dunkel, das sich um ihn herum zusammengeballt hatte, wie von selbst auf. Er fühlte sich wieder frei.

Er beschloß auf den nahen Berg zu steigen, um mit der ganzen Welt, wie sie vor ihm lag, seinen Abba zu loben (Jes 55,12) und für die Vertreibung des Versuchers zu danken. Beim Steigen wurde er aber rasch müde. Noch bevor er den Gipfel erreichte, wurde es dunkel vor seinen Augen. War es seine große Müdigkeit, oder kam wieder ein Wetter wie damals, als er im Beben der Natur die Stimme seines Vaters hören durfte? Er erinnerte sich, mit welcher Zuversicht er sich an jenem Abend dem Sturm ausgesetzt hatte. Bald merkte er aber, daß die Dunkelheit diesmal anders war. Sie wurde bedrückend, und er spürte eine große Last auf sich, während die singende Begleitung ganz verstummte. Konnte er den Gipfel des Berges noch finden? Wo war er überhaupt? Da zerriß ein dunkelrotes Feuer die Finsternis, glühende Kohlen sprühten aus und ein Donnern und Schnauben ließ sich vernehmen (Ps 18,9-14). Für einen Augenblick zeigte sich im dunklen Glühen die weite Gegend, ja die Tiefen des Meeres und die Grundfesten der Erde wurden entblößt (Ps 18,16). Im finsteren Rot lag die ganze Welt vor ihm. Die glühenden Kohlen schienen ihn so anzuschauen, als wollten sie ihn in sich hineinziehen. Alles drohte vor seinen Augen zu verschwimmen, und er merkte, daß er sich dem Sog nur ausliefern müßte, um in allem aufzugehen. Die ganze finstere Welt zog ihn, und sie versprach ihm alles. Aber tief in seinem Herzen blieb der wunderbare Friede ungebrochen. Deshalb wußte er schlagartig: Es war wieder der Versucher. Er schloß seine Augen, kauerte sich nieder und hörte nur auf den Frieden in sich. Er spürte die Nähe seines Abbas, und anbetend übergab er sich nur ihm.

Nach längerer Zeit richtete er sich auf. Das Dunkel und die Augen wie glühende Kohlen waren verschwunden. Die Gegend lag wieder in großer Ruhe vor ihm, und er spürte erneut die singende Begleitung. Zwar war er noch müde, aber seine Seele war frei, und er konnte voll in das Lob, das ohne Worte und ohne Reden (Ps 19,4) durch die Welt ging, einstimmen. Auf dem Rückweg zu seiner Quelle begann eine Frage, ihn intensiv zu beschäftigen. Was war es mit dem Versucher? Beidemal war er unter Zeichen an ihn herangetreten, durch die Gott sich den Menschen kundtat. Das erste Mal verbarg er sich hinter den Steinen und dem Wort vom geliebten Sohn, während er sich beim zweiten Mal fast unter dem gleichen Leuchten und Rufen der Natur – wie vorher sein Abba – ihm näherte (Ps 18). War es dem Versucher eigen, nur Gottes eigene Zeichen zu verdunkeln und zu verdrehen? Konnte seine dunkle Macht auch die Schrift entstellen?

Ein Wort war ihm seit jeher besonders lieb und zugleich unverständlich gewesen. Von jener Nacht, in der Gott sein Volk aus Ägypten befreite, sagte der weise König Salomo:

Als tiefes Schweigen das All umfing und die Nacht bis zur Mitte gelangt war, da sprang dein allmächtiges Wort vom Himmel, vom königlichen Thron herab als harter Krieger mitten in das dem Verderben geweihte Land. Es trug das scharfe Schwert deines unerbittlichen Befehls, trat hin und

erfüllte alles mit Tod; es berührte den Himmel und stand
auf der Erde. Plötzlich schreckten sie (die Ägypter) furcht-
bare Traumgesichte auf, und ungeahnte Ängste überfielen
sie. Weish 18,14-17

Die Worte vom allmächtigen Wort, das aus dem tiefen Schweigen hervorgeht und Himmel und Erde berührt, hatten ihn auf seltsame Weise immer angesprochen. Sie waren stets so spontan in seine Seele hineingesunken, daß er sich in einer Tiefe, die er bisher noch nicht durchschaute, mit ihnen eins fühlte. Die unmittelbar nachfolgenden Worte aber, die vom göttlichen Wort als einem harten Krieger sprachen, der Verderben und Tod ins Land bringt, waren ihm fremd, ja unheimlich geblieben. Beide Worte schienen nahtlos zusammenzugehören, und doch erlebte er sie völlig anders. Woher kam der große Unterschied? Seit der Begegnung mit dem Versucher, der ihn die Zweideutigkeit aller menschlichen Zeichen durchschauen ließ, merkte er, daß sich das Rätsel bald lösen werde.

Jesus horchte den Worten der Schrift nach, während sein Ohr sie prüfte, wie der Gaumen die Speisen schmeckt (Ijob 34,3). Dann geschah es: Von den Worten Salomos löste sich eine Hülle ab (2 Kor 3,14). Das eine allmächtige Wort schied sich von den vielen menschlichen Worten. Aus ihm drang ein überwältigendes Licht. Es kam vom Himmel her, berührte die Erde und durchdrang seine Seele. Es erleuchtete die einen der Worte Salomos, während es die anderen in ein Gegenlicht tauchte. Die Rede vom harten Krieger, der Verderben ins Land bringt, war nun mit dem allmächtigen Wort nicht mehr identisch. Bisher hatten sich beide überlagert, doch nun tat sich ein Abgrund zwischen ihnen auf. Die Hülle (Jes 25,7), die sich vor seinen inneren Augen von den Worten der Schrift abgelöst hatte, war nach der Trennung nur noch eine leere Maske. Er sah in ihr das zerfallende Bild des Versuchers. Solche täuschenden Traumbilder mußten aus den Herzen der Ägypter aufgestiegen sein, als sie sich in der Paschanacht beim Auszug des erwählten Volkes gequält und geängstigt hatten (Weish 17,13-15).

Doch nicht nur der Pharao und die Ägypter hatten sich durch eigene Trugbilder verstockt, auch Israel war fast immer halsstarrig gewesen, und selbst Mose und Jeremia mußten von Gott getadelt werden (Num 20,12; Jer 15,19). Auch das erwählte Volk schuf sich Täuschungen, denn alle, die das Wort seines Vaters gehört hatten, waren in ihren Herzen von Dunkelheit, von Angst und täuschenden Traumgesichten nie ganz frei geworden. So hatte sich sogar über das Wort, das von Gott kam, ein verwirrender Schleier gelegt. Diese Hülle machte die Schrift so schwer verständlich. Jesus erlebte nochmals vor seinen inneren Augen, wie das allmächtige Wort mitten in der Nacht vom Himmel stieg, alles erfüllte und sich in ihn einsenkte, bis es mit ihm eins war. Er sah plötzlich das Bild eines Dornbusches vor sich, aus dem eine Stichflamme emporloderte, ohne daß der Busch verbrannte (Ex 3,2). Er fühlte sich wie der Dornbusch. Das allmächtige Wort kam von oben und stieg zugleich aus seinem eigenen Herzen empor.

Was er nach der Taufe gehört hatte und was über ihn gekommen war, hatte er sich dank der neuen Erfahrungen in der Wüste verstehend angeeignet. Damit war für ihn die Zeit gekommen, die Botschaft seines Vaters unter die Menschen zu tragen. Eine neue Herrschaft drängte heran (Hab 2,3), und er spürte, wie er seit der Taufe in ein Geschehen hineingenommen wurde, das ihn bald noch weiter führen würde. Bei der Quelle legte er sich nochmals nieder. Er begann leise einen Psalm zu singen, ein Danklied für den Sieg über das Böse und für das neue Licht von oben. Doch plötzlich stockte er. Welche Worte hatte er eben gesungen?

Da wankte und schwankte die Erde
die Grundfesten der Berge erbebten.
Sie wankten, denn sein Zorn war entbrannt.
Rauch stieg aus seiner Nase auf,
aus seinem Mund kam verzehrendes Feuer,
glühende Kohlen sprühten aus von ihm.

Ps 18,8-13

Die glühenden Kohlen weckten spontan die Erinnerung ans dunkle Rot, das ihn auf dem Berg in sich hineinziehen wollte. Das Antlitz des Schöpfers, wie es im Psalm besungen wurde, und die Maske des Versuchers waren einander ganz ähnlich. Es war aber das Antlitz des Herrn in seinem Zorn. Gehörte auch dieser zu jener finsteren Hülle, die von den Sündern über das Wort Gottes gelegt wurde? Jesus zögerte, und er fragte sich: Muß nicht der Heilige allem Sündhaften zürnen? Diese Frage blieb für ihn offen; aber sie brachte keine Störung, denn ein kindlich-selbstverständliches Vertrauen lebte in ihm, daß sein Abba ihn im gegebenen Augenblick weiterführen werde (1 Sam 16,3).

Inzwischen waren vierzig Tage vergangen (Ex 24,18). Auf dem Rückweg aus der Wüste überlegte er, wie er zu den Menschen sprechen und die neue Gegenwart Gottes bei seinem Volk verkünden sollte. Würde sein Vater auch Zeichen wirken, wie er es in der Geschichte Israels oft getan hatte? Er wußte nicht, was die kommenden Wochen und Monate bringen würden. Obwohl vieles ungewiß vor ihm lag, fühlte er sich dennoch leicht und wie getragen. Worte aus einem Psalm tauchten in ihm auf:

Seinen Engeln befiehlt er, dich auf ihren Händen zu tragen, damit dein Fuß nicht an einen Stein stößt.   Ps 91,11f.

Der Weg aus der Wüste führte ihn an einem Abgrund vorbei, an dem er stehen blieb. Er schaute lange in die Tiefe hinunter, wo in der Regenzeit reißende Wasser zwischen Steinen und Felsen niederstürzten, und die Tiefe übte eine seltsame Anziehung auf ihn aus. Bei seinen Wallfahrten nach Jerusalem hatte er oft vom Tempel hoch über der Stadt (Ps 68,30a) ins Kidrontal hinab geschaut und gesehen, wie die große Schar der Pilger sich aus den engen Straßen der Stadt ins Freie ergoß. Wie er nun in die Tiefe blickte, zog plötzlich ein Schatten über den Himmel, und mit spitzer Eindringlichkeit tauchten in ihm nochmals die Worte des Psalms auf, die ihn eben begleitet hatten. Eine aufdringliche Stimme flüsterte ihm zu: »Geh nach Jerusalem und stürze dich vor den Pilgern von den Zinnen des Tempels hinunter, denn die Engel Gottes werden dich tragen, damit dein Fuß nicht an einen Stein stößt. Das wird das Zeichen des Vaters sein, und die Menge wird staunen und dir bewundernd zu Füßen liegen.« Am Ton der Stimme, die hart wie ein Wassertropfen war, der auf einen Stein fällt, erkannte er sofort den Versucher. Er wußte auch, daß dies nicht das Zeichen sein konnte, nach dem er eben selber noch gefragt hatte. Er wollte die Herzen der Menschen für seinen Vater gewinnen, und nicht bewundernde Rufe der Menge für ihn selber wecken. Mit großer Entschiedenheit kam es auf seine Lippen: »Du sollst den Herrn, deinen Gott, nicht auf die Probe stellen« (Dtn 6,16). Der Versucher schien sich sogleich in nichts aufzulösen; er selber aber überließ es der Stunde, wie er zu den Menschen sprechen sollte. Die Gestalt des Menschensohns, mit der er sich seit der Taufe im Tiefsten eins wußte und deren Hauch ihm dennoch etwas vorausging, leitete seine weiteren Schritte.

Gottes Herrschaft und Freiheit

Auf seinem Rückweg nach Galiläa sah er, wie die Rebenblüten sich öffneten und die Granatbäume blühten (Hld 7,13). Er begegnete Menschen und sprach mit ihnen. Erfüllt von tiefstem Frieden, ja jubelnder Freude fiel es ihm noch mehr als früher auf, wie gedrückt alle waren. Es gab Tagelöhner, die sich jeden Morgen neu um eine Arbeit und einen Lohn für ihre Familien sorgen mußten. Kleine Bauern zitterten um die nächste Ernte. Manche seufzten unter alten Schulden oder waren von Krankheiten gezeichnet. Die unruhigen Blicke und das vorsichtige Abtasten im Gespräch verrieten bei allen große Verletzbarkeit und Angst, und die rauhen, zerhackten Stimmen zeugten von einem Leben im offenen oder untergründigen Streit. Welche Mächte beherrschten die Menschen? Würden sie sich dem Reich seines Vaters, seiner zärtlichen und befreienden Gegenwart öffnen, um mit ihm und untereinander Frieden zu finden? Zur Zeit des Propheten Samuel hatte das Volk hartnäckig einen König verlangt, obwohl ihm mit drastischen Bildern gesagt worden war, welche Unterdrückungen auf es zukommen würden (1 Sam 8,1-22). Liebten die Menschen eine Knechtschaft, an die sie sich gewöhnen konnten, mehr als das freie Wehen des göttlichen Atems?

In Galiläa schlug Jesus den Weg nach Kafarnaum ein. Bereits

am ersten Abend nach seiner Ankunft ging er auf den Platz des kleinen Städtchens, wo wie üblich viele Menschen in Gruppen herumstanden. Wieder fielen ihm die gedrückten Gesichter auf, deren Leid sich ihm einprägte und dem er sich innerlich weit öffnete. An einigen Orten wurde zwar laut gelacht, aber es war kein befreiendes Lachen. Bei anderen konnte er sehen, wie sie die Köpfe zusammensteckten und tuschelten. Welche bösen Worte begannen ihren zerstörerischen Kreislauf? Plötzlich fing einer laut zu schreien an. Er schlug sich mit den Fäusten, warf sich auf den Boden und wälzte sich im Staub (Ijob 10,9). Die Menge verstummte, und viele drängten sich um den Schreienden, während einige murmelten, der böse Geist habe ihn wieder gepackt.

Jesus sah den Mann, wie er zuckend und sich quälend am Boden lag, ebenso nahm er mit allen Poren seines Leibes die Menge wahr, die neugierig und hilflos herumstand. Beides verschmolz vor seinen Augen zu einem einzigen Bild, und er sah wie alle unter dem Druck einer fremden Macht standen und wie Puppen agierten. Gleichzeitig spürte er die innere Stimme, und sie war so deutlich, daß alles Geschehen um ihn herum zu einem Schauplatz wurde, auf dem sein Abba wirken wollte. Die zärtliche Macht, die ihn umwehte, drängte ihn, die bösen Mächte zu überwinden. Entschlossen trat er in die Mitte des Platzes und rief laut: »Höre Israel! Die Herrschaft unseres Gottes ist nahe! Das drückende Joch, das auf euch liegt, wird zerbrochen, und das Tragholz wird von euren Schultern genommen (Jes 9,3). Unser Gott kommt, um die Gebrochenen zu heilen und die Gefesselten zu befreien. Den Armen und Friedlosen bringe ich eine frohe Botschaft« (Jes 61,1f.). Auf dem Platz wurde es totenstill, denn selbst der Besessene, der am Boden lag, war verstummt. Jesus sprach nicht lange, sondern er ging bald vom Platz weg, verließ das Städtchen und schritt in die anbrechende Nacht hinaus. Die Menge auf dem Platz mußte sich wie von einem Schrecken erholen. In den Gruppen, die sich neu sammelten, sprach man noch lange über ihn. Wer war er? Was hatte er gemeint? War er auch besessen? Keiner hatte seine Worte richtig verstanden, aber viele waren durch seine Stimme seltsam fasziniert worden.

Am folgenden Abend war das Volk wieder auf dem Platz versammelt, und alle sprachen von ihm. Würde er nochmals kommen? Als seine hohe Gestalt auftauchte, verstummten alle schlagartig. Die Leute drängten sich zusammen und wagten doch nicht, ganz nahe an ihn heranzukommen. Er schaute lange in die Runde. Die armseligen Kleider und die rauhen Gesichtszüge verrieten, daß viele Tagelöhner, kleine Bauern und Bettler in der versammelten Menge waren. Ihre Not bewegte ihn. Er ließ Worte auf sich zukommen und begann: »Glücklich seid ihr, die ihr jetzt arm seid, denn euch wird das Reich Gottes gehören. Als eure Väter in Ägypten geknechtet waren, hat der Herr sie durch seine machtvolle Hand befreit. Er verschaffte den Unterdrückten Recht, und den Hungernden gab er Brot. Er beschützte Fremde und half den Witwen und Waisen, den Armen und Unterdrückten (Ps 146,7-9). Nun erhebt er seine Hand von neuem, um euch zu helfen und um seine Herrschaft für ewige Zeiten zu errichten (Ps 145,13). Freut euch, daß ihr nichts habt und nur auf ihn vertrauen dürft.« Alle staunten, ohne recht zu begreifen, was er sagte; einer aber rief dazwischen: »Wird Gott uns reich machen, damit wir in Überfluß leben können?« Jesus fuhr fort: »Seht die Lilien auf den Feldern! Sind sie nicht schön? Und dennoch kümmern sie sich nicht um Essen und Trinken und Kleidung. Lernt von ihnen! Vertraut wie sie, und es wird auch euch so ergehen.« Ein allgemeines Gemurmel begann. Manche meinten, er träume. Es wäre ja schön, wie die Blumen der Felder keiner Arbeit nachgehen zu müssen und trotzdem alles zum Leben zu haben. Andere vermuteten, er rede vom messianischen Reich. Einige waren ganz von seiner Stimme gepackt und drängten sich näher an ihn heran. Unter ihnen war jener, der am Tag zuvor laut geschrieen und sich auf dem Boden gewälzt hatte. Er litt auch jetzt unter starken Zuckungen, konnte nur mühsam gehen, und sein Gesicht verzerrte sich. Jesus sah in seine starren, erloschenen Augen. Er spürte, wie eine lähmende Macht vom Gezeichneten her auf ihn zukam und wie es ihn gleichzeitig drängte, dem Unglücklichen zu helfen. Einen Augenblick lang rang das Dunkel von außen mit der frohen Zuversicht in seinem eigenen Herzen; dann sah er in den starren Augen eine Hoffnung aufleuchten. Und es geschah: Der Gequälte riß seine Arme in die Höhe, sprang herum und rief: »Ich bin geheilt; er hat mir geholfen«. Eine große Aufregung begann, und alles drängte sich um den Tanzenden. Jesus aber benützte die Gelegenheit, um sich unbemerkt zu entfernen.

Am nächsten Abend wartete alles voll großer Spannung. Es waren diesmal weit mehr Menschen als üblich zusammengeströmt. Er kam fast zur gleichen Zeit wie am Tag zuvor, und wieder sah er Traurige und Mühselige vor sich, die mit ihrer Not an seine Seele rührten. Er sprach ihnen zu, was er innerlich selber vernahm: »Meint nicht, die Reichen und Lachenden seien glücklich. Euer Herz ist voll Trauer und Klage. Doch ihr seid erwählt! Gott wird euer Klagen in Tanzen verwandeln. Er wird euer Trauergewand ausziehen und euch mit Freude umgürten. Dann kann euer Herz singen und jubeln und Gott danken (Ps 29,12f.). Eine neue Freude wird Zion schmücken, und alles, was im Land in Trümmern liegt, wird wieder aufgebaut werden. Alle Völker werden staunen ob eurer Freude und ob eures Gottes, der mitten in der Herrlichkeit seines Volkes erscheint« (Jes 60,2-11; Jer 31,4-14). Seine Worte fielen wie Regentropfen auf das Gras und wie Tauperlen auf Pflanzen (Dtn 32,2); aber sie vermochten noch nicht das vertrocknete Erdreich aufzuweichen. Viele waren in ihren Herzen gerührt, spürten aber zugleich um so stärker die Last des Lebens, die auf ihnen lag. Manche hielten seine Worte auch diesmal für träumerisch. Einige gaben sich innerlich einen Stoß und wollten mit dem Tanzen beginnen; die meisten aber blieben zögernd stehen, so daß die ersten Schritte der Tanzenden bald wieder erstarrten. Viele drängten sich an ihn heran. Kranke wurden in den Vordergrund geschoben, und er sah ihre dumpfen Erwartungen, ihre Zweifel und ihr fragendes Hoffen. Wieder spürte er die lähmende Macht, in deren Bannkreis die Unglücklichen lebten. Als er den ersten die Hände auflegte, stieg die Spannung. Wieder durchfuhr es die Kranken wie ein Blitz. Manche Herzen brachen aus alten Versteinerungen auf, und ein bisher unbekanntes Wohlbefinden durchflutete ihre Leiber. Die einen begannen zu springen und zu tanzen, andere wandten sich ihm dankend zu. Die

Umstehenden fingen an, eifrig aufeinander einzureden. Welche Kraft besaß er? War wirklich die Zeit gekommen? Einige drängten sich gewaltsam zu ihm hin und fragten erregt: »Ist es nun Zeit, die Römer aus dem Land zu werfen?« Er schaute sie solange in Ruhe an, bis ihre Spannung etwas nachgelassen hatte. Dann antwortete er: »Glücklich, die keine Gewalt anwenden, denn ihnen wird Gott selber das Land geben.« Die Fragesteller blieben ernüchtert und zweifelnd stehen. Wie sollte die Heilszeit kommen, wenn nicht zunächst die Heiden vertrieben wurden?

Erst nach einigen Tagen zeigte sich Jesus wieder in Kafarnaum. Sobald er auftauchte, kamen Leute voll Erwartung und Neugierde auf ihn zu. Er spürte ihre heimlichen Ängste. Alle waren in ihren Gesichtern gezeichnet durch ein Leben im Streit (Sir 40,3-5), und bis in ihre spontanen Gesten hinein verrieten sie, wie sie stets auf der Lauer waren, um sich gegen spitze Pfeile aus fremder Hand zu verteidigen. Am Abend sprach Jesus zur Menge, die den Frieden und die Freude noch nicht kannte: »Wie einen Strom leitet der Herr den Frieden nach Israel (Jes 66,12). Er verzeiht jedem seine Sünden und heilt die zerbrochenen Herzen. Er läßt den zertretenen Weinberg neu aufblühen und wendet das Herz der Väter den Söhnen und das Herz der Söhne den Vätern zu (Mal 3,24). Vergebt einander, wie der Herr eurer Verfehlungen nicht mehr gedenkt! Selig, wer Frieden stiftet.« Dieser Rede folgte ein betroffenes Schweigen, denn in den Herzen aller begannen Gedanken miteinander zu streiten. Er habe schon recht, aber zuerst müßten andere mit dem Verzeihen beginnen. Während die Menge wie gelähmt wartete, drängten sich Kranke und einige Frauen mit ihren Kindern an ihn heran. Obwohl sein Wort noch keine Antwort gefunden hatte, ließ er sich auf die Sehnsucht und Not derer, die zu ihm kamen, tief ein. Er neigte sich den Kleinen zu, und eine befreiende Kraft ging von ihm auf zahlreiche Kranke über. Die Geheilten fingen an zu rufen, und bald rissen sie die Menge mit, die – aus ihrer Lähmung sich lösend – in die Begeisterung einstimmte. Man jubelte ihm zu, er aber benützte das Gedränge, um sich still zu entfernen. Der Tag hatte ihm viel Kraft gekostet.

Er ging in die Nacht hinaus. Fragen bewegten ihn, die er im

Gebet mit seinem Abba austragen mußte. Er hatte in der kurzen Zeit seines Wirkens spüren dürfen, wie ein Funke des Vertrauens bei den Kranken gesprungen war. Doch bei seiner Verkündigung war nicht das gleiche geschehen. Die Menge blieb in sich verfangen, oder die Stimmung schlug in eine Begeisterung um, die mit dem Frieden, den der Vater schenken wollte, nichts zu tun hatte. Die Kraft, die von ihm ausströmte, war nicht auf die Hörer übergesprungen und nicht zu ihm zurückgekehrt (Jes 55,10f.). Warum? Mußte er den Menschen mehr Zeit lassen? Mußte er zunächst einzelne rufen, um durch eine kleine Gemeinschaft das neue Leben für die große Menge und für Israel erfahrbar zu machen?

Das Ja der Jünger und das Nein in Nazaret

Am nächsten Morgen ging er lange Zeit dem See entlang, überquerte den Jordan und kam in die Nähe von Betsaida. Bei Fischern, die während der Nacht draußen waren, blieb er stehen. Er sah ihnen zu, wie sie die Fische aus ihren Netzen in Gefäße sammelten. Für einen Augenblick schloß er die Augen, während das Bild vom Einsammeln mit einem Strom von Kraft in ihm aufstieg. Er spürte: Ein entscheidender Augenblick drängte heran. Die Fischer waren unterdessen auf ihn aufmerksam geworden und begannen untereinander über ihn zu reden. War das nicht jener, der in Kafarnaum gepredigt und Kranke geheilt hatte? Während Jesus näher auf sie zuging, fiel sein Blick auf ein Boot, an dem zwei Männer arbeiteten, die Brüder zu sein schienen. Er trat nahe an die beiden heran, schaute zunächst dem einen, dann dem andern in die Augen (Hld 4,9) und sagte mit einer warmen und vollen Stimme, die einlud und zugleich aufforderte: »Die Gottesherrschaft ist nahe. Kommt, folgt mir!«. Den beiden Männern begann das Herz laut zu pochen. Etwas überströmte sie, das sie bisher nicht kannten. Es war Angst und Beglückung zugleich. Doch nach einer kurzen Zeit des Erschreckens sagten beide fast gleichzeitig und wie im Traum: »Amen«. Jesus drehte sich um. Sie folgten ihm, und die Blicke der übrigen Fischer gingen ihnen nach.

Beim Weitergehen dankte Jesus seinem Vater. Zum ersten Mal hatte er gespürt, daß sein Wort in den Herzen der Angesprochenen voll zum Schwingen kam und durch ihr Amen zu ihm zurückkehrte. Nun war es nicht mehr bloß sein Wort, denn es hatte in den Herzen der beiden Fischer, die Simon und Andreas hießen, eine Antwort geweckt und war so zu einem gemeinsamen Wort geworden. Die Gottesherrschaft, die alleserneuernde Gegenwart seines Vaters, war am Kommen.

Nach kurzem Weg traf Jesus mit seinen beiden Begleitern, die schweigend neben ihm her gingen, nochmals auf eine Gruppe von Fischern. Sein Blick heftete sich auf ein Boot, an dem drei Männer arbeiteten, zwei junge und ein älterer, der wohl der Vater der beiden jüngeren sein mußte. Jesus ging entschlossen auf die Gruppe zu, sammelte das Wort und die Kraft seines Vaters in sich und lud damit die beiden jungen Männer ein, ihm zu folgen. Auch sie schlossen sich ihm nach einem kurzen Augenblick des Erschreckens und Zögerns an. Der alte Vater aber war entsetzt über den plötzlichen Aufbruch seiner beiden Söhne Johannes und Jakobus. Auf unerklärliche Weise erinnerte er sich jedoch, wie die Schrift erzählte, daß dem Abraham bei den Eichen von Mamre drei Männer erschienen waren (Gen 18,1f.), und er spürte trotz des Entsetzens einen inneren Trost.

Mit seinen vier Begleitern suchte Jesus einen geschützten Ort, wo keine neugierigen Blicke sie stören konnten. Er ließ sie auf dem Boden lagern, setzte sich in ihre Runde und sprach: »Viel Armut, Trauer und Not ist bei den Menschen; aber die Zeit der Wende ist nahe, und die Herrschaft Gottes drängt heran. Ihr habt bis jetzt Fische gefangen und eingesammelt. Gott aber will Israel, an dem vom Kopf bis zum Fuß kein heiler Fleck ist (Jes 1,6), heilen und das zerstrittene Volk in einer Gemeinschaft des Friedens neu sammeln (Jes 11,12). Ich will euch deshalb zu Menschenfischern machen. Kehrt in eure Familien zurück, sorgt für eure Frauen, Kinder und Eltern und macht euch frei. In einigen Tagen werde ich wiederkehren, um euch zu mir und in das Reich meines Vaters zu holen.« Sie fragten ihn, wer er sei. Und er erwiderte nur: »Der Menschensohn«. Sie wußten nicht, wen oder was er damit meinte. Nach einer kurzen Weile fügte er aber hinzu: »Der Menschensohn ist der, der mit euch sein wird (Ex 3,14), und ihr werdet ihn erkennen«. Dann entließ er sie.

Jesus suchte einen Garten (Hld 6,2), von dem aus das Reich weiter wachsen konnte. Deshalb schlug er den Weg zu seinem Heimatdorf ein. Unterwegs erfüllte ihn Jubel und Dank, daß der Vater ihm die ersten Jünger geschenkt hatte. Sein Wort war nicht mehr – wie bei der ersten Verkündigung – in der Menge erstorben. Es hatte Leben geweckt und eine kleine Gemeinschaft geschaffen, die für ihn schön und voller Wonne war (Hld 7,7). Während die Gegenwart seines Abbas ihn erfüllte, sah er sich im Kreis vieler Menschen, und ein Wort aus der Schrift kam auf ihn zu:

Ich bin euer Gott und ihr seid mein Volk. Lev 26,12

Die Natur wurde für ihn lebendig und stimmte in seine Freude ein. Seinen Augen begegneten Granatbäume und Hennadolden (Hld 4,13), Zedern und Akazien (Jes 41,19), Zypressen und Myrten (Jes 55,13). Er ließ sich beim Wandern Zeit, heilte unterwegs einige Kranke und richtete es so ein, daß er am Sabbat im heimatlichen Dorf ankam und gleich in die Synagoge gehen konnte. Er war sehr bewegt, und alles in ihm fragte, ob sein Wort bei den Menschen, denen er vertraut war, ein volles Amen finden werde. Würde das Wunder geschehen, daß die Gemeinschaft einer Synagoge sich vom Vater ergreifen ließ? Er merkte gleich, daß die gespannte Aufmerksamkeit, die seine Gegenwart im Dorf und in der Synagoge weckte, nicht bloß durch seine Rückkehr bedingt war. Der Ruf war ihm vorausgeeilt, und man mußte bereits von seiner Predigt und den Heilungen in Kafarnaum gehört haben. Vor und in der Synagoge redeten alle leise über ihn. Neugier und Erwartung hatten das Dorf erfaßt.

Nach den Gebeten und der Lesung aus der Thora reichte der Synagogenvorsteher ihm die Schrift des Propheten Jesaja. Es waren gerade jene Worte zu lesen, die ihn unterwegs begleitet hatten:

Der Geist Gottes, des Herrn, ruht auf mir; denn der Herr hat mich gesalbt. Er hat mich gesandt, damit ich den Armen

eine frohe Botschaft bringe und alle heile, deren Herz zer-
brochen ist, damit ich den Gefangenen die Entlassung ver-
künde und den Gefesselten die Befreiung, damit ich ein
Gnadenjahr des Herrn ausrufe,...   Jes 61,1f.

Hier brach Jesus abrupt ab, denn die unmittelbare Fortsetzung
»einen Tag der Vergeltung unseres Gottes« wollte er übergehen.
Er setzte sich, während die Blicke aller auf ihn gerichtet waren.
Erst jetzt spürte er im vollen Maße, wie verändert er ins Dorf
zurückgekehrt war. Früher konnte er unverständigen Menschen
immer fragend ausweichen, doch nun mußte er alle, die ihn zu
kennen glaubten und die in ihrer dumpfen, aber doch vertrauten
Welt gefangen waren, mit einer Botschaft konfrontieren, die sie
von ihm nicht erwarteten. Würde das Wort des Vaters die kleine
Dorfwelt, in der jeder auf jeden schielte und in der einige Wohl-
habende bestimmten, was zu gelten hatte, aufbrechen? Er begann:
»Heute erfüllt sich, was der Prophet Jesaja angekündigt hat. Gott
sendet seinen Geist, um Arme und Gedrückte in ihren Herzen zu
erfreuen, Kranke zu heilen und alle, die durch die Macht böser
Worte gefesselt sind, zu befreien. Die Heilszeit ist am Anbrechen,
und ich verkünde euch die Gnade und die Verzeihung des Herrn.«
Männer und Frauen in der Synagoge schauten voll Spannung auf
den Prediger, der ihren Erwartungen zu entsprechen schien. Aus
dem Sohn des Josef mußte etwas Großes geworden sein, wie
manche es schon immer vermutet hatten. Würde er nun auch
Wunderzeichen wirken, wie er es in Kafarnaum getan hatte? Er
müßte doch vor allem sein Heimatdorf berühmt und zum Zentrum
seines Wirkens machen. So würden alle an seinem Erfolg teilha-
ben und Nazaret würde in Israel endlich etwas gelten.

Unter den erwartungsvollen Blicken, die sich an ihn hefteten,
spürte Jesus, daß der entscheidende Moment gekommen war. Eine
Begeisterung – wie zuletzt in Kafarnaum – könnte er leicht
wecken; aber darin würde das Wort seines Vaters untergehen. Er
mußte die lastende Macht ihrer Erwartungen durchbrechen, und
sammelte in sich alle Kraft, die ihm zufloß. Dann fuhr er fort:
»Heftet eure Herzen nicht an die Wunder, die von Propheten

berichtet werden! Glaubt dem Wort, das von Gott kommt, und öffnet ihm eure Seelen! Als zur Zeit des Elija eine lange Dürre und eine große Hungersnot über dem Land lagen, hat der Prophet nicht für alle Armen ein Speisewunder gewirkt, sondern nur für eine Witwe, und diese war noch eine Heidin aus Sarepta am Meer. Desgleichen hat Elischa nicht alle Aussätzigen, die es damals in Israel gab, geheilt. Er hat sogar keinen von ihnen von seiner Krankheit befreit, sondern nur einen Ausländer, den Syrer Naaman.« Diese Worte bewirkten in der Synagoge ein plötzliches Erstarren und eine beängstigende Stille. Jesus schlug eine Stimmung entgegen, die schlagartig umgekippt war. Sollte er weiterreden? Er wußte bereits, daß sein Wort auf steinigen Grund gefallen und Herzen aus Bronze und Eisen begegnet war (Jer 6,28). Ein großer Schmerz durchfuhr ihn; aber er durfte vor den Menschen, die ihn alle kannten, die große Aufgabe, die ihn drängte, nicht verraten. So fuhr er mit Entschiedenheit fort: »Ich weiß: Kein Prophet wird in seiner Heimat anerkannt.« Nun war der Bann gebrochen. Eine Unruhe machte sich breit, denn die Leute steckten in ihrer Enttäuschung die Köpfe zusammen und begannen erregt über ihn zu tuscheln. Ob er sie zum Narren halten wolle? Anscheinend sei er doch unfähig, etwas Besonderes zu wirken und mache nur Worte. Jesus hörte das Zischeln der Menge (Ps 31,14). Er schloß seine Augen, und sogleich tauchte das Bild vor ihm auf, wie alle sich erhoben, ihre Verwünschungen auf ihn legten und ihn aus dem Dorf hinausdrängten, um ihn über einen Felshang hinunterzustürzen. Mit seinem ganzen Leib nahm er in der Synagoge einen Willen zum Töten wahr (Jer 26,8f.), der ihn tief verwundete. Wortlos erhob er sich, schaute alle ohne Furcht und Zittern an und ging langsam an ihnen vorbei hinaus, während keiner sich zu rühren wagte. Er verließ das Dorf, ohne bei seiner Mutter einzukehren, denn er konnte ihr in dieser Stunde nichts sagen, um ihr den Schmerz zu ersparen oder zu lindern. Auch den Brüdern und Schwestern in der nahen Verwandtschaft mußte er nun noch fremder werden (Ps 69,9). Sie würden unter öffentlichen Druck geraten und sich gegen ihn stellen.

Als Jesus schon außerhalb des Dorfes war, merkte er, daß

jemand ihm folgte. Es waren zwei Kranke, die mühsam versuchten, ihn einzuholen. Der eine hatte einen gelähmten Arm, und er hinkte, während der andere eine offene Wunde trug. Mit Augen voll Sehnsucht näherten sie sich und knieten vor ihm nieder. Er legte beiden die Hände auf, spürte ihre zitternden Leiber, und in seinem Herzen trug er ihr Sehnen zum Vater empor (Ps 42,2). Wieder durfte er spüren, wie eine Kraft von ihm ausfloß. Gleichzeitig stieg in den Kranken ein Feuerstrom aus der Tiefe ihrer gequälten Leiber auf. Sie sprangen auf, jubelten, dankten und eilten dem Dorf zu.

Rückkehrend nach Kafarnaum ging Jesus bewußt an der nahen Provinzhauptstadt Sepphoris vorbei, die der Landesfürst Herodes Antipas neu aufgebaut und zu seiner Residenz gemacht hatte. Da er sich nur zu seinem eigenen Volk gesandt wußte, wollte er sich nicht auf die griechische und heidnische Welt einlassen. Beim Wandern bewegte ihn noch lange die schmerzliche Erfahrung in seinem Heimatdorf. Er war nun ein Ausgestoßener, und er erahnte, wie hinter den Mächten, von denen die Armen, Kranken und Friedlosen gefangen gehalten wurden, ein dunkler und vernichtender Wille lauerte. Er spürte mit Seele und Leib, wie die Entscheidung der Gottesherrschaft herandrängte. Würde am See das Wunder des Wortes und der Kraft gelingen, wie es bereits bei den Kranken und bei jenen, die er einzeln gerufen hatte, geschehen war, oder würde die düstere Macht der öffentlichen Stimmung die Menschen gefangen halten, wie er es in seiner Heimat erleben mußte? Würde ein ganzes Dorf, eine ganze Stadt, würde Israel als ganzes Volk sich heilen lassen? War sein Wort nur für jene, die meinten, ihn von Jugend auf zu kennen, eine zu große Zumutung gewesen?

Die Zeit der Schwebe und der Unentschiedenheit

Das große Aufsehen, das seine Rückkehr in Kafarnaum erregte, zeigte, wie viel man während der vergangenen Tage über ihn gesprochen hatte. Am Abend war der Platz im Städtchen voll von

Menschen, und alle warteten gespannt auf ihn. Ohne daß man sein Kommen richtig bemerkt hatte, stand er plötzlich unter ihnen, und er begann gleich zu sprechen: »Beneidet nicht die Reichen! Glücklich seid ihr, wenn ihr Hunger und Durst habt nach der Gerechtigkeit. Hört auf Gott und dürstet nach seinem Wort, dann werdet ihr reichen Segen empfangen und satt werden. Eure vielen Sorgen werden sich lösen, und ihr werdet in Frieden die Früchte eurer Felder und Weinberge genießen (Jes 65,21). In euren Dörfern und Städten wird Freude und Lobgesang erschallen (Jer 31,19), und kein Schwert wird euch bedrohen. Hungert nach dem Wort des Herrn, und jeder vergebe dem andern, was er ihm schuldet! Die Hungernden werden für immer feiern (1 Sam 2,5).« Die Menge zögerte auch diesmal. Eine Welle der Hoffnung war aufgekeimt, aber zugleich legten sich ungewisse Fragen auf alle. Würde er wirklich ihre Sorgen wegnehmen, und was meinte er mit dem Wort? Warum sagte er nicht konkreter, was er tun wollte, um den wunderbaren Wandel herbeizuführen? Einige drängten sich unbekümmert um diese Fragen an ihn heran, vor allem Kranke, die geführt und gestützt werden mußten. Jesus spürte das Zögern in der Menge, und es schmerzte ihn tief. Doch er achtete für den Augenblick nicht darauf, sondern öffnete seine Seele ganz den Kranken, die ihn berühren wollten. Er roch ihre Körper, hörte ihren keuchenden Atem und sah Spuren von Qualen auf ihren Gesichtern, aber auch Funken von Hoffnung in ihren Augen. Ihre Leiber hungerten und dürsteten nach Heilung und Segen, und dieses Hungern und Dürsten klang ganz zusammen mit seinem eigenen Sehnen nach dem Kommen der Gottesherrschaft. Die Kranken begannen plötzlich, ohne daß er recht merkte, was geschehen war, laut zu schreien: »Er hat uns geheilt! Er hat uns geheilt!« Die Rufe wirkten ansteckend, und das Zögern der Menge schlug wieder in Begeisterung um. Viele drängten sich zu ihm, während andere – schreiend und gestikulierend – aufeinander einredeten. Unter jenen, die sich ihm näherten, sah Jesus seine Jünger. Er bahnte sich einen Weg zu ihnen. An ihrer Verlegenheit merkte er, daß sie in seiner Abwesenheit gezweifelt hatten. Aber jetzt war das Wort in ihnen wieder lebendig. Er löste sich mit ihnen aus der Menge. In den Gassen neben dem Platz folgten ihnen einige Frauen und boten ihnen Brot und Früchte an. Jesus nahm die Gaben für seine Jünger und für sich dankend an, und sie verließen das Städtchen. An einem windgeschützten Ort unter Olivenbäumen verbrachte er zum ersten Mal die Nacht mit seinen Jüngern. Während sie schliefen, suchte seine Seele noch lange jenen, den er liebte; und als endlich der Schlaf über ihn kam, blieb sein Herz wach (Hld 3,1; 5,2).

In den nächsten Tagen und Wochen wanderten sie durch die Dörfer am See und über die Berge und Hügel Galiläas (Hld 2,8). Wie in Kafarnaum so verkündete er im Land Sebulon und Naftali (Jes 8,23) das rettende Handeln Gottes.

Er erbarmt sich des Gebeugten und Schwachen,
er rettet das Leben der Armen.
Von Unterdrückung und Gewalttat befreit er sie,
ihr Blut ist in seinen Augen kostbar.

Ps 72,13f.

Er sprach den Menschen die verzeihende Liebe seines Vaters zu, und rief sie auf, sich gegenseitig zu versöhnen. Die Gruppe derer, die mit ihm zogen, wurde langsam größer. Manche folgten ihm nur einige Tage, andere zeigten sich entschlossen, bei ihm zu bleiben. Der Andrang war groß, und vielen Kranken wurde Heilung geschenkt, während manche durch seine bloße Gegenwart unruhig wurden. In einem Verstörten begann es zu schreien, sobald sie sich ihm näherten: »Warum kommst du, uns zu stören und zu verderben? Wir kennen dich. Du bist der Heilige Gottes.« Jesus fuhr hart dazwischen: »Schweigt und verlaßt den Armen!« Der Irre warf sich auf den Boden, bäumte sich schreiend auf und lag dann ganz ruhig da. Jesus beugte sich nieder, reichte ihm die Hand zum Aufstehen und schickte ihn sogleich zu seiner Familie zurück. Der Geheilte wollte ihm folgen; doch Jesus wehrte ab. Die Leute, die alles verfolgt hatten, waren zutiefst erschrocken, und beim Weitergehen fragten ihn seine Begleiter: »Warum hat der Besessene so geschrien, und warum hat er mit ›wir‹ gesprochen? Er war doch allein!« Jesus erwiderte: »Die feindliche Macht fühlte sich von der Gottesherrschaft bedroht, und es war die Macht vieler in ihm.« Die Jünger sprachen untereinander lange über diese Antwort, denn sie verstanden nicht, wen er mit den vielen meinte.

Unterwegs führte Jesus seine Jünger und viele Männer und Frauen, die ihm folgten, auf einen Berg, von dem aus sie weite Teile Galiläas bis zum See hin überblicken konnten. Nachdem sie von den Speisen gegessen hatten, die ihnen in den Dörfern geschenkt worden waren, fanden sie sich um ihn zusammen. Er lehrte sie, und sie wagten es, ihn zu fragen: »Du sprichst so oft von der Gottesherrschaft. Sag uns genauer: Wann kommt sie? Wie zeigt sie sich und was haben wir zu tun?« Er schaute lange in die Runde, verweilte bei einzelnen, und dann begann er: »Ihr selber seid das Licht der Welt. Wenn ihr mit ganzer Seele und mit all euren Kräften an das Wort glaubt, werdet ihr sein wie eine Stadt auf dem Berg. Sie leuchtet, und jedermann kann sie sehen. Erinnert euch: Als Israel durch die Wüste wanderte, zog eine Wolkensäule vor ihm her. Jedesmal, wenn die Wolke sich über dem Offenbarungszelt erhob, brachen die Väter auf, und wo die Wolke sich niederließ, dort schlugen sie ihr Lager auf (Ex 13,21). Wie Israel unter der Wolke dahinzog, so wandert die Gottesherrschaft mit uns, und sie läßt uns über die Höhen Galiläas schreiten (Hab 3,19).« Den Jüngern wurde seltsam zumute durch die Art, wie Jesus geantwortet und sie selber angesprochen hatte. Ihr Inneres fing an zu zittern beim Gedanken, daß sie ein Licht in der Welt waren. Ihre Träume begannen wie Bäume in die Höhe zu wachsen, und einer fragte: »Wann werden wir all dies mit unseren Augen sehen?« Jesus holte die Träume seiner Jünger zurück: »Kümmert euch nicht um das Morgen! Verzeiht, wann immer einer dem anderen etwas vorzuwerfen hat, und ihr werdet erkennen, daß die Gottesherrschaft bereits unter euch ist.« Die Ernüchterung, die diesen Worten folgte, war sichtbar, und sie führte nach einer längeren Pause zur Frage: »Darf man nicht Böses mit Bösem vergelten? Das Gesetz gebietet doch: Aug um Aug, Zahn um Zahn.« Jesus spürte die Schwierigkeit, für die das Gesetz eher ein Vorwand war. Er versuchte zu klären: »Ja, so steht es in der Schrift, aber die Gottesherrschaft kann nicht kommen, solange

Böses immer wieder Böses weckt und der Kreislauf des Vergeltens weitergeht. Gott vergibt euch eure Schuld, noch bevor ihr ihn darum bittet, und so sollt auch ihr einander verzeihen.« Nochmals kam es aus der Runde: »Werden die Bösen nicht triumphieren, wenn ihre ungerechten Taten nicht vergolten werden?« Jesus merkte, daß aus den Jüngern ein Widerstand gegen die Gottesherrschaft sprach, und er versuchte ihn mit Worten voll Wärme und Kraft zu überwinden: »Besiegt das Böse durch eure Güte, und ihr werdet die Bösen für euch gewinnen und zu euren Freunden machen. Der alte Kreislauf von Schlag und Gegenschlag, der in die Grube des Grauens führt, wird zu einem neuen Gesang werden (Ps 40,4), der im Wechsel der Chöre ertönt und euch zum Vater emporhebt.« Diese Worte, denen sie mit offenen Ohren lauschten, verzauberten die Jünger, dennoch blieb tief in ihren Herzen etwas schwer. Sorgen und verborgene Ängste wirkten in ihren Seelen nach, so daß sie sich nicht in die Freiheit des Vaters entführen ließen. Jesus spürte schmerzhaft, daß tief in den Menschen Kräfte gegen die Gottesherrschaft lauern mußten. Dennoch drängte ihn eine frohe und unerschütterliche Zuversicht, Israel für die Herrschaft und Freiheit seines Vaters zu gewinnen und von den versklavenden Mächten zu befreien.

Das Gesetz und der böse Trieb im Herzen

Da Kafarnaum an der Grenze zwischen Galiläa und der Gaulanitis lag, gab es in diesem Städtchen einen Zollposten und eine Garnison mit Soldaten, die über die öffentliche Ordnung wachten. Die Zöllner hatten dem Landesfürsten eine Pacht zu zahlen; dafür trieben sie auf eigene Rechnung Abgaben von den Durchreisenden ein, wobei sie sich längst nicht immer an die festgesetzten Tarife hielten. Als Jesus nach Kafarnaum zurückkam und mit seinen Jüngern an der Zollstation vorbeiging, saß dort ein Mann namens Levi, der Unterzöllner in seinem Dienst hatte. Durch ein inneres Spüren gedrängt sagte Jesus zu ihm: »Folge mir nach!« und ging – ohne auf die Reaktion des Angesprochenen zu warten – langsam weiter. Der Oberzöllner war sprachlos. Gehörte dieser Jesus nicht zu den andern, zu den Frommen, von denen sie, die Zöllner, verachtet wurden? Doch er überlegte nicht lange, sprang auf, gab seinen Platz einem Unterzöllner und lief der Gruppe um Jesus nach. Er drängte sich zu ihm vor und sagte:»Ich lade dich und deine Jünger heute zum Essen ein.« Jesus freute sich, daß sein Wort eine Antwort gefunden hatte, und nahm die Einladung dankend an.

Pharisäer und Schriftgelehrte, die das Wirken des neuen Predigers mit Argwohn verfolgten, beobachteten das ganze Geschehen. Für sie wurde immer deutlicher, daß er nicht auf ihrer Seite stand. Er predigte zwar fromm und sprach vom Gott Israels, aber sie hatten rasch Verdacht geschöpft, weil er dem Volk nie die vielen Gebote des Mose erklärte (Neh 8,1-8) und sich sogar mit solchen einließ, die dem Gesetz ganz fernstanden oder überhaupt unfähig waren, es richtig zu verstehen. Am Tag nach dem Mahl beim Oberzöllner machten sie sich an seine Jünger heran und fragten sie vorwurfsvoll, warum sie mit den sündigen Zöllnern gegessen hätten. Ihre versucherische Annäherung blieb Jesus nicht verborgen, und er erwiderte ihnen offen:»Der Arzt geht zu Kranken und nicht zu Gesunden, und Gott ruft Sünder und nicht Gerechte in sein Reich.« Die Pharisäer insistierten:»Aber die Sünder müssen sich zunächst bekehren« (Sach 1,3).»Ja, sie werden sich bekehren«, antwortete Jesus,»doch zunächst will ich Barmherzigkeit und nicht Opfer.« Andere setzten nach:»Wir haben auch gesehen, daß deine Jünger mit ungewaschenen Händen gegessen haben.« Er entgegnete ungerührt:»Was sie gegessen haben, gelangte nur in ihren Magen und nicht in ihr Herz. Sie wurden dadurch nicht unrein.« Dann fuhr er warnend fort:»Was aber aus den Menschen herauskommt, das verunreinigt. Aus dem Herzen kommen nämlich mißtrauische Gedanken und böse Taten (Sir 37,16). Gebt acht auf eure Worte!« Bei dieser Rede wandten sich zahlreiche Pharisäer und Schriftgelehrte demonstrativ von ihm ab und sagten empört zueinander:»Was erlaubt sich dieser Zimmermann aus Nazaret? Nur wer das ganze Gesetz beachtet, nimmt das Joch der wahren Gottesherrschaft auf sich. Was er verkündet, ist verdächtig. Welche Vollmacht hat er überhaupt, da er keinen von uns zum Lehrer genommen hat?« Einige unter ihnen wagten dennoch einen Einwand und wiesen auf seine vielen Heilungen hin. Doch andere hielten ihnen entgegen, gerade diese seien verdächtig. Krankheiten seien eine Strafe für Sünden (Dtn 28,21f.). Die Kranken müßten sich deshalb zunächst bekehren, was man bei ihm nie gesehen habe. Waren nicht böse Mächte im Spiel? Man beschloß, sein Wirken aufmerksam zu verfolgen und zu prüfen.

Da die Pharisäer und Schriftgelehrten Einfluß beim Volk hatten und ihre verdachtausstreuenden Worte in vielen Ohren und Herzen hängen blieben (Spr 18,8), merkte Jesus rasch, daß seine Verkündigung in ihrer Nähe noch schwieriger wurde. Er zog sich deshalb wieder aus Kafarnaum zurück, wobei viele ihm folgten, darunter einige Schriftgelehrte und Pharisäer. Wollten sie ihn ausspionieren, oder waren sie im Herzen doch vom Wort des Vaters berührt worden? Wie von einer Wolkensäule geführt wählte Jesus den Weg in die Höhe und lagerte schließlich in einem Hain unter Olivenbäumen. Eine starke Spannung lag auf allen, denn die Erwartung der Gottesherrschaft kämpfte in ihnen mit dem Argwohn, der von den Pharisäern ausgestreut wurde.

Nach einem kurzen Mahl wandte sich Jesus an die Männer und Frauen, die ihm gefolgt waren: »Meint nicht, ich sei gekommen, das Gesetz aufzuheben. Gott hat durch Mose dem Volk geboten, mit ganzem Herzen auf seine Stimme zu hören und ihn mit allen Kräften zu lieben. Ihr kennt das Gebot:

Höre, Israel! Jahwe, unser Gott, Jahwe ist einzig. Darum sollst du den Herrn, deinen Gott, lieben mit ganzem Herzen, mit ganzer Seele und mit ganzer Kraft.   Dtn 6,4f.

Ebenso sollt ihr mit euren Nächsten umgehen. Liebt sie, wie euch selbst!« (Lev 19,18) Einer der Schriftgelehrten, die ihm gefolgt waren, warf dazwischen: »Das ist gut und richtig, aber diese beiden sind nicht die einzigen Gebote. In der Schrift gibt es noch viele andere Weisungen, und Gott hat durch Mose befohlen, das ganze Gesetz zu halten.« Jesus griff den Einwand auf und machte ihn umdeutend zu einer Antwort der Gottesherrschaft: »Ja ihr sollt das Gesetz *ganz* halten. Mose hat euch streng verboten, mit verheirateten Frauen Ehebruch zu begehen. Doch wie geht es in den Städten und Dörfern Israels zu? Wenn die Männer zusammenstehen, schauen sie den Frauen begierig nach, kichern untereinander und machen Worte, die Herzen verführen und vergiften. Trifft nicht zu, was der Prophet gesagt hat?

Hengste sind sie geworden, feist und geil, jeder wiehert nach der Frau seines Nächsten.　　　　　　　　　　Jer 5,8

Der Ehebruch beginnt im lüsternen Begehren des Herzens.« Alle schauten betroffen zu Boden und wußten nicht, was sie denken sollten. Nach einer längeren Zeit peinlichen Schweigens fuhr Jesus fort: »Gott hat euch verboten zu töten, und er hat die Mörder dem Gericht überantwortet. Doch was geschieht in Israel? Überall wo Menschen zusammenkommen – Frauen am Waschplatz, Männer auf dem Markt –, da reden sie mit aalglatten Zungen (Ps 5,10) über Abwesende. Verdächtigungen und üble Vermutungen werden ausgestreut. Merkt ihr nicht, daß böse Worte – wie Schwerter zwischen Lippen (Ps 59,8) – in die Seelen treffen (Ps 52,4f.)? Wenn eure Gerechtigkeit nicht größer ist als die der Pharisäer und Schriftgelehrten, die nur auf den Buchstaben achten, dann könnt ihr nicht ins Reich Gottes eingehen.« Die Hörer waren diesmal nicht nur betroffen, sondern zutiefst erschrocken. Die meisten erinnerten sich unwillkürlich, wie sie selber oft über Abwesende geredet und andere verurteilt hatten. Ein Gefühl der Scham stellte sich ein. Doch zugleich meldeten sich in ihnen auch alte Wunden, die sie ihrerseits durch böse Worte und falsche Verdächtigungen aus dem Munde anderer erlitten hatten. Mit ihren überführten und verletzten Seelen erahnten sie die Wahrheit dessen, was sie eben gehört hatten.

Jesus überließ die Menschen ihren Gedanken, während er sich zum einsamen Gebet zurückzog. Einige benützten die Gelegenheit, um nach Hause zurückzukehren, denn die Lehre, die sie eben vernommen hatten, war für sie unwiderstehlich und unerträglich zugleich. Die meisten verharrten trotz ihrer Ratlosigkeit und überließen sich widersprüchlichen Gedanken, die in ihren Herzen miteinander rangen. Nach längerer Zeit kehrte Jesus zu den Seinen zurück, und die etwas kleiner gewordene Schar sammelte sich wieder. Ein Schriftgelehrter begann: »Meister, ich habe lange über deine Worte nachgedacht. Du hast recht; wir sollen Gott aus ganzem Herzen lieben und auch alles Böse gegenüber dem Nächsten aus unseren Herzen entfernen. Doch wie steht es mit den Feinden Gottes und den Widersachern unseres Volkes? Mose und die Propheten haben gelehrt, daß der Herr Böses mit Bösem vergelten und an seinen Feinden harte Rache nehmen wird. Oft scheint sein Zorn sogar unerbittlich zu sein. Jeremia sprach von einem kommenden Gerichtstag, an dem die vom Herrn Erschlagenen von einem Ende der Erde bis zum andern liegen werden (Jer 25,33), und Jesaja sah voraus, daß dieser Tag voll Grausamkeit, Grimm und glühendem Zorn sein wird (Jes 13,9). Müssen nicht auch wir jene Feinde verurteilen und hassen, die Gott so unerbittlich straft?« Der Schriftgelehrte hatte sich mit seiner Frage in eine Herausforderung hineingesteigert, die alle andern innerlich erzittern ließ. Er hatte genau getroffen, was die meisten auch empfanden, selber aber nicht so gut in Worte fassen konnten. Jesus ließ die Herausforderung einige Zeit in der Runde schweben, bis er plötzlich mit unerwarteter Entschiedenheit sagte: »Ja, ihr habt gehört, daß man den Feind hassen soll. Ich aber sage euch, liebt auch eure Feinde und betet für sie. Schaut auf den himmlischen Vater! Er läßt seine wärmende Sonne über Gute und Böse aufgehen, und ebenso läßt er den fruchtbaren Regen auf die Felder von Gerechten und Ungerechten fallen. Ihr sollt so handeln wie der himmlische Vater.« Der Schriftgelehrte war zunächst sehr verblüfft ob dieser Antwort, denn er hatte sie in seinem Lehrhaus noch nie gehört. Bald aber faßte er sich wieder und entgegnete mit heimlich triumphierender Stimme: »Die Worte, die Gott durch Mose und die Propheten gesprochen hat, sind wichtiger als das, was Sonne und Regen uns lehren können.« Jesus unterbrach ihn rasch: »Kennst du nicht das Wort des Herrn?

*So gewiß ich meinen Bund mit dem Tag und mit der Nacht
und die Ordnungen von Himmel und Erde festgesetzt habe,
so sicher werde ich auch die Nachkommen Jakobs und
meines Knechtes David nicht verwerfen.*   Jer 33,25

Sagt uns der Herr nicht selber, daß wir seine Wege aus den
Ordnungen von Himmel und Erde erkennen können?« Der Schriftgelehrte war erregt. Er merkte, daß Jesus die Schrift in einer Weise
sprechen ließ, die er von seinem Lehrhaus her nicht kannte. Nach
einem Augenblick des Zögerns verließ er verwirrt die Runde,
während einige ihm folgten.

Der Abend wurde für viele, die bei Jesus geblieben waren,
drückend und schwer, denn sie konnten ihre aufgewühlten Gedanken nicht zur Ruhe bringen. Die feste Überzeugung, die von den
Worten ihres Meisters ausströmte, kämpfte mit dem, woran sie
sich seit frühester Jugend gewöhnt hatten. Auch wenn sie dem
Gesetz nicht immer folgten und viele Gebote gar nicht kannten,
so waren die Worte, die ihnen an jedem Sabbat vorgelesen wurden,
doch heilig. Ihre Herzen hingen daran, ja sie hatten den Eindruck,
ihre Seelen würden zerfallen und ihre Körper würden krank werden, wenn sie die Weisungen der Schrift preisgäben. Zwar hatten
sie öfters bemerkt, daß die Schriftgelehrten untereinander auch
über heilige Worte streiten konnten, und von den Frommen am
Salzmeer erzählte man sich sogar, daß sie neben Mose und den
Propheten noch andere heilige Bücher lasen und verehrten. Doch
sie alle liebten jeden Buchstaben in den Schriften und stützten sich
allein darauf. Jesus hingegen schien mit seiner Seele an keiner
Schrift zu hangen und nur auf etwas in seinem eigenen Inneren
zu hören. Seine Botschaft verwirrte, aber zugleich löste die Kraft
und Wärme seiner Stimme ein Gefühl der Befreiung aus. Doch
wohin würde diese Freiheit sie führen? War es nicht Verrat an
Gott, wenn die Stimme Jesu ihre Herzen an sich zog und von der
Anhänglichkeit an den heiligen Buchstaben löste? War nicht jeder,
der ein anderes Wort sagte, als in der Schrift stand, ein falscher
Prophet (Dtn 18,19f.)? Nicht alle, die bei Jesus waren, machten
sich so schwere Gedanken. Einige seiner Jünger sorgten sich eher,

wie es weitergehen würde, wenn ihre Gruppe kleiner statt größer wurde.

Nachdem es Nacht geworden war, lud Jesus alle ein, in einer kleinen Senke und im Schutz eines Felsens (Ps 18,3) die Nacht zu verbringen. Nochmals benützten einige die Gelegenheit, um nach Hause zurückzukehren. Sie waren froh, der Spannung entrinnen zu können, aus der sie keinen Ausweg fanden. Am nächsten Morgen zog Jesus mit den Jüngern und den Frauen, die bei ihm geblieben waren, über die Hügel Galiläas weiter. Sie vermieden die Dörfer. Trotzdem trafen sie immer wieder auf Menschen, denen Jesus die nahe Gottesherrschaft verkündete und unter denen er Kranke heilte. Er ließ seinen Jüngern Zeit, mit seiner Botschaft vertrauter zu werden. Manche Worte wiederholte er, bis sie sich ihnen fest eingeprägt hatten.

Eines Tages stöhnten einige Jünger: »Die Forderungen sind erdrückend. Wir glaubten zuerst, durch die Botschaft von der Gottesherrschaft werde das Gesetz leichter. Aber die Lehre vom Ehebruch im Herzen, vom lieblosen Reden und von der Feindesliebe ist erschreckend hart.« Diesem Ausruf aus dem Kreis seiner Treuen ließ Jesus zunächst nur ein Wort aus der Schrift folgen:

Ihr werdet mein Volk sein, und ich werde euer Gott sein.

Ez 36,28

Dann fragte er: »Ist es nicht wunderbar, wenn der Name des Herrn mitten in Israel weilt (Ps 74,7)? Wie kann aber seine Herrlichkeit im Herzen seines Volkes wohnen (Ps 26,8), wenn dort zugleich böse Gedanken und mörderische Begierden hausen? Wie kann er euch Segen und Wohlergehen in Fülle schenken, wenn ihr euch zugleich gegenseitig schadet und freßt (Jes 9,19f.)? Der himmlische Vater ist nicht erschreckend, denn er fordert nur, daß ihr ihm eure Herzen ganz öffnet, damit er euch alles schenken kann. Ihr wartet doch auf sein Reich des Friedens und der Gerechtigkeit?« Alle stimmten ihm eifrig zu, dennoch blieben ihre Herzen zwiespältig (Ps 12,3). Nach einiger Zeit versuchte Simon seinem Unbehagen Ausdruck zu geben, indem er fragte: »Was sollen wir tun, wenn andere Menschen sich immer wieder gegen uns verfehlen? Sollen wir ihnen gar siebenmal verzeihen?« Simon meinte, eine unwahrscheinlich hohe Zahl genannt zu haben; er mußte aber mit Erstaunen hören: »Warum siebenmal? Denk an den Anfang der Welt zurück! Nach dem Mord des Kain an Abel wurde jedem weiteren Mörder eine siebenfache Rache angedroht (Gen 4,15). Und dabei blieb es nicht. Bereits Lamech sagte zu seinen Frauen Ada und Zilla:

> *Wird Kain siebenfach gerächt, dann Lamech siebenund-*
> *siebzigfach.*   Gen 4,24

Und nur eine Generation später, zur Zeit des Noach, war die ganze Erde verdorben und voller Gewalt (Gen 6,11). Das Böse hatte sich von der ersten Sünde an vermehrt und gleich einer Wasserflut die ganze Erde erfüllt (Gen 7,17-24). Wie kann eine solche Macht überwunden werden, wenn die Liebe zu Gott und zu den Nächsten nicht ebenso stark ist? Simon, wenn Lamech siebenundsiebzigfach gerächt wurde, dann sollt ihr siebenundsiebzigmal verzeihen.« Der Angesprochene blieb sprachlos stehen. Was er hörte war teils wie ein Traum und teils wie eine dunkle Last.

Eines Tages fragte Johannes: »Müssen wir, wenn das Böse in der Welt so mächtig ist, nicht zum großen Kampf dagegen aufbrechen?« Jesus fragte nur zurück: »Wo willst du es bekämpfen?« Johannes schwieg verlegen, und Jesus fügte hinzu: »Was sagen die Propheten?« Thomas antwortete: »Jeremia spricht vom bösen Trieb im Herzen« (Jer 7,24-28). – »Ja, Jeremia hat recht«, seufzte Jesus: »Das menschliche Herz ist störrisch und trotzig (Jer 5,23).

> *Ändert wohl ein Neger seine Hautfarbe*
> *oder ein Leopard seine Flecken?*
> *Dann könntet auch ihr euch noch bessern,*
> *die ihr ans Böse gewöhnt seid.*
>   Jer 13,23

Wie will Israel sich aus eigener Kraft bekehren, da kein Leopard seine Flecken ändern kann? Es ist früher immer falschen Göttern nachgelaufen (Jer 7,9) und hat die Greuel fremder Völker nachgeahmt (Dtn 18,9), und heute schielt jeder auf seinen Nachbarn und tut, was ihm Ehre zu bringen scheint. Aber die Ehre Gottes sucht keiner.« Die Jünger hörten dieser Rede gedrückt zu. Plötzlich aber änderte sich die Stimme ihres Meisters, und sie hörten Worte, die ihr Inneres erreichten: »Gott ist größer als das menschliche Herz. Ihr kennt die Verheißung:

Ich schenke euch ein neues Herz und lege einen neuen Geist in euch. Ich nehme das Herz von Stein aus eurer Brust und gebe euch ein Herz von Fleisch. Ez 36,26

Die Zeit, da dieses Wort in Erfüllung geht, ist da. Habt ihr in Kafarnaum und unterwegs nicht oft erfahren dürfen, wie Menschen, die von bösen Mächten besessen waren, durch die andrängende Gottesherrschaft befreit wurden? Laßt auch eure Herzen heilen!« Bei diesen Worten fuhr es den meisten heiß durch die Brust, denn in ihnen begann sich eine Klammer zu lösen, die sie bisher kaum bemerkt hatten, weil sie ganz zu ihrem Leben gehörte. Jesus spürte das Aufbrechen der Herzen und das Aufwallen der Gefühle in seinen Jüngern und in den Frauen, die ihn begleiteten. Wenn er sie allein ließe, würde die neue Erfahrung sie überrollen. Deshalb begann er leise einen Lob- und Dankpsalm zu singen, in den alle langsam einstimmten. Die einfache und tragende Melodie sammelte ein, was aufbrach und sie durchflutete. Gemeinsam wiederholten sie lange die gleichen Lieder, die über die Hügel bis zur Himmelshöhe aufstiegen (Sir 47,15) und in denen sich die große Spannung der vergangenen Tage lösen konnte. Sie tauchten ins Loben und Danken ein, durch das sie ihre Seelen wie von Flügeln des Windes tragen ließen (Ps 18,11). Berge und Hügel, Bäume und Sträucher, ja selbst die trockenen und steinigen Wege schienen ihre neue Fröhlichkeit zu teilen (Ps 89,13). Die Stimme der Turteltaube war im Land zu hören (Hld 2,12f.). Als der lange und große Tag verwehte und die Schatten des Abends wuchsen (Hld 4,6), lagerten sie in einem Weinberg mit Hennablüten und Myrrhenduft (Hld 3,6). Die Kühle legte sich wie ein großer bergender Friede auf sie, und die beginnende Nacht hüllte sie ein, ohne daß Angst ihre Träume störte (Gen 15,12-21).

Die spontane Liebe und der teuflische Argwohn

Über Kafarnaum lag eine große Spannung, als sie ins Städtchen am See zurückkehrten. Schriftgelehrte und Pharisäer mußten eifrig über ihn geredet und weiteren Verdacht ausgestreut haben. Doch nicht alle dachten gleich, denn einer von den Pharisäern lud ihn und seine Jünger in sein Haus ein. Als die Stunde des Mahles gekommen war, legten sie sich, wie es üblich war, auf Polstern um die niederen Tischchen. Während des Essens war der Gastgeber eifrig darauf bedacht, daß alles richtig aufgetragen wurde, denn es schien ihm wichtig zu sein, einen guten Eindruck zu machen. Jesus aber merkte plötzlich, daß sich ihm jemand von hinten näherte. Auf seine Füße fielen Tränen, die rasch reichlicher wurden. Er richtete sich auf und sah, wie eine Frau mit Augen voll Angst und liebender Offenheit zu ihm aufschaute. Er spürte ihre Not und Sehnsucht und ließ, als sie sich wieder niederbückte, seine Füße von ihrem langem Haar trocknen. Durch die Küsse ihres warmen Mundes spürte er, was sie ihm an Liebe und Verehrung zeigen wollte. Hier war ein Herz, das sich ganz dem öffnete, was er bringen und verkünden wollte. Diese Frau erwartete keine Heilung wie viele Kranke; sie war auch nicht von ihm gerufen worden wie seine Jünger. Nun salbte sie sogar seine Füße mit duftendem Nardenöl (Hld 1,12).

Der gastgebende Pharisäer, der Jesus direkt gegenüberlag, verfolgte genau den ganzen Vorgang. Er konnte die Frau im Rücken seines Gastes gut sehen, und Jesus las an seinen Augen ab, was er dachte. Die Frau mußte ihm besonders verdächtig sein. Jesus ließ sich von diesem Argwohn aber nicht beeindrucken. Im Gegenteil, je deutlicher ihn das Mißtrauen des Pharisäers ansprang, desto stärker spürte er die Ehrfurcht und das Vertrauen aus den Zeichen der Frau und ihren Einklang mit der Gottesherrschaft. Dem Gastgeber stellte er unerwartet eine Frage: »Welcher Schuldner wird seinen Herrn mehr lieben, jener, dem eine kleine Summe, oder jener, dem eine große Schuld erlassen wurde?« Der Pharisäer war nicht vorbereitet und antwortete, ohne lange zu überlegen: »Gewiß jener, dem mehr erlassen wurde.« Jesus richtete sich auf, und sagte vor allen Mahlteilnehmern zum Pharisäer: »Du hast genau gesehen, welche Zeichen der Liebe diese Frau mir geschenkt hat; du aber hast mir keines davon gegeben. Ihre Liebe muß größer sein. Folgt nicht aus deinen eigenen Worten, daß ihr auch viel vergeben wurde?« Ohne auf eine Antwort zu warten, wandte er sich mit einer Zärtlichkeit in seiner Stimme, die dem entsprach, was er selber von der Frau erfahren hatte, ihr zu: »Ja, deine Sünden sind dir vergeben.«

Das Mahl war abrupt zu Ende. Alle standen auf und begannen in kleinen Gruppen eifrig aufeinander einzureden. Einige seiner Jünger kannten die Frau und staunten über das Verhalten ihres Meisters. Um den Pharisäer aber sammelten sich seine Angehörigen, und einer rief empört: »Es ist unerhört, was er tut. Du hast ihn eingeladen, und er hat vor allen Gästen diese Dirne dir vorgezogen.« Ein Schriftgelehrter, der auch zur Verwandtschaft des Pharisäers gehörte, fügte hinzu: »Noch unerhörter ist, daß er es gewagt hat, Sünden zu vergeben. Wer kann Sünden vergeben außer Gott allein?«

Jesus wußte, daß nach diesem Abend das Gespräch über ihn in Kafarnaum noch heftiger und erregter wurde. Er zog sich deshalb erneut aus dem Grenzstädtchen zurück und wanderte dem Ufer des Sees entlang in die nächsten Dörfer. Eine große Frage bewegte ihn: Einerseits wuchs der Verdacht und die Ablehnung der Pharisäer und Schriftgelehrten, anderseits hatte die Frau beim Gastmahl ihn spüren lassen, daß es trotz der Sünde Menschen gab, die bereit waren, mit wachem Herzen auf ihn und seine Botschaft einzugehen. Würde der Funken der Gottesherrschaft doch noch springen? Würde das Feuer zu brennen beginnen, das er in Galiläa entzünden wollte? Er ließ seine Jünger oft allein gehen, während er viele Stunden im Gebet mit seinem Abba verbrachte. Seine Seele durcheilte geheimnisvolle Gärten, vernahm jenen, der gegen den Tagwind daherkam (Gen 3,8) und horchte auf die Stimme, die ihn als geliebten Sohn ansprach. Brunnen lebendigen Wassers waren in ihm am Fließen (Hld 4,15).

In Magdala, einer befestigten Stadt am Westufer des Sees, wo große Mengen der täglich gefangenen Fische eingesalzen und für den Handel nach Jerusalem und sogar nach Rom bereitgemacht wurden, kam ihm eine junge Frau in unordentlichen Kleidern und mit wirrem Haar entgegen. Sie stammte aus einer wohlhabenden Familie und hatte sieben Brüder, von denen sie seit ihrer Kindheit mißachtet wurde. Sie schrie und schimpfte gegen Jesus, stürzte dann plötzlich auf ihn zu, fiel vor ihm nieder und umklammerte seine Füße, während Schaum auf ihre Lippen trat. Er beugte sich nieder und stellte sie mit kräftiger Hand auf ihre Füße. Er sah vor sich ein starres und verzerrtes Gesicht. Doch tief in ihren unruhigen Augen leuchtete etwas, das zwei Tauben glich (Hld 4,1). Eine dunkle Macht schrie in ihr: »Quäle uns nicht!« Er fragte die Schreienden: »Wie heißt ihr?« Als Antwort kam in gepreßter Stimme: »Wir sind sieben.« Die junge Frau versuchte sich loszureissen. Jesus aber hielt sie einen Augenblick fest, um sie dann selber freizugeben. Er schaute zu seinem Abba auf, spürte den Widerstand, der von ihr ausging und ihn zu lähmen suchte, und überließ sich ganz der befreienden Kraft von oben. Plötzlich kam es wie von selbst auf seine Lippen: »Laßt sie los!« Ein Beben durchfuhr die Frau, so daß sie zu Boden sank und laut zu weinen begann. Ihr ganzer Körper zitterte vor Schluchzen. Jesus kauerte sich neben sie nieder und hielt ihre Hand, bis es in ihr ruhiger wurde und sie wieder stehen konnte. Nachdem er von ihr vernommen hatte, daß sie Maria hieß, schickte er sie in ihre Familie zurück.

Die Heilung der besessenen Tochter aus der vornehmen Familie sprach sich wie ein Lauffeuer in Magdala herum. Am Abend versammelten sich viele Leute auf dem Stadtplatz und Jesus sprach zu ihnen: »Der Gott unserer Väter hat unser Volk aus der Gefangenschaft in Ägypten herausgeführt. Er kommt auch heute mit seinem machtvollen Arm, um euch aus der Sklaverei der bösen Mächte zu befreien. Vertraut mit ganzem Herzen auf den himmlischen Vater und laßt sein Reich zu euch kommen!« Die Erwartung in einem Teil der Menge war groß. Manche meinten, er müsse der lang ersehnte Messias sein, sonst hätte er die wilde und besessene Maria nicht heilen können. Aber viele andere waren nur aus Neugierde gekommen, und da ihre Geschäfte gut gingen, spürten sie keine Notwendigkeit, aus einer Sklaverei befreit zu werden. Eine weitere Gruppe, in der sich zahlreiche Schriftgelehrte befanden, sonderte sich offen ab. Sie diskutierten heftig und meinten, auch die ägyptischen Wahrsager und Beschwörungspriester hätten mit Hilfe des Teufels Wunder gewirkt (Ex 7,11.22). Jesus ging auf die feindselige Gruppe zu. Doch ehe er sie ansprechen konnte, warf man ihm ablehnend entgegen: »Nur im Bund mit dem Anführer der Dämonen konntest du die bösen Geister austreiben.« Er war betroffen, denn einen solchen Widerstand hatte er bisher nicht erfahren. Die bösen Worte drangen wie Pfeile in ihn ein, dennoch fand er für seine Gegner ruhige Worte: »Glaubt ihr in Wahrheit, daß Dämonen Dämonen austreiben? Wie könnte das Reich des Bösen bestehen, wenn es sich selber zerstören würde?« Da sie schwiegen, fuhr er nach einer Weile fort: »Wenn ihr meine Taten verdächtigt und ablehnt, gibt es dann etwas Gutes, das ihr nicht ebenso verteufeln müßt? Doch bedenkt! Wenn ich mit der Kraft Gottes die bösen Mächte vertreibe, dann ist sein Reich hier und jetzt am Kommen.« Sie schwiegen hartnäckig weiter, weshalb er es nochmals versuchte: »Die Wolken am Himmel versteht ihr zu deuten und ihr wißt, wann Regen kommt und wann es heiß wird. Warum könnt ihr die Zeichen der Zeit nicht verstehen?« Da ihm nur ein feindseliges Schweigen antwortete, entfernte er sich. Wegen der drei Abweisungen, wegen vier Verstockungen (Am 1,3) wurde er tief getroffen.

Die Zwölf im Einsatz für das angeklagte Israel

Da Jesus nicht nach dem neuaufgebauten Tiberias gehen wollte, das Herodes Antipas zur Hauptstadt Galiläas gemacht hatte, verließ er – geführt vom Menschensohn – den Weg am See. Der Landesfürst war im Gegensatz zu seinem Vater bei den Vornehmen gern gesehen, weil er durch kluges Taktieren etwas Ruhe und Ordnung in Galiläa geschaffen und dafür gesorgt hatte, daß zahlreiche Landbesitzer, Händler und Kleinunternehmer wohlhabend werden konnten. Jesus kannte den schlauen Fuchs und wollte ihm vorläufig nicht begegnen, obwohl die Frau eines seiner Beamten ihm berichtet hatte, der Landesfürst würde gern ein Wunder von ihm sehen. Er wählte den Weg ins Landesinnere. Maria von Magdala, die inzwischen kaum wiederzuerkennen war, folgte ihm und seinen Jüngern.

Die Pharisäer der wohlhabenden Stadt hatten das Zeichen des Teufels auf ihn geworfen. Er kannte ihren Eifer und wußte, sie meinten, nur in Treue zum heiligen Gesetz so handeln zu müssen. Was war es mit dem Bösen, daß der Sieg über die dunklen Mächte, den sein Abba ihm geschenkt hatte, von ihnen nur als ein Werk des Anführers der Bösen beurteilt wurde? Wie konnte dieses dunkle Reich, in dem viele feindliche Kräfte zusammenspielten, dennoch aus den Angeln gehoben werden? Es drängte ihn, seinen Einsatz für die Herrschaft seines Vaters zu verdoppeln. Sollte er seine Jünger, die zwar oft zweifelten, in denen aber doch ein neuer Friede aufgebrochen war, in seine Verkündigung einbeziehen? Würde das Vertrauen, seine Aufgabe mit ihnen zu teilen, ihre zum Teil noch zwiespältigen Herzen vorbehaltlos öffnen und dadurch das Feuer im Land entzünden, auf das er so sehr wartete?

Er schlug den Weg zum Berg Tabor ein (Ri 4,1-5,31). Während er nachts allein auf der Höhe wachte, überantwortete er die Sorge um das Reich ganz seinem Abba. Am nächsten Morgen rief er die Jünger zu sich, und er wählte unter ihnen entsprechend den Stämmen Israels zwölf aus (1 Kön 18,31), denen er den Auftrag gab, ihm voraus in die Dörfer zu gehen und die Gottesherrschaft so zu verkünden, wie sie es bei ihm gehört hatten. Sie waren erstaunt ob dieses Auftrages, den sie unerwartet von ihrem Meister empfingen, und Angst stieg in ihnen auf. Doch zugleich beflügelte sie sein Vertrauen, so daß sie sich bald auf den Weg wagten. Als sie gemeinsam von der Höhe ins Tal hinunterstiegen, schaute ihnen Jesus lange nach. Sie zogen wie die zwölf Stämme Israels dahin. Während eine große Hoffnung in ihm aufstieg, kamen ihm die Worte des Sehers Bileam entgegen, der mit geschlossenen und zugleich entschleierten Augen gesprochen hatte:

Jakob, wie schön sind deine Zelte,
wie schön deine Wohnstätten, Israel!
Wie Bachtäler ziehen sie sich hin,
wie Gärten am Strom,
wie Eichen, vom Herrn gepflanzt,
wie Zedern am Wasser.   Num 24,5f.

Würde das Wunder gelingen und das Volk aus einem verwilderten Weinberg (Jes 5,4-7) zu einer Wohnstätte und einem Garten Gottes werden? Betend begleitete er vom Berg More aus (Ri 7,1), der dem Tabor gegenüber lag, die Verkündigung der Zwölf, und er ließ sich so tief auf ihren Weg ein, daß er ihr Geschick auf geheimnisvolle Weise teilte. Bald floß ihm die Erinnerung zu, wie sich ihm in den Tagen seiner Wüstenzeit eine Maske von den Worten der heiligen Schriften gelöst hatte. Bald zogen die bösen und verdächtigenden Worte der Schriftgelehrten und Pharisäer von Magdala an seiner Seele vorbei. Während die Zwölf in den Dörfern predigten, begleitete sie ein geheimnisvoller Kampf. Eine böse Macht, verkleidet als einer der Söhne Gottes, versuchte zu täuschen. Sie wollte die Menschen von Gott fernhalten und verklagte sie zugleich ständig vor ihm (Ijob 1,6-2,7). Jesus wußte, daß sein Abba nicht auf den mißtrauensäenden Geist hören würde. Was ihm plötzlich widerfuhr, überraschte ihn dennoch. Er sah, wie der Himmel über Galiläa in einen düsteren Schein getaucht wurde (Weish 17,19f.) und nur am Ort, wo er weilte, licht blieb. Dann löste sich das Dunkel wie eine Maske vom Himmel, ballte sich zusammen und wurde zu einem düster-roten Feuerschweif. Der Satan, der große Ankläger, fiel wie ein Blitz auf die Erde, und der ganze Himmel wurde wieder licht. Das Antlitz seines Vaters leuchtete neu und ungetrübt über dem Weg, den seine Jünger durch die Dörfer Galiläas gingen. Das Freiwerden des Himmels erschütterte Jesus tief, und er dankte. War die Herrschaft seines Vaters, die ihn seit der Taufe im Jordan drängte, nun voll angebrochen? Würde sie – wie die Spannung in der Luft vor einem Gewitter – die müden Herzen der Menschen wecken und anziehen, oder würde durch den Sturz des großen Anklägers aus der himmlischen Welt nur das Verurteilen und Zerstören auf Erden um so heftiger weitergehen (Offb 12,10)?

Ein großes Verlangen stieg in ihm auf, bald zu erfahren, wie es seinen Jüngern seit dem Sturz des Satans erging. Er eilte ihnen nach. In den Dörfern Sebulons (Jes 8,23), durch die er kam, merkte er rasch, daß sie sein Kommen vorbereitet hatten. Aber die entscheidende Wende, auf die er wartete, war nicht eingetreten. Als er wieder mit den Zwölf zusammen war, erzählten sie ihm voll Freude, was sie getan hatten und daß ihnen sogar Dämonen gehorchen mußten. Jesus horchte tief in ihre Rede hinein, um zu erfahren, wie sein Vater ihre Verkündigung begleitet hatte. Durften sie auch jene innere, süße Stimme (Hld 2,14) vernehmen, die ihn führte und alles in der Welt aufblühen ließ? Doch sie schienen vor allem Freude daran zu haben, daß sie bei einigen Besessenen Dämonen austreiben konnten. Auf seine Fragen hin bekannten sie, daß sie öfters auch Ablehnung zu spüren bekamen und verspottet wurden. Jesus öffnete ihre Augen für den Kampf, der ihr Wirken heimlich begleitet hatte: »Ich sah den Satan wie einen Blitz vom Himmel fallen. Darum mußten euch Dämonen gehorchen. Doch nun sucht der gestürzte Ankläger nur um so mehr, die Menschen auf Erden zu verwirren und sie gegeneinander aufzustacheln. Der Kampf hat erst begonnen. Dennoch freut euch, denn ihr seid für das Reich erwählt und der himmlische Vater hat jeden von euch beim Namen gerufen.«

Rückzug und Zeichen des Glaubens bei Heiden

Als Jesus nach Kafarnaum zurückkam, sprach er nicht mehr auf dem öffentlichen Platz, wohl aber ging er am Sabbat in die Synagoge. Dort setzte er sich schweigend hin, aber die Aufmerksamkeit aller war auf ihn gerichtet. Nach den Gebeten wurde aus den heiligen Schriften vorgelesen, und alle hörten, wie Mose im Auftrag Gottes gebot, den Sabbat zu heiligen. In der anschließenden Predigt erklärte der Synagogenvorsteher, ein Pharisäer, das Gehörte. Dabei wandte er sich bald mit einer herausfordernden Frage direkt an Jesus: »Ist es erlaubt, am Sabbat zu heilen?« In der Nähe des Vorstehers saß ein Mann, der schon lange einen gelähmten Arm hatte. Jesus antwortete mit einer Gegenfrage: »Ist es erlaubt, am Sabbat Gutes zu tun?« Der Vorsteher erwiderte: »Sechs Tage sind zum Arbeiten da. An ihnen soll man den Menschen helfen und sie heilen; aber der Sabbat ist heilig. An ihm müssen wir ruhen, wie es der Herr geboten hat, denn er selber hat nach den sechs Tagen der Schöpfung den siebten Tag für heilig erklärt und an ihm geruht« (Gen 2,2f.). Die Antwort des Predigers machte auf alle in der Synagoge Eindruck; Jesus aber fuhr unbeirrt fort: »Bindet ihr nicht eure Ochsen und Esel auch am Sabbat von der Krippe los und führt sie zum Brunnen, damit sie ihren Durst löschen können? Wenn die Tiere am Sabbat nicht leiden sollen, warum dann die Menschen?« Dann wiederholte er seine erste Frage: »Ist es erlaubt, am Sabbat Gutes zu tun?« Nun schwieg der Vorsteher, und auch von den anderen Pharisäern und Schriftgelehrten in der Synagoge meldete sich keiner. Jesus schaute sie alle voll Erregung und großer Trauer an. Für einen Augenblick schloß er die Augen, um die ganze Aufregung und Spannung um ihn herum weggleiten zu lassen. Während er auf seine innere Stimme hörte, tauchte das Bild vom Mann mit dem gelähmten Arm vor seinen Augen auf, und er vernahm den Willen des Vaters. Er gebot dem Behinderten, sich in die Mitte zu stellen, und dieser trat zitternd vor. Jesus blickte nochmals in die gespannte und lautlose Runde; dann sprach er mit einer Stimme voll Autorität: »Der Menschensohn ist Herr über den Sabbat.« Als er den Kranken berührte, fuhr dieser blitzartig zusammen, und es riß ihm beide Arme in die Höhe. Ein großer Tumult entstand, und der Gottesdienst löste sich im Lärm auf. Viele von den einfachen Leuten staunten und priesen Gott ob des Wunders. Eine Gruppe von Pharisäern und Schriftgelehrten aber versammelte sich, um ihr Urteil zu fällen. Da der Arm des Mannes schon lange gelähmt war, bestand überhaupt keine Notwendigkeit, ihn gerade am Sabbat zu heilen. Der angebliche Prophet aus Nazaret hätte, wenn ihm das Gesetz heilig wäre, ohne Schwierigkeiten früher oder später heilen können. So war ihr

Urteil endgültig klar: Er mußte ein falscher Prophet sein, der mit bösen Mächten im Bund stand. Die Anhänger des Landesfürsten Herodes, vor allem reiche Landbesitzer und Händler, schlossen sich ohne Schwierigkeiten der Meinung der Pharisäer an. Für sie war Jesus einer jener unberechenbaren Prediger – wie der Täufer am Jordan –, die immer wieder auftauchten und die öffentliche Ordnung zu stören drohten. Auf die Pharisäer und Schriftgelehrten war ihrer Erfahrung nach eher Verlaß, denn diese hielten die religiösen Schwarmgeister unter Kontrolle.

Jesus wich der direkten Konfrontation aus und zog sich mit seiner Begleitung ins benachbarte Chorazin zurück. Von dort aus durchwanderte er die Dörfer Naftalis und das Land jenseits des Jordans (Jes 8,23). Er fing an, die Gottesherrschaft vor allem in Gleichnissen zu verkünden: »Ein Sämann ging auf sein kleines Feld, das am Abhang eines steinigen Hügels lag. Beim Säen fiel ein Teil der Körner auf den Weg, andere zwischen die Steine oder unter die Dornen; nur ein Rest (Jes 10,20-22) fiel auf guten Grund. Die Körner auf dem Weg wurden gleich von den Vögeln weggepickt. Die Saat zwischen den Steinen oder unter den Dornen ging zwar auf, aber dann wurde sie von der heißen Sonne versengt oder von den Dornen erstickt. Nur die Körner, die in die gute Erde gefallen waren, brachten reiche, ja überreiche Frucht.« Viele Hörer, die eher auf ein Wunder gewartet hatten, oder neugierig waren, wie sein Streit mit den Pharisäern und Schriftgelehrten weitergehen würde, fragten etwas enttäuscht: »Was meint er mit dieser Erzählung? Daß die Saat auf dem Weg, zwischen den Steinen oder unter den Dornen keine Frucht bringen kann, wissen wir selber.« Jesus gab ihnen jedoch keine nähere Erklärung.

Beim Weitergehen bekannten auch seine Jünger, daß sie seine Erzählung nicht verstanden hatten. Er führte sie schrittweise zu einer ersten Einsicht: »Habt ihr nicht bemerkt, was in den vergangenen Wochen und Monaten geschehen ist und was ihr selber erfahren habt?« Sie schauten einander fragend und staunend an: »Denkt an die Tage zurück, als ihr in den Dörfern die Gottesherrschaft verkündet habt! Bei manchen Hörern blieb das Wort ganz an der Oberfläche liegen, und der böse Geist hat es ihnen gleich wieder geraubt. Andere nahmen es zwar mit Freude auf, aber dann kamen Zweifel oder Sorgen, und das Wort wurde erstickt. Manche begleiteten uns und haben uns bald wieder verlassen. Bei einigen aber fiel es ins Herz und schlug darin Wurzeln. Ja, mit der Gottesherrschaft ist es wie mit einem Senfkorn. Wenn es in den Acker gesät wird, ist es das kleinste aller Samenkörner. Sobald es aber hochgewachsen ist, überragt es alle anderen Gewächse und wird sogar zu einem Baum, in dem die Vögel des Himmels nisten können. Habt ihr schon einen Senfbaum gesehen?« Sie antworteten: »Nein, nur Senfstauden!« Er antwortete: »Die Kraft Gottes kann auch dieses Wunder wirken; dem Glauben ist vieles möglich, was ihr noch nicht begreift.«

Die Macht Gottes, die Wunder wirken kann, beflügelte erneut die Phantasie der Jünger. Sie diskutierten eifrig unterwegs, wie die Gottesherrschaft mit Macht anbrechen werde. Würden die Römer und alle Heiden durch Engel vertrieben und die bösen Schriftgelehrten bestraft werden? Würde Überfluß herrschen, und würde ihr Meister der erwartete Friedenskönig sein (Jes 9,6)? Vor allem aber fragten sie sich, welchen Platz sie selber im neuen Reich einnehmen würden. Jesus bemerkte, in welche Erwartungen sie sich hineingesteigert hatten, und erzählte ihnen ein weiteres Gleichnis: »Ein reicher Landbesitzer säte Weizenkörner auf seinen Acker. In der Nacht kam aber sein Feind und säte Unkraut unter die gute Saat. Als diese aufwuchs, zeigten sich auch die schlechten Gewächse. Die Knechte des Landbesitzers fragten ihren Herrn, ob sie die böse Saat ausreißen sollten. Er entgegnete ihnen: Nein, sonst könntet ihr auch den Weizen beschädigen. Erst bei der Ernte sollt ihr das Unkraut vom Weizen trennen und es verbrennen.« Er überließ es seinen Jüngern, den Sinn dieses Gleichnisses zu finden. Trotz langen Suchens konnten sie sich aber auf keine Deutung einigen. Am nächsten Tag erklärte er ihnen: »Selbst bei jenen, die das Wort von der Gottesherrschaft in ihr Herz aufnehmen, sät der böse Geist falsche Gedanken dazwischen. Gott läßt beides wachsen, um nicht beim Ausrotten des Bösen auch die gute Saat zu verderben. Achtet darauf, ob der böse Feind auch bei euch Unkraut sät!«

Die Jünger waren ob dieser Deutung betroffen; einer von ihnen war aber unzufrieden, und er nahm sich vor, alles was er hörte, in Zukunft genauer zu prüfen.

Obwohl Jesus nur noch in Gleichnissen zum Volk redete, und die Menschen in den Dörfern ihm ratlos zuhörten, drängten sich wie früher viele Kranke an ihn heran. Er ließ sich uneingeschränkt auf ihre Not ein und trug ihr Sehnen nach Heilung zu seinem Abba empor. Bei jeder Heilung spürte er, wie sich etwas von der Last der Befreiten auf ihn legte und wie die Bürde immer schwerer wurde. Er erinnerte sich, daß auch Mose das störrische Volk in der Wüste zu tragen hatte und klagte, es sei für ihn allein zu schwer (Num 11,14). Auch die prophetischen Worte vom Gottesknecht, auf dem der Geist des Herrn ruht und der die Krankheiten und das Leiden des Volkes trägt (Jes 53,4), kamen ihm näher. Er selber hatte seit der Taufe den Geist des Herrn über sich erfahren. War es nun auch seine Aufgabe, die Krankheiten und Leiden des Volkes allein zu tragen (Mt 8,17)?

Während er mit seinen Jüngern langsam weiter nach Norden (Jer 3,11) zog, kam er ins Land Dan (Ri 18,11-31). Je mehr Heiden in den Dörfern wohnten, um so weniger predigte er, und um so mehr wandte er sich seinen Jüngern zu. Es drängte ihn zu klären, wieviel sie von der Stimme, die ihn führte, erahnt und verstanden hatten. Als sie ins Gebiet von Cäsarea Philippi kamen, wo Philippus, der Bruder des Herodes Antipas, seine Residenz hatte bauen lassen, hielt er den Augenblick für gekommen, eine direkte und tiefere Begegnung mit ihnen zu wagen. Er begann nochmals indirekt und fragte sie, was andere, die Leute in Galiläa, vom Menschensohn hielten. »Verschiedenes und Großes rede man über ihn«, antworteten sie. »Weil er Wunder wirke, hielten ihn manche für Johannes den Täufer, den Herodes hingerichtet, den Gott aber auferweckt habe. Andere sähen in ihm Elija, der am Ende der Tage wiederkehren soll (Mal 3,23). Wieder andere meinten, er sei ein Prophet wie Jesaja, Jeremia oder Ezechiel«. Daß die Pharisäer ihn als einen falschen Propheten beurteilten, übergingen sie, denn sie wagten es nicht, deren böse Worte zu wiederholen. In diesen Antworten erspürte Jesus aufs neue, wie sehr auch die Gutwilligsten unter seinen Hörern und Hörerinnen von dem aus urteilten, was ihnen vertraut war, und wie wenig sie von ihm selber und vom Geheimnis der Stimme, die ihn führte, erahnt hatten. Doch wie stand es mit seinen Jüngern, die ihm trotz vieler Anfeindungen gefolgt waren? Er fragte direkt auf sie zu: »Ihr aber, für wen haltet ihr mich?« Sie schauten einander unsicher an, bis Simon im Namen aller das Wort ergriff: »Du bist der Messias, den Gott mit seiner Kraft gesalbt hat.« Jesus ließ die Antwort längere Zeit wie in der Luft schweben. Er war dankbar für die Erkenntnis, die in ihnen aufgeleuchtet war, und zugleich legte sich ein Schatten auf ihn. Er hob seine Augen in die Höhe und betete laut: »Ich preise dich, Vater, daß du all das den weisen und klugen Schriftgelehrten verborgen, einfachen Fischern aber geoffenbart hast. Ja, Vater, es hat dir gefallen, dein Wort auf unscheinbare Weise zu den Menschen kommen zu lassen.« Gleich danach wandte er sich aber an seine Jünger und verbot ihnen streng, mit den Leuten über den Messias zu reden. Mit der Freude war Trauer in ihm aufgestiegen, weil er sich an die Erfahrung in seinem Heimatdorf erinnerte, wo man ihn zu kennen glaubte und gerade deshalb von Anfang an abgelehnt hatte. Würden auch seine Jünger bei der Erkenntnis, die ihnen geschenkt worden war, stehen bleiben? Würde das Vertraute sie hindern, auf das zu hören, was sie noch nicht kannten? Er betete für sie zum Vater.

Vom Menschensohn, mit dem er ganz eins war und der ihm doch stets vorausging, ließ er sich nach Westen führen. Von den Bergen des Libanon reichten die Zedern (Ps 104,16) bis zum Weg hinunter, den sie gingen. Prophetische Bilder von der messianischen Zeit tauchten auf und begleiteten sie:

Die Wüste und das trockene Land sollen sich freuen,
die Steppe soll jubeln und blühen.
Die Herrlichkeit des Libanon wird ihr geschenkt,
die Pracht des Karmel und der Ebene Scharon.

Jes 35,1f.

Auf dem waldigen Weg war es ganz ruhig geworden, und die Leute in der Gegend schienen die wandernde Gruppe meistens nicht zu kennen. Sie waren für sich allein, so daß die Spannungen der letzten Wochen von allen weichen konnten. Der Jubel der messianischen Zeit, der tief im Herzen nie von Jesus gewichen war, trat angesichts der Berge und der Zedern wieder offen hervor. Er stimmte mit seinen Jüngern einen Psalm an:

Du hobst in Ägypten einen Weinstock aus,
hast Völker vertrieben, ihn aber eingepflanzt.
Du schufst ihm weiten Raum;
er hat Wurzeln geschlagen
und das ganze Land erfüllt.
Sein Schatten bedeckte die Berge,
seine Zweige die Zedern Gottes.
Seine Ranken trieb er bis hin zum Meer.

Ps 80,9-12

Den Ranken des Weinstocks folgten sie in der Richtung zum Meer, das bald neue Bilder in ihnen erstehen ließ. Himmel und Erde rühmten den Herrn, und auch das Meer mit allem, was sich in ihm regte (Ps 69,35). Im Tosen und Brausen der Wogen hörten sie das Toben und Tosen der Völker (Jes 17,12), und in der Empörung des Meeres (Ps 89,10) spiegelte sich ihnen die Empörung des erwählten Volkes, das auf die Botschaft nicht hören wollte. Gott aber zeigte sich ihnen als der Herr über allem.

Fluten erheben ihr Brausen,
Fluten erheben ihr Tosen.
Gewaltiger als das Tosen vieler Wasser,
gewaltiger als die Brandung des Meeres
ist der Herr in der Höhe. Ps 93,3f.

Sie kamen in die Gegend von Sarepta (1 Kön 17,8), das zwischen Tyrus und Sidon lag. Dort lief ihnen plötzlich eine Frau nach, die von Jesus und seinen Taten gehört haben mußte, obwohl sie keine Jüdin war, denn sie rief:»Herr, Sohn Davids, hab Erbarmen mit

mir! Meine Tochter wird von einem bösen Dämon gequält.« Er
achtete nicht auf die Frau; sie aber folgte ihm beharrlich und hörte
nicht auf, laut zu rufen und zu bitten. Seine Jünger fanden sie
lästig und wollten sie zum Schweigen bringen. Da sie aber nicht
aufhörte, laut zu schreien, drängten sie ihren Meister, ihr nachzu-
geben. Er aber wehrte entschieden ab: »Ich bin nur gesandt, die
verlorenen Schafe Israels zu sammeln.« Die Frau wagte sich
inzwischen ganz zu ihm heran, fiel ihm zu Füßen und bat noch
eindringlicher: »Herr, hilf mir!« Jesus sah die Erwählung Israels
und seine Sendung vor sich. Die Frau würde all das nicht verstehen
und in ihrer Not auch keiner langen Erklärung folgen können.
Deshalb mußte er ihr, selbst um den Preis verletzend zu sein, mit
drastischen Worten seinen Auftrag deutlich machen: »Es ist nicht
recht, das Brot den Kindern wegzunehmen und den Hunden vorzuwerfen.« Die harten Worte schmerzten ihn selber, und er war auf
eine bittere Reaktion gefaßt. Doch welche Überraschung! Die Frau
gab ihm recht, und sie reagierte instinktiv so, wie er es selber oft
seinen Gegnern gegenüber getan hatte. Sie griff seine eigenen
Worte auf und wandte sie gegen ihn zurück: »Aber selbst die
Hunde bekommen von den Brotresten, die vom Tisch ihrer Herren
fallen.« Jesus staunte, und er erkannte plötzlich etwas von der
Stimme, die ihn selber führte, in den Worten dieser Frau. Lebte
in ihr nicht ein Glaube, wie er ihn bisher bei seinem eigenen Volk
so schmerzlich vermißt hatte? Er öffnete sich ihr: »Frau, dein
Glaube ist groß. Was du willst, soll geschehen.«

Nach dieser Begebenheit fragte sich Jesus, ob der Vater ihn zu
den Heiden rufe. Er erwog die prophetischen Verheißungen, daß
viele Völker mit all ihren Reichtümern nach Jerusalem ziehen
werden, um dort den wahren Gott anzubeten (Jes 60,1-62,12).
Wollte sein Vater zunächst die Lippen eines heidnischen Volkes
in reine Lippen verwandeln, um Israel eifersüchtig zu machen (Zef
3,9)? Er übergab im Gebet alle Ungewißheit seinem Abba und
wartete auf die antwortende Stimme. Doch bald wurde ihm klar,
daß er bei seinem Volk bleiben mußte, auch wenn es widerspenstig
war und verstopfte Ohren und verklebte Augen hatte (Jes 6,10).

Die Straße am Meer (Jes 8,23) wählten sie für den Weg nach

Süden, und zeitweise schritten sie auch im weichen Sand am Strand. Jesus fragte seine Jünger, wie viele Sandkörner wohl am Ufer lägen. Sie schauten ihn seltsam an. War seine Frage ernst gemeint, oder was wollte er damit? Er nahm sie in das hinein, was ihn bewegte: »Erinnert euch an Abraham und an die Verheißung, die er nach der Bewährung seines Gehorsams empfangen hat!

Ich will dir Segen schenken in Fülle und deine Nachkommen zahlreich machen wie die Sterne am Himmel und den Sand am Meeresstrand. Gen 22,17

Doch wo sind heute die zahllosen Nachkommen Abrahams? Israel ist ein kleines Volk, und die Gottesherrschaft ist erst wie ein Samenkorn. Aber denkt an die heidnische Frau von Sarepta! Glaubt wie sie, und zum Reich des Vaters werden zahllose Menschen hinzuströmen.« Die Jünger gewannen neue Hoffnung, daß aus ihrem Kreis doch noch ein Reich werden würde.

Bald nach ihrer Ankunft in Kafarnaum suchten einige Älteste Jesus auf. Sie wurden von einem heidnischen Hauptmann, der dort eine Abteilung von Soldaten befehligte, mit der Bitte zu ihm geschickt, seinen kranken Diener zu heilen. Die Ältesten baten Jesus ihrerseits, er solle dem Wunsch des Hauptmanns entsprechen, denn obwohl er Heide sei, liebe er das Volk und er habe sogar eine Synagoge bauen lassen. Jesus dachte an die Frau von Sarepta und ging mit den Ältesten. Aber noch bevor er zum Haus kam, traten ihm weitere Abgesandte entgegen. Durch sie ließ der Hauptmann ihm ausrichten: »Herr, bemühe dich nicht selbst, denn ich bin nicht wert, daß du in mein Haus kommst. Ich gehorche meinen Vorgesetzten, und ich habe Soldaten unter mir, die ebenfalls auf jeden Befehl hin tun, was ich ihnen gebiete. Sprich deshalb nur ein Wort, und mein Knecht wird gesund.« Jesus staunte, denn dieser heidnische Hauptmann verriet trotz seiner hohen Stellung eine ähnliche Demut und ein ähnliches Vertrauen zu ihm, wie er es bei der heidnischen Frau gefunden hatte. Er wandte sich an die jüdischen Ältesten, die ihn begleiteten, und sagte: »Ein solcher Glaube ist mir in Israel nicht begegnet. Folgt dem Beispiel dieses heidnischen Soldaten, und Israel wird Heil finden!« Sie schwiegen verlegen und wandten sich von ihm ab; der Diener des Hauptmanns aber wurde gesund.

Der letzte Ruf war an tauben Ohren verklungen. Jesus stieg mit seinen Jüngern auf eine Höhe, von der aus sie Kafarnaum und die Dörfer nördlich des Sees überblicken konnten. Dort betete und sang er gemeinsam mit ihnen:

> *Dann tragen die Berge Frieden für das Volk*
> *und die Höhen Gerechtigkeit.*
> *Es ströme wie Regen herab auf die Felder,*
> *wie Regenschauer, die die Erde benetzen.*
> *Die Gerechtigkeit blühe auf in seinen Tagen*
> *und großer Friede, bis der Mond nicht mehr da ist.*

Ps 72,3-7

Er schaute über die Berge und Höhen Galiläas und fragte: »Warum haben sie keinen Frieden und keine Gerechtigkeit hervorgebracht?« Einzelne hatten zu hören begonnen; doch alle Dörfer und Städte widerstanden seinem Ruf. Die andrängende Gottesherrschaft ließ sie in eine neue Verhärtung fallen.

Das Gericht und die Selbstverfangenheit im Bösen

Ein bedrohliches Klirren, wie wenn feindliche Reiterheere heranflögen (Hab 1,8), ließ sich vernehmen und im Pfeifen des scharfen Windes schienen ganze Königreiche heranzubrausen (Jes 13,4), als Jesus Galiläa verließ und den See überquerte. Die Wasser türmten sich in die Höhe und fielen in die Tiefe. Er hatte das Wort über die Berge und Täler seiner Heimat ausgesät; doch die Ohren der Dörfer verstopften sich, um nicht zu hören, und die Augen der Städte schlossen sich, um nicht zu sehen (Jes 6,10).

In seiner Begleitung waren die Zwölf, Jünger und Jüngerinnen und einige Schriftgelehrte und Pharisäer, die tief beeindruckt vom Wirken des Predigers aus Nazaret dem ablehnenden Urteil ihrer Glaubensbrüder noch nicht folgen wollten. Während sie von einer Höhe jenseits des Sees zu den Städten und Dörfern am nördlichen Ufer zurückblickten, gab er seinem Schmerz freien Lauf: »Chorazin und Betsaida, Wehen werden über euch kommen. In der Gegend von Tyrus und Sidon habe ich ohne Wunder Glauben gefunden. Ihr aber habt viele Wunder gesehen und doch nicht geglaubt. Und du Kafarnaum? In dir wollte die Gottesherrschaft Wurzeln schlagen und von dir aus Ranken treiben. Du wärest bis zum Himmel emporgehoben worden. Doch nun gleichst du dem gottlosen Herrscher, der selber den Himmel ersteigen und im Norden seinen Thron über den Sternen errichten wollte (Jes 14,13). Wie er wirst du in die Tiefe der Tiefen geschleudert werden. Ein Gericht wird dich treffen, das vernichtender sein wird als das Feuer über Sodom und Gomorra.« Er hatte seinen Gott immer als zärtliche Nähe erfahren, und nun waren ihm beim Blick auf die Orte seines Wirkens wie von selbst harte Worte des Gerichts auf die Lippen gekommen. Der Widerstand hatte seine Botschaft verändert. Die Jünger hörten mit Erregung die neuen Worte. Während einige Angst bekamen, zeigten Johannes und

Jakobus, die beiden Donnersöhne, ihre tiefe Leidenschaft: »Vielleicht wird bald ein Feuer vom Himmel fallen und alle Gegner vernichten.«

Blut am Saum ihrer Kleider

Ihre Schritte waren nach Jerusalem gerichtet, und in manchen Jüngern blieb die Zuversicht auf Erfolg. Sie meinten: »In Jerusalem wird es gewiß besser gehen.« Diese Worte rührten in Jesus an einen tiefen Schmerz. Bei der Verkündigung in Galiläa hatte er immer an ganz Israel gedacht. Er wollte nicht –wie Jerobeam in Bet-El und Dan (1 Kön 12,26-33) – das Volk in seinem Heiligtum spalten, sondern alle um Zion und um Jerusalem sammeln. Dem Geist dieser Stadt, für die das Herz aller galiläischen Pilger schlug, war er aber bereits in Nazaret und Magdala, in Chorazin und Betsaida und vor allem in Kafarnaum begegnet. So brach es tief aus ihm heraus: »Jerusalem, du erwählte und zum Frieden berufene Stadt, du tötest die Propheten und steinigst die Boten, die zu dir gesandt sind. Deine Söhne wollte ich von der Ferne heimführen und deine Töchter vom Ende der Erde sammeln (Jes 43,6); doch du hast nicht gewollt. Deshalb werden deine Straßen und deine Häuser leer und verödet sein« (Jer 7,14f.). Er sprach mit einer ganz fremden Stimme, und alle die ihn hörten, waren noch überraschter und erschrockener als bei seinen Worten über die galiläischen Dörfer und Städte. Was hatte aus ihm gesprochen? Warum verurteilte er die heilige Stadt, zu der sie erst unterwegs waren? Einer der Schriftgelehrten konnte sich nicht zurückhalten: »Meister, dein Urteil ist unverständlich und hart. In Jerusalem werden doch keine Propheten getötet.« Eine große Spannung folgte diesem Einspruch, und er blieb über der ganzen Gruppe schweben, bis Jesus sich direkt an den Schriftgelehrten wandte: »Hast du nicht gehört, daß der König Manasse die Stadt mit Blut angefüllt hat (2 Kön 21,16) und den Propheten Jesaja zersägen ließ? Secharja, der Sohn des Barachias, wurde sogar im Tempel zwischen dem Heiligtum und dem Altar ermordet (2 Chr 24,17-

21). Und Jeremia ging es kaum besser, denn auch ihm trachtete das Volk der Stadt nach dem Leben« (Jer 11,21). Dann wandte er sich an alle, die um ihn waren, und fuhr fort: »Gott hat immer wieder Propheten gesandt, um Israel zu warnen und zu ihm zurückzuführen.

Doch man tötete sie und verübte schwere Frevel.

Neh 9,26

Deshalb mußte der Herr zu Jerusalem, der heiligen Stadt, die er selber als kleines und blutverschmiertes Mädchen erwählt und mit der er sich in der Zeit der Liebe vermählt hatte (Ez 16, 1-16), als Richter sprechen:

Du Stadt, die in ihrer Mitte Blut vergießt, so daß die Zeit des Gerichts über sie kommt, und die sich Götzen macht und dadurch unrein wird: Durch das Blut, das du vergossen hast, bist du schuldig geworden, und durch die Götzen, die du gemacht hast, bis du unrein geworden.« Ez 22,3f.

Für die Menschen um Jesus war es, wie wenn der Prophet Ezechiel selber gesprochen hätte. Nachdem seine Worte etwas verklungen waren, fragte Jesus den Schriftgelehrten, der gegen ihn Einspruch erhoben hatte: »Warum hältst du mein Urteil für ungerecht, wenn du den Propheten glaubst? Habe ich anders geredet als Ezechiel?« Der Schriftgelehrte, der sich in seiner Ehre herausgefordert fühlte, war ein kundiger Mann und kannte alle Worte, die Jesus angeführt hatte. Sie waren ihm schon früher aufgefallen, und er hatte sich beim eifrigen Studium der Schrift ein Urteil zurechtgelegt: »Alle Worte, die du aufgegriffen hast, beziehen sich auf die Zeit, als Gott den König von Babel wie einen Hammer benützte (Jer 51,20-23), um sein eigenes Volk zu richten und Jerusalem zu zerstören. Im fernen Exil hat sich Israel aber mit ganzem Herzen und mit ganzer Seele zu seinem Gott bekehrt (Bar 1,15-2,35), wie es bereits der König Salomo geweissagt hatte (2 Chr 6,36-38). Seither ist das Volk besser geworden. Die Propheten hatten Jerusalem das Gericht angesagt, weil es in der Stadt zur Zeit der Könige viel Götzendienst gab. Heute aber gibt es in Israel weder einen Stamm noch eine Familie, weder einen Gau noch eine Stadt, die von Menschen gemachte Götter anbeten (Jdt 8,18). Nur die Heiden dienen den Dämonen, und deshalb wird sie und nicht Jerusalem ein hartes Gericht treffen.« Jesus unterbrach den Schriftgelehrten, der in Eifer geraten war und sich mit seinem ganzen Wissen verteidigte: »Dienen wirklich nur die Heiden den Dämonen? Weshalb finden sich denn so viele Kranke und Besessene in Israel? Es gibt nicht nur Götzenbilder aus Holz oder Stein; viele werden in den Herzen errichtet und dort verehrt. Dies sind die schlimmsten. Als ich Dämonen ausgetrieben habe, sagte man, der Menschensohn stehe im Bund mit dem Anführer der Dämonen. Wem dienten jene, die so urteilten?« Obwohl der Schriftgelehrte die letzten Worte Jesu nicht ganz verstanden hatte, war er etwas unsicherer geworden. Er wollte sich aber dennoch verteidigen: »Seit dem Exil hat Israel keinen Propheten mehr getötet.« Alle schienen ihm beizupflichten. Für Jesus aber war es, wie wenn eine Hülle über ihnen läge, so daß sie sahen und doch nicht verstanden, hörten und doch nicht erkannten (Jes 6,8). Die dunkle Macht, die unter einer harmlosen Oberfläche im Volk herrschte, mußte er aufdecken: »Ihr wißt, daß Herodes bei den reichen Leuten Galiläas gern gesehen ist. Vor kurzer Zeit hat er an seinem Geburtstag viele Vornehme zu einem Festmahl eingeladen. Dabei wurde er durch den Tanz eines schönen Mädchens verführt und ließ in seiner Verblendung den Täufer hinrichten. Alle angesehenen Leute Galiläas waren dabei, die Hofbeamten, die Offiziere und die vornehmen Bürger; alle haben das mörderische Unrecht gesehen, und keiner hat es gewagt, dagegen aufzustehen. Sind nicht alle mitschuldig geworden, und klebt nicht am Saum ihrer Kleider Blut (Jer 2,34)? Israel hat einen Propheten getötet.« Alle erinnerten sich der schrecklichen Tat, die sie selber empört hatte. Dabei hatten sie aber nie an eine Mitschuld der Festgäste und noch weniger an eine Untat von Israel gedacht. In den Dörfern und Städten Galiläas prangerte man nur Herodias, die teuflische Frau, wegen ihrer Aufstachelung an.

Aus dem Kreis derer, die ihn hörten, wollte ein Pharisäer Israel gegen Jesus verteidigen: »Der Landesfürst hatte einen schlimmen

Vater, und er ließ sich durch eine Ehebrecherin verführen. Die vielen Vornehmen, die beim Festmahl dabei waren, konnten nichts gegen das Unrecht tun, und sie haben es zu Hause selber verurteilt. Warum soll das Blut des Johannes an Israel kleben?« Der Einwand war ehrlich gemeint. Kam er aber nicht aus einem trügerischen Mund, der von Frieden sprach, wo Krieg herrschte (Jer 9,7)? Jesus begann nochmals: »Ihr habt gehört, daß der römische Statthalter vor einigen Jahren Männer aus Galiläa beim Opfern im Tempel niedermachen ließ. Dabei hat sich ihr Blut mit dem der Opfertiere vermischt. Warum hat das Unheil gerade diese Männer getroffen? Meint ihr, daß die getöteten Galiläer größere Sünder waren als die anderen Pilger und die Bewohner von Jerusalem? Nein, sie hatten sich sogar durch ihren Eifer für Israel und für das Gesetz des Mose ausgezeichnet. Ihr Unheil ist vielmehr ein Zeichen für die Wahrheit prophetischer Worte.

> *Es gibt keine Treue und keine Liebe*
> *und keine Gotteserkenntnis im Land.*
> *Nein, Fluch und Betrug,*
> *Mord, Diebstahl und Ehebruch machen sich breit,*
> *Bluttat reiht sich an Bluttat.«*   Hos 4,1f.

Viele waren tief betroffen durch diese Stimme des Hosea; einige empörten sich aber darüber, wie Jesus die Worte der Propheten auf die Gegenwart bezog. Sie dachten bei sich: »Wir hätten die Propheten nie getötet, wenn wir in ihren Tagen gelebt hätten.« Ihm aber antworteten sie nur durch ein kaltes Schweigen. Er sagte ein letztes Mal: »Ihr klagt mit ganz Israel wegen der Unterdrückung durch die römische Macht. Bekennt ihr damit nicht selber, daß in unseren Tagen ein Gericht über das Volk ergeht? Alle bedürfen der Bekehrung!«

Gottes Zorn und das Netz des Bösen

Wo die Mächte des Tötens herrschen, die über sich ein Netz der Täuschung und Tarnung ausspannen, kann die Herrlichkeit und Freiheit Gottes nicht unter den Menschen wohnen. Jesus nahm mit wachsender Intensität die Kräfte wahr, die dem Wirken seines Vaters und seiner Botschaft widerstanden. Weil er an diesem unüberbrückbaren Gegensatz litt, waren ihm unwillkürlich Worte des Gerichts auf die Lippen gekommen. Über deren letzte Tragweite hatte er sich noch keine Rechenschaft gegeben, wohl aber drängten sich ihm mit Macht Bilder des Zornes auf, und er wußte mit unerschütterlicher Klarheit, die Menschen, die sich verschlossen, würden kein Heil finden. Würde auch sein Vater diesen Sündern gegenüber sein Antlitz verändern und ihnen im Zorn begegnen?

Unter den Frauen, die ihn begleiteten, war Maria von Magdala. Sie sprach wenig, war aber immer in seiner Nähe, wenn er redete, und lauschte mit offenem Herzen. Sie trank die Worte dessen, der sie geheilt hatte, in vollen Zügen in sich hinein. In einer Welt voll seelischer Schwere, voll innerer Müdigkeit und Mißtrauen berührten ihr offenes Hören und ihre ungeteilte Liebe ihn tief. Vor kurzem noch war sie – mit verzerrtem Gesicht und wirrem Haar – im Bannkreis dämonischer Kräfte gewesen; doch jetzt lag ein tiefer Friede auf ihr, wenn sie den Worten der Gottesherrschaft lauschte. Was war es mit den Mächten des Bösen, die ein Herz, das jetzt so offen für seinen Vater war, eben noch ganz gefangennehmen konnten? Wohin führte das Böse jene Menschen, die nicht für die Gottesherrschaft gewonnen werden konnten?

Der Gegensatz zwischen dem dunklen Widerstand Israels und der liebenden Offenheit eines Herzens, das bis vor kurzem selber noch den dämonischen Mächten verfallen war, brachte die Frage nach der Eigenart des Bösen ganz nahe an ihn heran. Maria von Magdala saß, ohne ihn durch Worte oder Gesten zu stören, in seiner Nähe, wenn er den dunklen Wegen, auf denen sich Menschen verloren, nachspürte. Er ließ die Erinnerung an jene Pharisäer und Schriftgelehrten, die ihm besonders feindlich begegnet waren, ungeschützt an sich herankommen, und zugleich überließ er seinen Geist den vielen Worten und Bildern, die aus den heiligen Schriften ihm zuströmten und ihn beim Gang durch die dunkle Welt begleiteten.

> *Wenn der Frevler sein Schwert wieder schärft,*
> *seinen Bogen spannt und zielt,*
> *dann rüstet er tödliche Waffen gegen sich selbst,*
> *bereitet sich glühende Pfeile.*
> *Er gräbt ein Loch, er schaufelt es aus, doch er stürzt in die*
> *Grube, die er selber gemacht hat.*
> *Seine Untat kommt auf sein eigenes Haupt, seine Gewalttat*
> *fällt auf seinen Scheitel zurück.* Ps 7,13

Genau so war es Juda und Samaria ergangen. Wie zwei schamlose Schwestern hatten sie sich den mächtigen Assyrern und Babyloniern aufgedrängt. Gerade von diesen Liebhabern kam den beiden Dirnen aber das Unheil. Jene Herren und Reiter hoch zu Roß, mit denen Juda und Samaria Unzucht trieben, wurden ihnen zum Gericht (Ez 23,1-31). Ein ähnliches Geschick mußten die Ägypter in den Tagen des Mose erfahren. Weil sie vernunftloses Gewürm und armseliges Ungeziefer verehrt hatten, kamen Heere von vernunftlosen Tieren in ihr Land, und sie mußten lernen:

> *Man wir mit dem gestraft, womit man sündigt.*
> Weish 11,16

Den Götzendienern wurden ihre eigenen Werke zum Verhängnis. Sie ließen sich von jenen Vogelscheuchen im Gurkenfeld (Jer 10,5), die ihre heillos verdorbenen Herzen (Ps 64,7) selber geschaffen hatten, ängstigen und peinigen, und die Götter gruben ihre furchterregenden Gesichter in die Seelen derer ein, von denen sie gefertigt wurden (Ps 135,18). Durch ihren Wahn legten sich die Götzendiener selber Fesseln an, gleich den Äyptern, deren dunkle Nacht aus ihren eigenen Herzen aufgestiegen war.

In Wahrheit hatte jene Nacht keine Gewalt; aus den Tiefen der machtlosen Totenwelt war sie heraufgestiegen. Sie aber, die wie sonst schlafen wollten, wurden bald durch Schreckgespenster aufgescheucht, bald durch Mutlosigkeit gelähmt; denn plötzliche und unerwartete Furcht hatte sie befallen. So wurde jeder dort, wo er zu Boden sank, ein Gefangener, der in einen Kerker ohne Eisenfesseln eingeschlossen war. Das Pfeifen des Windes, der wohlklingende Gesang der Vögel auf den Zweigen der Bäume, das Rauschen ungestüm strömender Wasser, das wilde Donnern stürzender Felsen, das laute Gebrüll wilder Raubtiere, das aus den Schluchten der Berge zurückgeworfene Echo: alles und jedes jagte ihnen lähmende Furcht ein. Die ganze Welt stand in strahlendem Licht, und alle gingen ungehindert ihrer Arbeit nach. Nur über jene breitete sich drückende Nacht aus, Bild der Finsternis, die sie dereinst aufnehmen sollte. Weish 17,13-20

Finsternis, die sie aufnehmen sollte? Babel wollte in der Anmaßung seines Herzens den Himmel ersteigen und seinen Thron über den Sternen Gottes errichten (Jes 14,13f; Jer 51,53). Doch der strahlende Sohn der Morgenröte stürzte vom Himmel und wurde zu Boden geschleudert. Er wollte weit über die Wolken emporsteigen und fiel in die Unterwelt, in die äußerste Tiefe (Jes 14,12-15). Dort bereiteten ihm die Könige und Reiche, die er selber vergewaltigt hatte, Schmach und Qual. Auch die Tochter Chaldäas mußte mit entblößter Scham ihre Schande erfahren (Jes 47,2f.), und ihre Erschlagenen lagen, verachtet und ohne Begräbnis, auf dem Land (Jes 14,19). Es traf sie genau jenes Unheil, das die Hochmütige, die nur dachte: Ich und sonst niemand! (Jes 47,8) Israel bereitet hatte. So lag eine dunkle Hülle über allen Völkern (Jes 25,7) und für die Götzendiener wurden alle Geschöpfe, deren Lobpreis des Schöpfers sie nicht hören wollten, zum Schrecken und zum Gericht.

Auch das erwählte Volk lief Götzen nach und folgte dem bösen Trieb seines Herzens (Jer 16,12). Selbst Salomo diente fremden

Göttern (1 Kön 11,7f.), und viele Propheten verkündeten Visionen, die aus ihrem eigenen Inneren aufgestiegen waren (Jer 23,16). Aus Schuld und Angst sah das Volk seinen Gott im Spiegel und in den Visionen des eigenen verdorbenen Herzens, und diese verhüllten das Antlitz Jahwes so sehr, daß keine Bitten mehr die dunklen Wolken zu durchdringen vermochten (Klg 3,44).

Jesus spürte, wie er plötzlich selber ins Innere des abtrünnigen Volkes hineinglitt. Die Gegenwart seines Abbas trat zurück, und er sah ein schreckenerregendes Wesen über sich, das im mächtigen Zorn vom Himmel her loderte (Jer 15,14), verzehrendes Feuer spie (Joël 2,3), um sich herum fraß und unterschiedslos zerstörte (Ez 21,8f.). Ihm wurde schlagartig klar: Das untreue Volk hatte seinen Gott nur noch in diesem schrecklichen Gesicht wahrnehmen können. Die Propheten mußten verkünden, zu welchem Wesen Gott in den Augen einer trotzigen, schmutzigen und gewalttätigen Stadt wurde, denn die Fürsten, Priester und falschen Propheten konnten wegen ihres geschäftigen Treibens nicht einmal mehr dieses Bild des Zornes sehen (Zef 3,1-4). Sie hatten sich unter einer doppelten Hülle vor Gott verborgen (Gen 3,8-10).

Nach einem langen Gang durch die Welt des Bösen kehrte Jesus plötzlich in die Gegenwart zurück. Er war zunächst wie benommen. Doch die Blumen und Bäume um ihn und die Berge und Wolken über ihm waren voller Farben. Er atmete tief auf. Ein vielstimmiges Singen lag in der warmen Luft, und er hörte tief in seinem Ohr ein feines und zartes Spielen. Alle Dinge um ihn lobten ihren Schöpfer. Die Fratzen der Götzen und die Bilder der Ängste und Fesseln fielen von ihm ab, und die Freiheit und Weisheit Gottes spielte vor ihm auf dem ganzen Erdenrund (Spr 8,31). Maria von Magdala, deren liebendes Herz und deren dunkle Vergangenheit ihn zur Erkundung der Welt des Bösen eingeladen hatten, saß immer noch in der Nähe. Sie hatte ihn mit Sorge begleitet, seine lange innere Reise aber durch kein Wort gestört.

Nach dem Maß des eigenen Herzens

In den Dörfern jenseits des Sees und im Osten des Jordans strömten viele Menschen zusammen, sobald Jesus erschien. Er heilte Kranke, sprach in Gleichnissen zur Menge und oft tauchte in seiner Rede die dunkle Welt der Verlorenheit auf. Pharisäer und Schriftgelehrte sagten zueinander: »Als Mose im Auftrag Gottes Zeichen vor dem Pharao wirkte, konnten auch die ägyptischen Wahrsager mit Hilfe der Dämonen einige Wunder wirken. Aber bei den großen Taten versagten die bösen Geister.« Sie beschlossen deshalb, Jesus zu prüfen und verlangten von ihm – wie der Versucher in der Wüste – ein großes Zeichen, an dem sie seine Vollmacht erkennen könnten. Er entgegnete ihnen: »Erinnert euch, wie Ninive zur Zeit des Propheten Jona Buße getan hat. Welches Zeichen hatte die mächtige heidnische Stadt für ihre Bekehrung? Kein anderes als die Predigt des Propheten. Bei der Gottesherrschaft ist es nicht anders. Wenn ihr mit offenem Herzen die Botschaft gehört hättet, würdet ihr erkennen, in welcher Vollmacht ich gesprochen habe.«

Auch die Jünger hatten heimlich schon lange auf ein überwältigendes Wunder gewartet, durch das der Widerstand gegen ihren Meister gebrochen würde. Als die Pharisäer und Schriftgelehrten mit ihrer Forderung an ihn herantraten, hatten sie gehofft, er werde darauf eingehen und die Gegner durch eine große Machttat ein für allemal zum Schweigen bringen. Jesus durchschaute ihre Gedanken und sagte zu ihnen, nachdem die Pharisäer weggegangen waren: »Mit dem Maß, mit dem einer mißt, wird ihm zugemessen werden.« Sie verstanden nicht, was er ihnen sagen wollte und was seine Worte mit dem Wunder, auf das sie warteten, zu tun hatten. Er erklärte ihnen: »Jeder trägt in seinem Herzen ein Maß, mit dem er mißt und beurteilt, was immer ihm begegnet. Wer voll des Mißtrauens ist, sieht alles im Licht seines Argwohns, und je größeren Machttaten Gottes er begegnet, desto teuflischer wird er sie deuten. Der Menschensohn hat Dämonen ausgetrieben. Viele Pharisäer und Schriftgelehrte hatten aber einen schlimmen Verdacht in ihren Herzen und behaupteten, der Menschensohn stehe mit

Beelzebul, dem Anführer der Dämonen, im Bund.« Die Jünger erinnerten sich lebhaft der bösen Worte gegen ihren Meister, und sie spürten zugleich, wie sie immer mehr in eine Welt hineingenommen wurden, die ihnen schwer verständlich war.

In einem Dorf, durch das sie kamen, erzählte Jesus dem Volk, das zusammenströmte, ein Gleichnis: »Ein wohlhabender Mann ging auf eine lange Reise. Zuvor rief er seine Diener zu sich und vertraute ihnen sein ganzes Vermögen an und zwar jedem nach seinen Fähigkeiten. Dem ersten gab er fünf Talente Silbergeld, dem nächsten zwei und dem dritten eines. Dann reiste er ab; die Diener aber handelten je auf ihre Weise. Nach langer Zeit kam der Herr zurück. Die ersten beiden, die inzwischen das empfangene Gut verdoppelt hatten, fanden bei der Abrechnung eine Güte, die der Treue ihrer Herzen entsprach. Zum Gut, das ihnen anvertraut worden war, empfingen sie noch die Talente hinzu, die sie selber für ihren Herrn erarbeitet hatten. Der dritte aber sagte dem Eigentümer: Hier hast du dein Geld. Ich hatte es inzwischen versteckt, weil ich Angst vor dir hatte, denn du bist ein strenger Mann und willst ernten, obwohl du nicht selber gesät hast. Der Herr erwiderte ihm: Nach deinen eigenen Worten und nach dem Maß deines Herzens fällt das Urteil über dich. Wenn du gewußt hast, daß ich so streng bin, warum hast du dann mein Geld nicht auf die Bank gebracht? Ich könnte es jetzt mit Zinsen abheben. Dann sagte er zu den anderen Dienern: Nehmt ihm das eine Talent, und gebt es jenem, der bereits zehn hat. Den bösen Diener aber ließ er in seine Finsternis hinauswerfen.« Das Gleichnis löste unter den Zuhörern Unruhe aus. Die Erzählung mißfiel den meisten, und sie wußten nicht, was Jesus ihnen damit sagen wollte. Einer brachte seinen Unmut zum Ausdruck: »Der Herr hat ungerecht gehandelt. Der dritte Diener hat nichts Böses getan, trotzdem wurde ihm das Geld genommen und jenem gegeben, der bereits in Überfluß hatte.« Viele dachten ähnlich. Andere verstanden nicht, wieso der Herr, der sich zunächst so gütig erwiesen hatte, plötzlich so hartherzig wurde. Jesus merkte ihre Gedanken und sagte: »Euch fällt es schwer den Herrn im Gleichnis zu verstehen. Doch wie wollt ihr die Güte und das Gericht Gottes begreifen?

Warum achtet ihr nur auf das Geld und nicht auf die Herzen, in denen sich alles entscheidet und in denen sich das Antlitz Gottes spiegelt?« Die Zuhörer schauten ihn verwirrt an, er aber fuhr fort: »Wegen ihrer Treue und ihres Vertrauens haben die beiden ersten Diener einen gütigen Vater gefunden. Wegen seiner Angst und seines Mißtrauens trat dem Dritten ein strenger Richter entgegen. Ihre Herzen entschieden, wie der Herr sich ihnen zeigen konnte. Wer hat und glaubt, wird bereit, ohne Grenzen zu empfangen. Wer Argwohn in sich trägt, dessen Mißtrauen zersetzt, was er bereits empfangen hat.«

Diesen Worten folgte ein großes Gemurmel, und in Gruppen wurde eifrig weitergeredet. Einige meinten, Jesus rede immer unverständlicher. Andere urteilten, es bleibe dabei, der Herr im Gleichnis habe ungerecht gehandelt. Wieder andere fragten sich, wieso das eigene Herz den Herrn verändern könne. Jesus sah ihr Unverständnis und rief in ihrer eigenen Sprache: »Die Sünder werden in die Hölle geworfen, in der das Feuer nie erlischt.« Alle fuhren tief erschrocken auf. Jesus aber fragte sich, wie die Güte seines Abbas jene erreichen könnte, die sich selber gelähmt und in ihre Welt eingeschlossen hatten. Er lebte im Licht seines Vaters und ließ zugleich die Welt der Verlorenheit ganz an sich herankommen. Die Spannung in ihm wuchs.

Auf der Suche nach dem Verlorenen

Die Jünger fragten ihn eines Tages, ob beim Kommen der Gottesherrschaft alle Feinde vernichtet werden. So hätten sie es bei den Propheten oft gehört. Jesus spürte ihre Ungeduld und ihren Wunsch, die Spannungen mit den Pharisäern und Schriftgelehrten, in die sie hineingezogen wurden, möchten bald siegreich beendet werden. Er gab ihnen keine direkte Antwort, denn ihm selber war ja vieles ungewiß; wohl aber erzählte er ihnen ein Gleichnis: »Ein Hirt hatte hundert Schafe. Als er beim Nachzählen merkte, daß eines verlorengegangen war, ließ er die neunundneunzig in der Steppe zurück und machte sich so lange auf die Suche nach dem verlorenen, bis er es gefunden hatte. Dann nahm er es voll Freude auf seine Schultern und trug es nach Hause. Dort rief er seine Freunde und Nachbarn zusammen und lud sie zu einem Festmahl ein.« Die Jünger verstanden das Gleichnis nicht recht, wohl aber merkten sie, daß es ihre Erwartung nach Vernichtung der Feinde enttäuschte. Sie redeten untereinander, wer wohl mit dem verlorenen Schaf gemeint sein könnte, das soviel Aufmerksamkeit und Fürsorge fand. Waren es einige, die mit ihnen gegangen und sich dann wieder von ihnen getrennt hatten? Es konnten doch nicht die Feinde sein.

In den Dörfern jenseits des Jordans gab es neben gesetzestreuen Juden solche, die sich kaum um die Gebote des Mose kümmerten. Hier lebten auch zahlreiche Heiden. Jesus sprach in den Orten, wo er verweilte, mit allen und ließ sich auch von Gesetzlosen zum Essen einladen. Schriftgelehrte und Pharisäer empörten sich darüber und fragten ihn herausfordernd: »Wer mit Gottlosen den Tischsegen teilt, wird der nicht selber gottlos?« Jesus gab ihnen keine direkte Antwort, sondern erzählte auch ihnen ein Gleichnis: »Eine Frau hatte von zehn Geldstücken eines verloren. Sie zündete eine Lampe an, fegte das ganze Haus und suchte solange, bis sie den Denar gefunden hatte. Dann ging sie zu ihren Freundinnen und lud sie ein: Kommt, wir wollen feiern und uns freuen, daß ich das Verlorene wiedergefunden habe.« Die Pharisäer und Schriftgelehrten waren seiner Erzählung mit mißtrauischen Gesichtern gefolgt. Sie konnten in ihr keinen klaren Sinn finden. Als er geendet hatte, meinten sie unter sich, er sei ihrer Frage ausgewichen.

Unverhofft bot sich ihnen eine günstige Gelegenheit, Jesus nochmals auf die Probe zu stellen. In einer größeren Gruppe kamen sie – schon heimlich triumphierend – auf ihn zu, während ihre Diener eine Frau mit sich schleppten, die vor Angst zitterte und die sie vorschoben, während sich eine Runde um ihn bildete. Einer begann: »Diese Frau ist auf frischer Tat beim Ehebruch ertappt worden. Mose hat im Gesetz vorgeschrieben, solche Frauen zu steinigen. Was sagst du dazu?« Alle lauerten auf die Antwort (Ps 17,13). Diesmal würde er ihnen nicht entwischen. Sprach er sich gegen die Steinigung aus, dann konnten sie ihn als Feind des Gesetzes anklagen. Riet er selber dazu, dann würde sein hartes Urteil im Volk auf Unverständnis stoßen, und es würde sich von ihm abwenden. Jesus durchschaute ihren Plan. Er wußte auch, daß die Pharisäer üblicherweise Wege fanden, um die im Gesetz vorgesehene Todesstrafe nicht anwenden zu müssen. Er schaute zunächst in ihre feindseligen Gesichter, dann bückte er sich nieder und begann mit dem Finger in den Staub zu schreiben (Jer 17,13): »Keiner tut Gutes, auch nicht ein einziger« (Ps 14,3). Die Pharisäer übersahen seine Zeichen auf der Erde und drängten ihn, er möge eine klare Antwort geben. Da richtete er sich auf und sagte: »Wer von euch ohne Sünde ist, werfe als erster einen Stein auf sie.« Gleich danach bückte er sich nieder, um weiterzuschreiben. Die Angesprochenen waren im hohen Maße verwirrt, denn mit dieser Antwort hatte keiner gerechnet. Nach einer kurzen Zeit der Verlegenheit entfernte sich der Älteste unter ihnen, und alle anderen folgten ihm. Als die Frau allein vor ihm und seinen Jüngern war, richtete er sich auf: »Hat dich keiner verurteilt?« Sie antwortete: »Keiner, Herr«. Da sprach er ihr Frieden und Trost zu: »Auch ich richte dich nicht. Geh und sündige nicht mehr!«

Während sie wegging, und ihre gespannte Angst sich in Tränen löste, fragte sich Jesus, was er getan hätte, wenn einer der Ankläger so verblendet gewesen wäre, einen ersten Stein auf sie zu werfen. In diesem Fall hätten sich sicher alle angeschlossen. Wäre er vor die Frau getreten, um sie mit seinem eigenen Leib vor der lügnerischen und mörderischen Rotte zu schützen? Die Erfahrung in seinem heimatlichen Dorf trat wieder vor sein inneres Auge, und er erinnerte sich an die Psalmen, in denen der Beter fleht, von trügerischen und gewalttätigen Feinden befreit zu werden. Würde er auf seinem Weg, den Verlorenen nachzugehen, in eine ähnliche Situation kommen?

Die meisten Pharisäer und Schriftgelehrten waren wütend, daß er ihrer Falle entronnen war. Einige von ihnen waren aber in ihren Herzen immer noch unsicher und suchten weiter, die verwirrende Lehre und das seltsame Verhalten des Predigers aus Nazaret zu ergründen. Warum war er bald herausfordernd streng und bald unverständlich barmherzig? Einer von ihnen wagte es, Jesus noch-mals zu prüfen: »Darf ein Mann seine Frau aus der Ehe entlassen?« Anstelle einer Antwort gab Jesus die Frage an ihn zurück: »Was hat euch Mose vorgeschrieben?« Der Schriftgelehrte erwiderte: »Er hat erlaubt, eine Scheidungsurkunde auszustellen und die Frau zu entlassen« (Dtn 24,1). Jesus stimmte ihm zu und überführte ihn zugleich: »So steht es geschrieben; aber du hast nicht alles gesagt, was Mose gelehrt hat.« Der Schriftgelehrte war ehrlich überrascht und fragte erstaunt, was sonst noch im Gesetz über die Eheschei-dung geschrieben stehe. Jesus antwortete ihm: »Hast du nicht gelesen, daß Gott am Anfang der Schöpfung die Menschen als Mann und Frau erschaffen hat (Gen 1,27)?

Darum verläßt der Mann Vater und Mutter und bindet sich an seine Frau, und sie werden ein Fleisch.

Gen 2,24

Da sie eins sind, soll der Mensch nicht trennen, was Gott verbun-den hat.« Der Schriftgelehrte war verwirrt: »Aber Mose, der uns über die Erschaffung von Mann und Frau belehrt, hat doch selber die Ehescheidung erlaubt?« Jesus wartete einige Zeit, und dann begann er, wie wenn er von etwas anderem sprechen würde: »Seit der ersten Sünde liegt eine tiefe Verfinsterung über den Menschen, und ihre Herzen sind verhärtet. Selbst das Gesetz hat Anteil an dieser dunklen Welt, und nur deswegen hat euch Mose die Schei-dung erlaubt. Lernt zu unterscheiden zwischen Gottes ursprüng-lichem Willen und dem, was der Herr euch wegen eurer Schwer-hörigkeit und Hartherzigkeit durch Mose zugestanden hat!«

Die Jünger waren durch diese Worte ebenso überrascht wie der Schriftgelehrte. So hatten sie die Gebote des Mose noch nie gesehen. Als sie allein mit ihm waren, baten sie ihn: »Lehre uns den ursprünglichen Willen Gottes über die Menschen.« Er wandte sich ihnen in Liebe zu, um mit seinen Worten ein tiefes Bild in ihre Herzen einzusenken: »Im Bund von Mann und Frau leuchtet seit Anfang der Schöpfung der Wille Gottes auf. Aus diesem Willen hat er Abraham, Isaak und Jakob gerufen und ihre

Nachkommen, das Volk Israel, einem Bräutigam gleich für sich erwählt (Jes 62,5). In einem Bund ewiger Liebe hat er sich mit seiner Braut vereint (Ez 16,10-14). Doch die Erwählte hat sich auf ihre eigene Schönheit verlassen. Sie ist ihrem Gemahl untreu geworden, hat Hurerei getrieben und wurde zur Dirne (Ez 16,15-63). Wird die Erwählte nun verstoßen? Nein, Gott ist nicht wie ein Mensch (Hos 11,9). Er gedenkt seines ewigen Bundes und seines Willens von Anfang an und wird der Verlorenen nachgehen, bis er sie findet. Dann wird er ein großes Freudenfest feiern.« Diese Worte fielen wie Tau auf die Seelen der Jünger, auch wenn sie manches noch nicht fassen konnten. Sie bemerkten, daß er die Gleichnisse, die sie nicht verstanden hatten, nochmals anklingen ließ, und sie begannen, etwas Neues zu erahnen.

Aus der Grube des Grauens ins Licht

Jesus ließ sich von prophetischen Worten führen, und sie gaben ihm zugleich neue Fragen auf. Wie konnte der Messias die Verlorenen, deren Herzen dem Wort seines Vaters widerstanden, erreichen? Vermochte der Geist, der auf ihn herabgekommen war, sie zu heilen?

Der Geist des Herrn läßt sich nieder auf ihm:
der Geist der Erkenntnis und der Gottesfurcht.
Er richtet die Hilflosen gerecht
und entscheidet für die Armen des Landes.
Er schlägt den Gewalttätigen
mit dem Stock seines Wortes
und tötet den Schuldigen
mit dem Hauch seines Mundes.   Jes 11,2-4

Er selber hatte mit dem Wort seines Mundes die Verhärteten wohl zu schlagen und aufzuwecken, aber nicht zu töten. Sein Weg mußte ein anderer sein, als es bei Jesaja stand. Deutete die Schrift nicht selber diesen wahren Pfad an? Sie sprach davon, daß Gott die Herzen der Sünder beschneiden (Dtn 30,6), seinen Geist in ihr

Inneres legen und die Herzen aus Stein in Herzen aus Fleisch verwandeln werde (Ez 36,26). Doch wie konnte dieses Wunder gelingen, nachdem das verzeihende Wort an einer Mauer von Gleichgültigkeit und Härte abgeprallt war? Gab es einen Weg zu den Menschen, die im Bannkreis der dunklen Macht standen und deren Herzen gefangen blieben?

Jesus beschloß, sich von seinen Jüngern und den Frauen, die ihm folgten, für einige Zeit zu trennen, um ganz auf die Stimme seines Vaters zu hören. Nur Simon und die beiden Donnersöhne Jakobus und Johannes nahm er mit sich. Während sie sich langsam einem größeren Berg näherten, ging er meistens allein und bedachte das Geschick derer, die schon vor ihm zu Israel gesandt worden waren. Gegen Mose hatte das Volk gemurrt und sich gegen ihn zusammengerottet. Auch David klagte in vielen seiner Lieder, daß er von lügnerischen Frevlern umlauert wurde. Waren dies nicht Zeichen, daß der Messias, das Reis aus dem Baumstumpf Isais (Jes 11,1), einen ähnlichen Weg zu gehen hatte? Er sah die verzerrten Gesichter von Besessenen vor sich und nahm in ihren Zügen ganz Israel wahr, während die Erinnerung an seinen Gang durch die Welt des Bösen nochmals in ihm aufstieg. Zugleich drängte ihn sein Abba mit süßer Macht, den Unglücklichen bis in ihre letzte Einsamkeit und bis in die Kerker ihrer Seelen nachzugehen. Plötzlich merkte er, daß er ohne bewußte Absicht Worte aus einem Psalm gesprochen hatte:

Er zog mich herauf aus der Grube des Grauens,
aus Schlamm und Morast.   Ps 40,3f.

Würde er selber in eine solche Grube des Grauens, in Schlamm und Morast geraten, wenn er den Verlorenen nachging?

Als Jesus mit seinen drei Jüngern auf dem Berg ankam, sahen sie das ganze Land jenseits des Jordans von Gilead bis Dan und von Naftali über Efraim und Manasse bis Juda vor sich (Dtn 34,1f.). Ein Gewittersturm brach los, und Donnerschläge schienen den Berg zu zerreißen (1 Kön 19,11). Während Wind und Wetter tobten, betete Jesus zu seinem Abba für das Heil seines Volkes, das er in tiefer Finsternis sah. Langsam sprach er Psalmen, Lieder seines Volkes, und während er betete, glitt er selber in die Worte hinein, die auf seine Lippen kamen. Sein Ich wurde eins mit seinem Volk (Ps 2), und er erlebte mit Seele und Leib, was die heiligen Lieder zum Ausdruck brachten, während die Gestalt des Menschensohnes ihm entschwand. Frevler und verlogene Feinde tauchten auf, verbündeten sich gegen ihn (Ps 2,3), stellten ihm Fallen (Ps 140,6) und trachteten ihm nach dem Leben (Ps 38,13). Er wurde geschlagen, fiel in einen tiefen Brunnenschacht (Ps 69,16), Fluten von Wasser ergossen sich über ihn (Ps 42,8). Dann schlossen sich die Riegel der Erde (Jona 2,7), und Grauen umfing ihn (Jes 24,17), eine finstere Nacht des Schreckens. Plötzlich öffnete sich aber der Raum über ihm. Eine Hand zog ihn aus den Schlingen des Todes, ein Atem hauchte ihm neues Leben zu, und eine Stimme voll unbeschreiblicher Seligkeit sprach, den Weg des Menschensohns deutend, den er eben durchglitten hatte: »Das ist mein geliebter Sohn, an dem ich Gefallen gefunden habe.« Seine Seele war wie ein Vogel dem Netz des Jägers entronnen (Ps 124,7), und sie wußte sich nach dem Gang durch das Dunkel mit dem Menschensohn noch tiefer eins. Ein Strom von Licht verwandelte und verklärte ihn, und ein neuer Glanz fiel auf die Schriften des Mose und der Propheten, die er schon lange kannte. Plötzlich traten Mose und Elija selber vor seine Augen, und sie stimmten dem zu, was er erfahren hatte. Alle Schriften zeigten ihm nun, daß der Messias dem erwählten Volk und den verlorenen Menschen bis in ihre innerste Not hinein nachgehen mußte, um sie so zum Heil und zur Herrlichkeit zu führen.

Die drei Jünger Simon, Johannes und Jakobus waren durch den Sturm so erschrocken, daß sie zu Boden fielen. Als die Sonne wieder durchbrach, merkten sie an Jesus, der in ihrer Nähe stehen geblieben war, eine tiefe Veränderung. Die Haut seines Gesichts strahlte Licht aus (Ex 34,30), und er schien ihnen zu entschweben. Was war mit ihm geschehen? Eine lichte Wolke zog vorbei (Num 9,15), und Gestalten tauchten auf. Sie hörten eine Stimme, die sie tief verwirrte. Sie wollten sprechen, aber Simon brachte nur zusammenhangslose Worte hervor. Große Angst befiel alle drei, und sie verbargen zitternd ihre Gesichter. Die Zeit entglitt ihnen, bis sie hörten, daß jemand ihnen zurief: »Steht auf, habt keine Angst!« Sie wagten, ihre Köpfe zu erheben, und sahen Jesus allein.

Auf dem Rückweg sprach er voll Vertrauen zu ihnen: »Der Menschensohn wird verfolgt und in die Hand seiner Feinde ausgeliefert werden. Gott aber wird ihn aus der Gewalt der Frevler und der bösen Mächte befreien.« Simon hatte wieder Mut gefaßt, und er schämte sich seiner Angst, die ihn auf dem Berg befallen hatte. Nun wollte er seinen neuen Mut zeigen. Er näherte sich Jesu und flüsterte ihm eindringlich zu: »Gott wird verhüten, daß du den Feinden ausgeliefert wirst. Wir werden dich verteidigen.« Er hoffte auf Lob, doch er hörte mit Schrecken: »Weg mit dir, Versucher! Du stellst mir eine Falle, denn du suchst nicht das, was Gott will, sondern sprichst wie alle Menschen.« Tief verwirrt fragte sich Simon, ob Jesus die harten Worte tatsächlich zu ihm oder zu einem anderen gesprochen hatte, der auch noch da war. Gab es Mächte, die ihnen heimlich folgten? In welcher Welt war er? Simon wagte keine neue Frage mehr, und sie schwiegen auf dem weiteren Weg.

Als Jesus sich dem Ort näherte, wo er die anderen Jünger zurückgelassen hatte, sah er von weitem eine große Schar von Menschen. Er hörte Rufe und Schreie, und er spürte mit seinem ganzen Leib, wie beschwerlich und lastend dieses Volk für ihn wurde. Er hatte oft erlebt, wie die Stimmung plötzlich von einem Extrem ins andere kippen und aus Begeisterung in Ablehnung umschlagen konnte. Nie aber hatte er erfahren dürfen, daß sein Wort die Herzen jedes einzelnen in einer großen Menge berührte und sie alle zu einer neuen Gemeinschaft von Schwestern und Brüdern zusammenschloß. Er verlangsamte deshalb seinen Schritt, und er wäre am liebsten umgekehrt, um ungestört im geheimnisvollen Frieden zu verweilen, der ihm auf dem Berg geschenkt wurde. Auch bei den vielen Heilungen waren immer Kräfte von ihm weggeflossen, und kaum je waren sie zu ihm zurückgekehrt. Er hatte gegeben und sich verzehrt. Eine tiefe Müdigkeit überkam ihn. Zugleich drängte es ihn aber nach Jerusalem aufzubrechen, denn seit der Erfahrung auf dem Berg wußte er noch deutlicher, daß ihn dort die letzte Aufgabe erwarten würde.

Es dauerte nicht lange, bis die Menge am Rand des Dorfes sein Kommen in der Ferne bemerkt hatte. Alles setzte sich in Bewegung und eilte ihm entgegen. Die ersten, die ihn erreichten, sprachen wirr durcheinander: Die Jünger hätten den Jungen nicht heilen können; Pharisäer würden sie verhöhnen; der Besessene tobe, und ob er, Jesus, stärker sei als der böse Geist. In der Menge, die nachfolgte, drängte sich ein Mann nach vorn, der tief gezeichnet war. Eine Gruppe folgte ihm, die in ihrer Mitte einen Jungen festhielt. Als der Mann mit gequältem Antlitz vor Jesus stand, schloß sich der Kreis um sie, und der Gequälte flehte ihn an: »Meister, hilf meinem Sohn, denn er ist mein einziger.« Jesus fragte, was ihm fehle. Aus der Menge riefen mehrere durcheinander, der Junge sei von einem stummen Geist besessen und er knirsche nur mit den Zähnen. Oft trete Schaum aus seinem Mund, wie bei einem Tier, er wälze sich am Boden und falle ins Wasser. Jesus schaute in die Runde. Von Vertrauen war nichts zu spüren; wohl aber sah er in den Augen der vielen eine brennende Neugierde, was nun geschehen würde. Er konnte und wollte diesem Begehren nicht nachgeben und rief mit starker Stimme in die Menge: »Ihr Ungläubigen, wie lange muß ich eure Herzenshärte noch ertragen?« Die Menge war verblüfft ob dieses Vorwurfes und verstummte. Doch in diesem Augenblick riß sich der Junge von den Männern los, die ihn herbeigeführt hatten, fiel auf den Boden und wälzte sich im Staub. Schaum trat auf seine Lippen. Jesus fragte den Vater betroffen: »Wie lange hat er dies schon?« »Von Kindheit an«, antwortete dieser: »Der böse Geist hat sogar versucht, ihn umzubringen. Er hat ihn oft ins Wasser oder ins Feuer geworfen, und wir hatten immer große Mühe, ihn zu retten. Er leidet, und wir leiden mit ihm. Wenn du kannst, hab Mitleid mit uns und hilf uns!« Die doppelte Not, die des Kindes und seiner Familie, berührte Jesus tief, und er antwortete dem Vater: »Du fragst, ob ich helfen kann. Was du erhoffst, kommt nicht von einem Wundertäter, auf den eine Menge neugierig starrt. Für Gott aber ist alles möglich, und alles kann, wer aus ganzem Herzen ihm vertraut. Glaubst du?« Die Frage traf den Mann ins Herz, und er fühlte sich allein aus der Menge herausgehoben. In seiner Not und Hilflosigkeit schrie er auf, ohne daß er recht wußte, was er sagte: »Ich glaube, hilf meinem Unglauben!« Im Schrei spürte Jesus eine Seele, die in ihrer Verzweiflung alle Berechnung und Selbstsicherheit fallenließ. Es war der Schrei einer gequälten Kreatur, die keine Rettung mehr sah. Ihre Not legte sich auf Jesus, und sie wurde zu seiner eigenen. Er spürte in sich selber eine große Ohnmacht, der er sich überließ und mit der er seinen eigenen Willen freigab. Während er sich seinem Abba überantwortete, wurde er in einen dunklen Brunnenschacht gezogen. Dann aber stieg plötzlich ein Strom von Kraft und Zuversicht in ihm auf, und er sah den Jungen, der sich immer noch vor ihm auf dem Boden wälzte. Wie zu einer unsichtbaren Macht sprach er: »Du stummer und tauber Geist, verlaß den Jungen und kehr nicht mehr zurück!« Da schrie es auf, wie wenn ein Menge schreien würde: »Wir sind Legionen.« Jesus wiederholte nur: »Fahrt aus!« Der Junge bäumte sich auf und nochmals ertönte ein Schrei. Doch diesmal war es deutlich, daß der Knabe selber geschrien hatte. Er fiel auf den Boden zurück und blieb bewegungslos liegen. Die schreienden Worte des Jungen, der bisher immer nur den Mund zusammengepreßt und mit den Zähnen geknirscht hatte, fuhren den Leuten in die Knochen. Es waren unheimliche Laute, die aber zugleich wie das Echo ihrer eigenen Schreie auf sie zurückhallten. Entsetzt wichen die Leute um den Jungen etwas zurück. Bald aber drängten sie sich wieder heran und meinten zueinander, der Junge sei tot. Jesus beugte sich nieder, faßte den Regungslosen bei der Hand, und dieser stand auf – zitternd und müde. Als er erste Worte stammelte, übergab ihn Jesus seinem Vater. Beide umarmten sich unter Weinen und Schluchzen, und darin begann sich ihre unerträgliche Spannung langsam zu lösen. Als die Umstehenden herandrängten, um den Jungen zu berühren, benützte Jesus die Neugierde, die dem Geheilten galt, um sich zu entfernen. Seine Jünger folgten ihm und freuten sich, daß die Pharisäer, von denen sie verspottet worden waren, verstummen mußten und daß die Leute nicht mehr ihnen zuhörten, sondern ganz mit dem geheilten Jungen beschäftigt waren.

In einem Hain mit vielen Ölbäumen verbrachte Jesus den Rest

des Tages. Während er sich unter einem Baum ausruhte (Gen 18,4), zogen sich die Jünger zurück. Einige gingen ins Dorf, um Brote und Fische zu kaufen, andere holten Wasser. Bevor es dunkel wurde, entzündeten sie ein kleines Feuer, an dem die Frauen die Fische bereiteten. Als das Mahl bereit war, kam Jesus zu den Seinen und ließ sich etwas reichen. Sobald er aß, fühlten sie sich freier und begannen eifrig von den Ereignissen des Tages zu reden. Sie erzählten Jesus, daß sie dem bösen Geist befohlen hatten, auszufahren. Aus dem Jungen seien aber nur Laute wie ein teuflisches Lachen gekommen, und er habe nur noch mehr mit den Zähnen geknirscht. Einige Pharisäer in der Menge hätten triumphierend gesagt, nun sehe man, wie es mit ihrer Kraft stehe. Sie hätten auch über ihn, Jesus, gelästert und behauptet, er stehe mit dem Teufel im Bund. Als sie ihn verteidigen wollten, hätten die Pharisäer sie nur ausgelacht. Sie seien ungebildete Leute, würden nichts vom Gesetz verstehen und hätten sich von einem Betrüger verführen lassen. Judas war ganz erregt, als er von diesen Vorwürfen berichtete. Jesus fiel die Erregung auf, und er schaute ihn sorgenvoll an. Die andern fragten, weshalb sie den Dämon nicht hätten austreiben können. Bei ihrer ersten Verkündigungsreise seien doch viele böse Geister vor ihnen geflohen. Jesus fragte zurück: »Habt ihr immer gebetet und dem Vater für sein Wirken gedankt?« Sie senkten verlegen die Köpfe. Jesus ließ keine peinliche Stille entstehen, sondern fuhr sogleich fort: »Es gibt böse Mächte, die nur einem Herzen weichen, das ständig mit dem Vater im Himmel vereint ist. Nur durch Gebet können sie ausgetrieben werden.« Alle schwiegen. Andreas, der im Gegensatz zu seinem Bruder Simon lieber zuhörte, wenn andere sprachen, unterbrach die Stille: »Als die anderen versuchten, den Jungen zu heilen, habe ich still zu Gott gebetet, daß es gelingen möge, damit die Pharisäer nicht über dich und uns triumphieren können. Aber der böse Geist ist trotzdem nicht gewichen und hat nur gelacht.« In der Stimme des Andreas klang eine große Enttäuschung nach, die in den anderen wieder jene Ratlosigkeit und Verwirrung wachrief, in die sie vor der unverhofften Rückkehr ihres Meisters durch die Pharisäer gestürzt worden waren. Jesus spürte ihre aufsteigende Mutlosigkeit und sagte: »Gott ist nicht kraftlos, aber euer Glaube ist schwach.« Da er angesichts der Not des besessenen Jungen selber ein Gefühl großer Ohnmacht erfahren hatte, suchte er sich ihnen verständlich zu machen: »Der Glaube ist machtvoll, und er ist dennoch keine Waffe, um Siege über andere zu erringen. Er ist ganz klein und vollbringt doch große Dinge. Wäre euer Glaube auch nur wie ein Senfkorn, und ihr würdet zu einem Berg sagen: Rück von hier weg! Er würde es tun, denn Gott und dem Glauben ist nichts unmöglich.« Einige Jünger richteten sich sichtbar auf. Thomas aber fragte: »Wie können wir einen Glauben erlangen, der Berge versetzen kann?« Jesus überließ sie zunächst ihren eigenen Gedanken. Dann begann er, ihnen ein Gleichnis zu erzählen: »In einer Stadt lebte ein Richter, der weder Gott fürchtete, noch sich um die Gerechtigkeit unter den Menschen kümmerte. In der gleichen Stadt lebte eine verarmte Witwe, der ein böser Verwandter ihr ganzes Gut geraubt hatte. Immer wieder ging sie zum Richter und bat ihn, er möge ihr gegen den Feind in der eigenen Verwandtschaft Recht verschaffen. Weil sie den Richter aber nicht mit Geld bestechen konnte, wies er sie lange Zeit mit groben Worten von sich. Dennoch gab die Witwe nicht nach. Schließlich sagte sich der Richter: Ich muß mich doch um ihr Recht kümmern, sonst macht sie mir noch eine Szene in der Öffentlichkeit und schlägt mir gar ins Gesicht. Das wäre eine Schande für mich.« Hier überließ Jesus seine Jünger eine kurze Zeit ihren Gedanken. Wie er aber ihre fragenden Gesichter sah, zog er selber die Lehre aus seiner Erzählung: »Wenn schon ein böser Richter sich durch hartnäckige Bitten bewegen läßt, wird dann der Vater im Himmel nicht jedem helfen, der ihn Tag und Nacht darum bittet? Doch wo sind jene, die ihn täglich bitten und wie ein Kind vertrauen?« – Bei den Jüngern, die ihm zuhörten und von Macht träumten, waren die Frauen. Im Licht des Feuers, das noch immer leicht brannte, bemerkte er, wie das Gesicht der Maria von Magdala ganz offen war und jedes seiner Worte in sich hineintrank. Würde sie Tag und Nacht beten? Und Judas, der sich so erregt hatte? Der Jünger aus Kariot war nun ganz mit sich beschäftigt und schien schweren Gedanken nachzuhängen.

Spät am Abend erwachte der Nordwind und durchwehte den Hain (Hld 4,16). Alle hüllten sich in ihre Mäntel. Gegen Morgen, als das erste Licht sich im Osten zeigte, erhob sich Jesus. Er ging aus dem Hain dem Morgenrot entgegen. Maria von Magdala folgte ihm nach kurzer Zeit. Draußen erschrak sie, denn sie konnte ihn nicht mehr erblicken und einige Männer kamen schon zu einem nahen Feld (Hld 3,1f.). Dann aber sah sie, wie er an einem Weinberg vorbei auf eine Anhöhe zuging, und sie eilte den gleichen Weg. Tau lag auf den Gräsern, und die Nacht tropfte von den Sträuchern und Bäumen (Hld 5,2). Die Jünger wickelten sich ebenfalls aus ihren Mänteln, standen auf und gingen in den Feldern dem Morgen entgegen. Als die Sonne über der Anhöhe aufging, sahen sie Jesus oben stehen. Licht umhüllte ihn und ein Kranz von Strahlen umgab ihn (Hab 3,4). Ihre Seelen wurden bei diesem Anblick entführt (Hld 6,12).

Die Hartherzigkeit Isaels und das Festmahl für die Heiden

Als sie nach Jerusalem aufbrachen, waren alle voll Erwartung. Das Wort vom Glauben, der Berge versetzen kann, hatte ihren Geist neu beflügelt. Die meisten hofften, ihr Meister werde dort das messianische Reich ausrufen und mit seinem Glauben alle Hindernisse beseitigen. Sie begannen sogar untereinander zu streiten, wer im kommenden Reich der Größte sein werde. Simon, der den Tadel beim Abstieg vom Berg bereits wieder vergessen hatte, beteiligte sich eifrig daran. Auch Jakobus und Johannes drängten sich in den Vordergrund. Die Mutter der beiden, die unter den Frauen war, die Jesus begleiteten, nahm sogar ihre beiden Söhne, näherte sich ihm und fiel ihm zu Füßen mit der Bitte: »Versprich, daß meine Söhne in deinem Reich rechts und links neben dir sitzen werden.« Jesus schaute alle drei verwundert an und erwiderte: »Ihr wißt nicht, um was ihr bittet. Könnt ihr den Becher des Grauens trinken (Ez 23,33), den ich trinken werde?« Die beiden Brüder antworteten voll Eifer, aber ohne genau zu wissen, was sie sagten:

m — Ueal. 3.23 f.

»Wir können es.« Jesus entgegnete ihnen gedankenverloren und dennoch bestimmt: »Mein Vater wird es euch geben, aber seine Wege sind anders, als ihr denkt. Nur ihm steht es zu, die Plätze in seinem Reich zu verteilen.«

Die übrigen Jünger, die das Geschehen verfolgt hatten, ärgerten sich über die Frau und ihre beiden Söhne. Weshalb sollten diese den Vorrang haben? Simon erhoffte für sich den ersten Platz, und auch die anderen wollten nicht zurückstehen. Jesus tat eine Zeitlang, als ob er den Streit unter seinen Jüngern nicht bemerken würde. Dann aber winkte er einKind herbei, nahm es in seine Arme und sagte zu seinen Jüngern: »Wenn ihr euren Willen zu herrschen nicht preisgebt, wird es für euch keinen Platz im Reich meines Vaters geben. Nur wer so klein ist wie dieses Kind hier, wird vor meinem Vater groß sein.« Die Jünger schwiegen beschämt und verlegen. Er aber fuhr fort: »Seht dieses Kind, wie es mit großen Augen in die Welt schaut! Es ist ganz Aug und Ohr und vergißt sich selbst. Nur wenn ihr ebenso auf den Vater schaut, seinen Willen hört und eure eigenen Wünsche vergeßt, wird sein Reich zu euch kommen. Wollt ihr den Weg mit mir gehen, den er uns zeigt?« Sie stimmten eifrig zu und waren froh, daß er von ihrem Streit abgelenkt hatte.

Unterwegs sprachen sie von der messianischen Zeit. Einige erinnerten sich, von Schriftgelehrten gehört zu haben, Elija werde wiederkehren. Sie fragten deshalb Jesus, ob der Prophet, der im Feuerwagen zum Himmel gefahren war, auf die Erde zurückkommen werde. Er antwortete ihnen durch Worte des Propheten Maleachi:

Bevor der Tag des Herrn kommt,
der große und furchtbare Tag,
seht, da sende ich zu euch den Propheten Elija.
Er wird das Herz der Väter
wieder den Söhnen zuwenden
und das Herz der Söhne ihren Vätern,
damit ich nicht kommen
und das Land dem Untergang weihen muß.　　Mal 3,23f.

Als sie ihn fragten, wann dies geschehen werde, überraschte er sie: »Elija ist bereits gekommen und hat gepredigt. Die Menschen haben ihm aber nur kurze Zeit zugehört, dann haben sie mit ihm ihr Spiel getrieben und ihn getötet. Wird es dem Menschensohn ähnlich ergehen?« Die Jünger verstanden zunächst nicht, wen er mit Elija meinte. Einige vermuteten, er habe auf den Täufer hingewiesen. Andere waren der Ansicht, alles sei ein Gleichnis, denn der wahre Elija könne von seinen Feinden nicht besiegt werden. Der Prophet habe ja Feuer vom Himmel herabgerufen und alle Priester des Baal am Bach Kischon töten lassen (1 Kön 18,30- 40). Dagegen brachte einer vor: »Schriftgelehrte sagen, Elija werde wiederkehren und von Gotteslästerern getötet werden. Doch kurze Zeit danach werde der Messias erscheinen und ihn auferwecken.« Einer fiel ihm ins Wort: »Wird vielleicht der getötete Täufer auferweckt, wenn wir mit Jesus in Jerusalem einziehen werden?« Die anderen wußten nicht, was sie davon halten sollten. Das Gehörte gab ihren Gedanken und Träumen aber neue Nahrung.

Als sie den Jordan überquerten und ins Grenzgebiet von Samaria kamen, wollten sie in einem Dorf übernachten. Die Samariter aber wiesen sie weg, denn sie wollten nichts mit Galiläern zu tun haben, die nach Jerusalem unterwegs waren, um dort im Tempel anzubeten. Sie folgten ihren Vätern und beteten Gott nur auf dem Berg Garizim, dem Berg des Segens an, denn dort hatten sich die Stämme Israels nach dem Einzug ins verheißene Land versammelt, um den Segen des Herrn über das Volk herabzurufen und den Fluch gegen alle Abtrünnigen zu schleudern (Dtn 27,11-26). Die Samariter hatten es vor einigen Jahrzehnten sogar gewagt, während eines Paschafestes – zu mitternächtlicher Stunde – menschliche Gebeine ins Heiligtum von Jerusalem zu streuen. Seither hatte der Streit bedrohlich zugenommen. Jakobus und Johannes waren vorausgegangen und berichteten empört von der Weigerung der Dorfbewohner. Da ihre Köpfe noch voll von Gedanken an Elija waren, fragten sie Jesus: »Sollen wir befehlen, daß Feuer vom Himmel über die Frevler falle?« Jesus wies die beiden scharf zurecht: »Ihr wißt nicht, wessen Kinder ihr seid.

Gott läßt seine Sonne über Gute und Böse aufgehen, und seine Güte reicht, soweit die Wolken ziehn (Ps 57,11). Lernt von ihm und nicht vom Verlangen nach Vergeltung, das den Sündern eigen ist!«

Als sie nach Jericho, der Palmenstadt (Dtn 34,3), kamen, erfüllte ein üppiges Blühen das ganze Gebiet der Oase, obwohl es noch früh im Frühling war. Die Stadt lebte aus der Erinnerung, daß sie als erste für Israel erobert worden war, nachdem Josua mit den zwölf Stämmen den Jordan überquert hatte. Die alte Erinnerung weckte aber kein neues Leben und keine lebendige Treue zum Gott der Väter. Jetzt gab es vor allem Zeichen des Reichtums in der Stadt, denn Handelsstraßen liefen in der Oase zusammen und Herodes hatte hier einen weiträumigen Winterpalast mit Schwimmbädern und großen Gärten bauen lassen.

Gilgal lag einst in der Nähe. Dort hatten sich alle Männer Israels nach dem Einzug ins verheißene Land beschneiden lassen, und dort hatte Josua ein ewiges Erinnerungszeichen aus zwölf großen Steinen errichten lassen, die von den zwölf Stämmen aus der Tiefe des Jordan mitgenommen wurden, als sie trockenen Fußes durch das Flußbett schritten (Jos 4,1-24). Dort hatten auch die Propheten Elija und Elischa gewirkt (2 Kön 2,1; 4,38). Doch von Gilgal war keine Spur geblieben, und dem ewigen Erinnerungszeichen mußte es wie dem Heiligtum in Schilo ergangen sein, das der Herr wegen der Sünden Israels dem Untergang geweiht hatte (Jer 7,12).

Wegen des regen Handels gab es in Jericho viele Zöllner und Steuereintreiber. Zachäus, der Oberste der Zöllner, in dessen Dienst viele Steuerpächter standen, hatte vom Kommen Jesu gehört und wollte ihn sehen. Da er selber von sehr kleiner Gestalt war und viel Volk sich in der Stadt um Jesus drängte, eilte er voraus und stieg auf einen Maulbeerfeigenbaum. Als Jesus dort vorbeikam, blieb er stehen und schaute hinauf. Er sah den Mann oben sitzen und erkannte in ihm sofort einen reichen Herrn. Welches Interesse mußte der vornehme Mann an ihm haben, daß er sich in eine so seltsame, ja fast peinliche Lage brachte? Er rief ihm zu: »Komm schnell herunter, denn heute muß ich bei dir zu

Gast sein.« Zachäus war verlegen, als alle zu ihm hinaufschauten; zugleich aber freute er sich sehr, daß Jesus zu ihm kommen wollte. Er stieg, so rasch er konnte, hinunter und nahm Jesus in sein Haus auf. Nach dem Mahl sagte er zu seinem Gast: »Dein Besuch hat mich tief geehrt, und ich möchte ein neuer Mensch werden. Wenn ich jemanden betrogen habe, gebe ich es ihm vierfach zurück, und von meinem Vermögen will ich die Hälfte den Armen verschenken.«

In der Palmenstadt hielten sich zahlreiche Schriftgelehrte auf, die von Jerusalem herabgekommen waren. Mit dem Volk waren einige von ihnen Zeugen des Gesprächs beim Maulbeerfeigenbaum gewesen. Aus Galiläa war ihnen bereits viel Verdächtiges über Jesus berichtet worden, und nun konnten sie mit eigenen Ohren hören, daß er beim Oberzöllner einkehren wollte. Wie konnte er die Gottesherrschaft verkünden, und zugleich den Tischsegen mit einem Menschen teilen, der sich nicht um das göttliche Gesetz kümmerte? Sie empörten sich und stimmten dem Urteil zu, das die Gemeinschaft der Pharisäer in Galiläa gegen ihn gesprochen hatte.

Man erzählte Jesus von ihrer Empörung. Als er mit einigen von ihnen zusammenkam, sprach er sie an: »Dem Haus des Zachäus ist Heil widerfahren, denn auch er ist berufen, ein Sohn Abrahams zu sein. Ist es erlaubt, zu suchen und zu retten, was verloren war?« Sie schwiegen. Da brach ein Unwille gegen sie aus ihm heraus: »Ihr Schriftgelehrten und Pharisäer, ihr Heuchler! An Nebensächliches haltet ihr euch eifrig. Ihr bemüht euch, von jedem Gewürz den Zehnten zu geben, das Wichtigste im Gesetz aber laßt ihr außer acht: die Gerechtigkeit und Barmherzigkeit. Blinde Führer seid ihr! Mit eurem Urteil siebt ihr Mücken heraus, Kamele aber läßt ihr durchgehen.« Einige Gesetzeslehrer erwiderten aufgebracht: »Meister, damit beleidigst du uns.« Jesus fragte zurück: »Sprecht ihr euch nicht selber das Urteil? Rund um Jerusalem errichtet ihr den Propheten, die von euren Vorfahren umgebracht wurden, Gräber, und ihr verkündet laut: Wenn wir in den Tagen unserer Väter gelebt hätten, wären wir nicht wie sie am Tod der Propheten schuldig geworden. Damit sagt ihr selber, daß ihr Nachkommen der Prophetenmörder seid. Und womit wollt ihr beweisen, daß ihr euch gebessert habt? Ihr verurteilt den Menschensohn, der Gerechtigkeit und Barmherzigkeit lehrt. Damit folgt ihr genau dem Weg eurer Väter und urteilt mit dem Maß von Prophetenmördern. Wie wollt ihr der Hölle entrinnen?« Die meisten von den Schriftgelehrten und Pharisäern wandten sich schweigend und in großer Entrüstung von ihm ab. Einer aber, der noch ausharrte, fragte: »Gilt die Barmherzigkeit, die du verkündest, auch für Gesetzlose und Heiden? Israel ist doch allein der Weinberg Gottes (Jes 5,1-7), und am Tag des Gerichts wird der Herr die Völker zerstampfen (Hab 3,12), die sich um ein Nichts gemüht und sich nur für das ewige Feuer geplagt haben« (Jer 51,58). Aus seinen Worten sprach der stolze Erwählungsglaube Israels. Jesus fragte ihn nur: »Hast du bei den Propheten nicht gelesen, wie oft Israel verurteilt wird? Und kennst du nicht das Wort des Herrn über die Völker?

Der Herr der Heere wird auf dem Berg Zion
für alle Völker ein Festmahl geben
mit den feinsten Speisen,
 mit besten, erlesenen Weinen.
Er zerreißt auf diesem Berg die Hülle,
die alle Nationen verhüllt,
und die Decke, die alle Völker bedeckt.

Jes 25,6f.

Ja, viele werden von Osten und Westen kommen und mit Abraham, Isaak und Jakob im Reich meines Vaters ein Freudenmahl halten, viele aber, für die das Reich zuerst bestimmt war, werden in die Finsternis hinausgeworfen.« Der Schriftgelehrte erwiderte erregt: »Du willst doch nicht lehren, daß die gottlosen Heiden dem erwählten Israel vorgezogen werden?« Jesus sagte nur: »Wenn Israel sich zur Barmherzigkeit bekehrt, wird es auch Barmherzigkeit erfahren.«

Listige Klugheit und einfältige Liebe

Als sie langsam den steilen und felsigen Weg nach Jerusalem hinaufstiegen, unterhielten sich die Jünger über die Ereignisse in Jericho. Der Oberzöllner hatte sie durch seine Bekehrung tief beeindruckt. Judas aber meinte kühl: »Zachäus weiß doch gar nicht mehr, welche Menschen er im Lauf seines Lebens betrogen hat. Sein ganzes Vermögen ist durch Unrecht zustande gekommen. Selbst wenn er jetzt die Hälfte wegschenkt, tut er kein gutes Werk, denn auch die zweite Hälfte, die er für sich behält, ist die Frucht von Betrügerei.« Die anderen staunten mit offenem Mund. Das schöne Bild, das sie sich von der Bekehrung des Zachäus gemacht hatten, war plötzlich befleckt, und sie wurden unsicher. Da griff Jesus ein, und erzählte ihnen ein Gleichnis: »Ein reicher Mann hatte einen Verwalter, von dem die Rede ging, er verschleudere das Vermögen seines Herrn. Dieser ließ ihn rufen und sagte zu ihm: Was höre ich von dir? Leg Rechenschaft ab! Ich kann dir mein Gut nicht länger anvertrauen. Der Verwalter war beunruhigt und überlegte, wie er die letzten Stunden in seinem Amt noch nützen könnte, um sich Freunde für die ungewisse Zukunft zu schaffen. Er rief die Schuldner seines Herrn sogleich zu sich. Den ersten, der hundert Faß Öl geborgt hatte, ließ er einen neuen Schein auf fünfzig schreiben. Beim zweiten erniedrigte er die Schuld von hundert Sack Weizen auf achzig. So machte er es bei allen und gewann dadurch viele Freunde.« Die Jünger wurden durch dieses Gleichnis noch verwirrter. Was wollte ihnen Jesus mit der Geschichte eines Betrügers sagen? Einer gab seinen Gefühlen laut Ausdruck: »Der Verwalter hat ein großes Unrecht getan, denn er hat fremdes Gut veruntreut.« Jesus ging über die Bemerkung hinweg und begann den Verwalter zu loben: »Aus seiner Sicht hat er klug gehandelt, denn er hat sich Freunde geschaffen, die für ihn sorgen werden. Auch Zachäus war ein kluger Mann, denn er machte sich mit dem Geld, das er den Betrogenen zurückgab oder den Armen schenkte, Freunde, die für ihn bei Gott eintreten werden. Lernt von seiner Klugheit!« Die Jünger hatten Mühe, diesen Worten zu folgen. Da Jesus ihre Ratlosigkeit merkte, begann er nochmals: »Denkt an Judit aus Betulia, die zur großen Freude Israels und zum Stolz ihres Volkes wurde (Jdt 15,9). Ohne Waffen und nur bekleidet mit ihrer verführerischen Schönheit ging sie ins Lager der Feinde, um dort mit großer List bis ins Zelt des Holofernes, des Anführers der Feinde, vorzudringen. So wurde sie zur Rettung Israels. Nur wer mit Klugheit bis ins innerste Zelt des feindlichen Lagers gelangt, kann das Reich des Bösen überwinden. Wir sind auf dem Weg dorthin.« Judit im feindlichen Lager der Assyrer und im Zelt des Holofernes packte den Geist der Jünger, dennoch verstanden sie nicht, was Jesus ihnen damit sagen wollte.

Unterwegs hatte sich ihnen ein Levit angeschlossen, der zum Dienst im Tempel nach Jerusalem hinaufging. Er hörte mit, und die Worte von der Klugheit trafen einen wunden Punkt in seinem eigenen Suchen. Nachdem die Jünger lange geschwiegen hatten, wagte er es, sich mit einem Seufzer bemerkbar zu machen: »Die Gebote sind oft schwer zu verstehen.« Jesus achtete auf und wandte sich ihm fragend zu: »Du kennst doch die wichtigsten Gebote, die uns die Liebe zu Gott und zum Nächsten lehren?« – »Gewiß«, antwortete der Levit: »Doch wer sind meine Nächsten? Sind das meine Verwandten oder gar alle Brüder aus unserem Volk? Die abtrünnigen Samariter, die den Tempel entweiht haben, oder die gottlosen Heiden können gewiß nicht gemeint sein.« Dann wies er zum Salzmeer hinunter, das in der Ferne noch sichtbar war, und fuhr fort: »Für die frommen Männer dort unten sind nur jene die Nächsten, die in ihrer Gemeinschaft leben. Sie halten sich von den Priestern und Leviten in Jerusalem fern und weigern sich sogar, Opfer im Tempel darzubringen, obwohl diese im Gesetz vorgeschrieben sind. Es ist traurig, aber über die Gebote Gottes gibt es in Israel Streit, und es ist schwer zu wissen, wer unsere Nächsten sind.« Jesus spürte, daß seine Bekümmernis echt und tief war. Er ließ deshalb seine Jünger rasten und begann allen, die mit ihm unterwegs waren, ein Gleichnis zu erzählen: »Ein Mann ging allein den steilen und felsigen Weg, den wir jetzt gehen. Plötzlich wurde er von Räubern überfallen, niedergeschlagen und ausgeplündert. Er blieb halbtot liegen. Nach einiger Zeit kam ein Priester, sah den Verwundeten am Wegrand liegen und ging vorüber. Das gleiche tat ein Levit. Schließlich ritt ein Samariter vorbei. Er wurde von Mitleid gerührt, kümmerte sich um den Halbtoten und nahm ihn auf seinem Reittier mit sich.« Der Levit fühlte sich sehr betroffen, daß ihm der halbheidnische Samariter als Beispiel vor Augen gestellt wurde. Jesus ließ ihm Zeit und fragte dann: »Welcher von den dreien hat sich dem Verwundeten zum Nächsten gemacht?« Diese Frage überraschte den Leviten ein zweites Mal und ebenso die Jünger, die zugehört hatten, denn sie hatten eine andere erwartet, nämlich: Wer war für die drei der Nächste? Dies konnte nur der Verwundete sein. Auf die verwirrende Frage aber, wer sich zum Nächsten gemacht habe, antwortete der Levit nach einigem Zögern und Nachdenken: »Der Samariter«. Jesus entgegnete ihm: »Du hast gut geantwortet. Mache auch du dich den Armen und Verwundeten zum Nächsten. Sie werden dich lieben wie sich selber, und auch du wirst dadurch lernen, sie zu lieben.«

Das Gericht über Jerusalem und die Welt

Am Tag nach ihrer Ankunft in Betanien, wo sie Unterkunft gefunden hatten, stieg Jesus mit den Zwölf zum Ölberg hinauf. Die frühlingshafte Wärme von Jericho war in der Höhe einem kalten Wind vom Norden gewichen, der dunkle Wolken vor sich hertrieb. Die heilige Stadt lag im fahlen Licht vor ihnen. Lange blieben sie angesichts des Tempels und seiner Mauern, die hoch über dem Kidrontal aufragten, schweigend stehen, während andere Pilger an ihnen vorbeizogen und sangen:

Wohl denen, die du erwählst und in deine Nähe holst,
die in den Vorhöfen deines Heiligtums wohnen.
Wir wollen uns am Gut deines Hauses sättigen,
am Gut deines Tempels.

Ps 65,5

Als für kurze Zeit Sonnenstrahlen durch die Wolken drangen und auf den Tempel fielen, brachen die Zwölf in lautes Staunen aus. Plötzlich merkten sie aber, daß Jesus weinte. Sie wagten, ihn zu fragen, was ihn bedrücke. Er schaute unverwandt auf das Heiligtum und begann zu reden, wie wenn er nur zur Stadt spräche: »Wenn du doch erkannt hättest, was dir Frieden bringen würde. Doch nun bleibt es dir verborgen. Deine Söhne haben sich verhärtet, und sie werden in ihrem eigenen Namen Frieden und Freiheit suchen. Aber ihr Tun wird nur mächtige Feinde wecken, und alles Böse wird auf dich zurückfallen. Heere werden dich umringen, und kein Stein wird in dir auf dem anderen bleiben.« Die Zwölf waren ob dieser Worte tief erschrocken und fragten, wann dies geschehen werde. Jesus antwortete: »Die Zeit hat sich beschleunigt, aber die Stunde liegt in der Hand des Vaters.« Die Sonnenstrahlen waren inzwischen wieder verschwunden, und es stürmte im Wirbel daher (Nah 1,3). Jesus trat in den steifen Wind hinaus, während die Urflut brüllte (Hab 3,10). Er rief den Zwölf zu: »Erinnert euch an das Wort beim Propheten Sacharja!

Ich versammle alle Völker zum Krieg gegen Jerusalem. Die Stadt wird erobert, die Häuser werden geplündert, die Frauen geschändet. Doch dann wird der Herr hinausziehen. Seine Füße werden an jenem Tag auf dem Ölberg stehen, der im Osten gegenüber von Jerusalem liegt. Der Ölberg wird sich in der Mitte spalten, und es entsteht ein gewaltiges Tal von Osten nach Westen.«   Sach 14,2-4

Den Zwölf fuhr bei diesen Worten ein Schaudern durch den Leib. Es war ihnen, wie wenn der Boden sich unter ihren Füßen öffnen würde und eine übermächtige Gestalt auf sie zukäme. Ohne auf ihre Angst zu achten, fuhr Jesus weiter: »Menschen werden miteinander streiten (Mich 6,5f.) und Völker gegeneinander Krieg führen. In jenen Tagen bricht ein gewaltiger Sturm von den Grenzen der Erde los, und das Gericht schreitet von Volk zu Volk. Viele verstecken sich in Höhlen und Schlupflöchern (1 Sam 13,6). Doch die Erschlagenen liegen von einem Ende der Erde bis zum andern. Man beklagt sie nicht, man sammelt sie nicht und begräbt sie nicht« (Jer 25,32f.). Den Zwölf schnürte es die Kehle zu, und sie begannen am ganzen Leib zu zittern. Während Jesus sprach, war der Sturm voll losgebrochen, und er hatte seine letzten Worte ins Toben der Elemente hinausgeschrieen.

Als es wieder etwas ruhiger wurde, wandte er sich den Zwölf zu: »Gott, der Herr, hat dem Menschensohn das Gericht übergeben, und sein Wort deckt auf, wie die Menschen und Völker sich wechselseitig verurteilen und richten.« Dann zog er sich mit den frierenden Jüngern zum Schutz vor dem kalten Wind hinter eine Mauer zurück, wo sie auf den Boden kauerten. Nach längerem Schweigen vernahmen sie wieder die Stimme Jesu, die sich inzwischen ganz verändert hatte. Die Strenge war einer unendlichen Traurigkeit gewichen, und er begann eine Klage über die geliebte Stadt und die Völker, wie einst David über Saul und seinen Freund Jonatan geklagt hatte.

> *Israel, dein Stolz liegt erschlagen auf den Höhen.*
> *Ach, die Helden sind gefallen!*
> *Ihr Berge in Gilboa, kein Tau und kein Regen falle auf euch,*
> *ihr trügerischen Gefilde.* 2 Sam 1,19-26

Nachdem seine Klage verklungen war, entließ er die Zwölf nach Betanien, während er allein auf dem Ölberg zurückblieb. Er sah sich plötzlich auf einem Berg, der immer höher wurde und bis in die Wolken hineinwuchs. Mit der Gestalt des Menschensohns wurde er so eins, daß er sich nun ganz in ihr sah und auf seine menschliche Gestalt hinabblicken konnte. Er schaute in die Tiefe (Ps 113,6), und seine Augen durchdrangen die Geschichte, die als Gericht alle Völker ereilte. Das Wort aus seinem Mund ging wie ein zweischneidiges Schwert durch die Zeit und verschärfte das Gericht.

Eine Stimme flüsterte ihm zu: »Mit dem Hauch deines Mundes kannst du alle Feinde Gottes auf Erden vernichten« (Jes 11,4). Doch diese Stimme fand in seiner Seele kein Echo. Ein grenzenloses Erbarmen mit all den Opfern der Sünde erfüllte ihn. Er wollte den vielen Erschlagenen auf der Erde nahekommen und sich ihnen

120

zum Nächsten machen, um ihr Geschick in allem zu teilen. Wie er die vielen Toten sah, wußte er plötzlich, daß er mit ihnen in den Tod zu gehen hatte.

> *Der Frevler belauert den Gerechten*
> *und sucht ihn zu töten.*
> *Der Herr überläßt ihn nicht seiner Hand,*
> *läßt nicht zu, daß man ihn vor Gericht verurteilt.*
>
> Ps 37,32f.

Sein Vater würde es zulassen, daß er verurteilt und in die Grube des Grauens gestoßen wird. Er würde ihn aber auch mit allen Einsamen und Erschlagenen aus dem Rachen des Todes ziehen.

Gekreuzigt als Opfer gewalttätiger Frevler

Jedes Jahr strömten Pilger zum Paschafest nach Jerusalem. Sie zogen dorthin, um der Befreiung aus dem Sklavenhaus Ägyptens zu gedenken. Doch diesmal wurde auch die Erinnerung an das Geschick der Propheten zum Ereignis. Das Volk von Anatot und die Bewohner von Jerusalem hatten Mordpläne gegen Jeremia gehegt, der einem zutraulichen Lamm gleich in der Stadt lebte (Jer 11,18-23). Seiner Botschaft wegen wurde er verfolgt. Mit ihm und vielen anderen Propheten wurde der Knecht des Herrn geschlagen, während das Volk in seinem frommen und trügerischen Sinn meinte, Gott selber habe ihn verurteilt (Jes 53,4). Doch die lügnerischen Worte und die giftigen Pfeile derer, die ihre eigenen Sünden nicht sahen, durchbohrten ihn.

Die Zahl der Festpilger war groß und übertraf bei weitem die Bewohner der Stadt. Es herrschte ein großes Gedränge im Tempel und in den engen Straßen, und die Massen waren erregbar, so daß leicht der Funken des Aufruhrs auf sie überspringen konnte. Gegen echte oder vermutete Aufwiegler ging die römische Besatzungsmacht mit brutaler Härte vor.

Der Weg Jesu in die Stadt war ein Gratweg. Jedes kluge Ausweichen angesichts der drohenden Gefahr konnte zum Verrat an der Gottesherrschaft werden, die ihn mehr denn je drängte. Und jedes mutige Auftreten konnte in der religiösen und politischen Erregung rasch die Gestalt einer selbstmörderischen Provokation annehmen. Jesus beschloß, alle eigenen Pläne, alle konkreten Hoffnungen und Befürchtungen fallen zu lassen, um nur dem zu leben, was der Vater ihm durch die innere Stimme und die Zeichen, die auf ihn zukamen, von Stunde zu Stunde zeigen würde. Zutraulich und arglos wie ein Lamm wollte er sich an den Ort der Gefahr führen lassen, um dort das zu tun, was sich gerade ergab (1 Sam 10,7).

Der messianische Einzug

Als er aufbrach, ließen ihn die großen Gerichtsbilder, die ihn seit der Ankunft in Betanien begleitet hatten, wieder frei und eine tiefe Freude kehrte zurück. Es war die Freude der messianischen Zeit:

Juble laut, Tochter Zion! Jauchze, Tochter Jerusalem! Siehe, dein König kommt zu dir. Er ist gerecht und hilft; er ist demütig und reitet auf einem Esel, auf einem Fohlen, dem Jungen einer Eselin. Er verkündet für die Völker den Frieden. Sach 9,9f.

Plötzlich sah er in den prophetischen Worten ein Zeichen des Vaters. Auf dem Ölberg schickte er zwei seiner Jünger ins nahe Dorf, um einen jungen Esel zu holen, während er sich wartend in den Anblick des Tempels und der Stadt verlor. In allen Jüngern und Frauen, die ihn begleiteten, wurde eine große Erregung wach. War dies der Augenblick, den sie schon lange ersehnt hatten? Weitere Pilger aus Galiläa, die zur heiligen Stadt unterwegs waren, sammelten sich auf dem Ölberg und wurden von der Erwartung der Jünger Jesu angesteckt. Als die Ausgesandten mit einem Esel zurückkamen, legten einige von ihnen ihre Kleider auf das demütige Reittier, während andere Zweige von den Bäumen schnitten. Sie folgten Jesus, der schweigend der Stadt entgegen ritt, wie im Reigenzug (Ps 118,27) und stimmten das große Dank- und Wallfahrtslied an:

»Danket dem Herrn, denn er ist gütig, denn seine Huld währt ewig.« Ps 118

An den Schlußversen dieses Liedes blieb die Schar wie hängen, und während sie unter der Ostmauer des Tempels durch das Kidrontal zum Südtor zogen, sangen sie immer wieder die gleichen Worte:

»Hosanna, gesegnet sei er, der kommt im Namen des Herrn.« Ps 118, 26

Neue Gruppen von Pilgern schlossen sich ihnen an; die Begeisterung wuchs und viele riefen:

»Gesegnet sei das Reich unseres Vaters David, das nun kommt, und die Rettung Jerusalems.« Jes 62,11

Die meisten Jünger träumten, das ersehnte Reich sei tatsächlich am Kommen. Doch Jesus begleiteten inzwischen ganz andere Bilder. Während er zum Zion ritt, hörte er in den Wipfeln der Baka-Bäume ein Geräusch wie von Schritten (1 Chr 14,15), und er sah in der Davidstadt Gewalttat und Hader (Ps 55,10). Aus dem eben gesungenen Wallfahrtslied begleiteten ihn die Worte:

Alle Völker umringen mich;
ich wehre sie ab im Namen des Herrn;
Sie umringen, ja sie umringen mich;
ich wehre sie ab im Namen des Herrn.
Der Stein, den die Bauleute verwarfen,
er ist zum Eckstein geworden.

Ps 118,10f.22

Eine Gruppe von Schriftgelehrten und Pharisäern sah mit Erschrecken die singende Schar. Wollte der falsche Prophet aus Galiläa den messianischen Aufruhr in die heilige Stadt hineintragen? Sie drängten sich mit Gewalt an ihn heran und bestürmten ihn, er solle seine verblendeten Anhänger zum Schweigen bringen. Jesus schien wie in eine andere Welt versunken zu sein und sagte nur: »Wenn diese schweigen, werden die Steine in den Mauern und die Sparren im Gebälk um so lauter rufen« (Hab 2,11).

In den engen Gassen mit den vielen Menschen stockte der Zug. Jesus stieg vom Esel und ließ ihn ins Dorf, wo er losgebunden worden war, zurückbringen. Zugleich setzte er sich im Gedränge mit einigen Jüngern von den übrigen Pilgern ab, die ihn mit ihren Rufen begleitet hatten. Während das messianische Feuer, das kurz aufgelodert war, in ihnen rasch wieder erlosch, ging er unauffällig durch die Stadt Davids und stieg mit seinen Jüngern, Jerusalem umschreitend (Neh 12,27-43), langsam zum Heiligtum hinauf.

In der Nähe des Südtores lag der Teich Schiloach, wo in alter

Zeit der Prophet Jesaja mit seinem Sohn dem König Ahas gegenübergetreten war, um ihn angesichts feindlicher Gefahr im Glauben zu stärken (Jes 7,3f.). Weil das Volk damals das Vertrauen in Jahwe, die ruhig dahinfließenden Wasser dieses Teiches, verachtet hatte, fluteten die gewaltigen und großen Wasser des Eufrats – die assyrischen Heere – über Israel hinweg, und sie hätten beinahe die heilige Stadt weggeschwemmt (Jes 8,6f.). Gott ließ die Völker, die tobten, als Gericht über sein Volk kommen. Gerade in der Not kam er aber seinem erwählten Weinberg besonders nahe.

Über das kleine mit Häusern bebaute Tyropöontal führte ein Weg nach Westen zur oberen Stadt und zum Palast des Herodes hinauf. Dieser Herrscher aus fremdem Geschlecht hatte nie das Herz der Juden gewonnen, und man erzählte viel von seinen Bluttaten. Das Volk bestaunte aber auch seine großen Bauten und den Tempel, den er so herrlich und machtvoll hatte neu aufbauen lassen. Faszination und Schrecken gingen immer noch von diesem Mann aus, obwohl er schon lange tot war. Als Jesus den großen Palast des Gewaltherrschers und die von ihm erbauten Türme sah, sagte er zu seinen Jüngern: »Weh dem, der sein Haus auf Unrecht gründet und eine Stadt mit Blut erbaut. Jeder Stein wird vom andern gestürzt, und die Grundmauern werden bloßgelegt. Klagegeschrei erfüllt die Straßen« (Mi 1,6-9).

Zwischen dem Palast des Herodes und dem Tempelberg erhob sich die Zitadelle der Makkabäer. An ihr hing jene dunkle Geschichte, die mit der Treue zum Gott der Väter begonnen hatte und bald zu einem blutigen Ringen um Macht entartet war. Nachdem im Eifer für das Gesetz das Schwert aus der Scheide gezogen worden war, kam es nie mehr zur Ruhe, denn alles, was mit der Waffe gewonnen wurde, mußte auch durch sie verteidigt werden. Judas Makkabäus fiel im Kampf (1 Makk 9,1-22), und sein Bruder Jonatan ließ sich – trotz des Eifers für das Gesetz – von einem heidnischen König zum Hohenpriester machen. Er zog, ohne berufen zu sein, die priesterlichen Gewänder an (1 Makk 10,15-21) und wurde im Kampf getötet (1 Makk 12,39-13,23). Sein Bruder Judas, den das Volk nach ihm zum Anführer, Fürsten und Hohenpriester machte (Makk 14,25-49), wurde sogar von seinem eigenen nach Macht gierenden Schwiegersohn ermordet (1 Makk 16,11-24). Manche in Israel betrachteten die makkabäischen Hohenpriester als Eindringlinge, und einige Fromme verließen unter der Führung eines Priesters, in dem sie einen gotterleuchteten Lehrer sahen, für immer die Stadt und ließen sich am Salzmeer nieder. Sie verwarfen den Opferkult im Tempel, weil er von frevlerischen Priestern vollzogen wurde. Der vielen Kämpfe wegen kamen schließlich die Römer ins Land und wurden zu Herren über Jerusalem. Der gewaltsame Eifer für das Gesetz hatte zu neuer Knechtschaft geführt.

Jesus durchschritt die Stadt, um von ihr und ihrer geheimnisvollen Geschichte innerlich Besitz zu ergreifen (Jos 1,10). Während er ein Treiben sah, das die harten Worte der Propheten von neuem herbeirief, strebten seine Füße jenem Ort zu, wo die Augen des Herrn weilten und wo er seinen Namen für immer niedergelegt hatte (1 Kön 9,3).

Die Faszination des Heiligtums und die Räuberhöhle

Die Jünger Jesu waren oft im Heiligtum gewesen, aber jedesmal staunten sie wieder über die Größe und Herrlichkeit des Ortes. Der mächtige Tempelhof, der Vorhof der Heiden, war auf allen vier Seiten von langen Säulenhallen umgeben, in denen ein reges Kommen und Gehen herrschte. Pilgergruppen standen oder saßen zusammen, um die heiligen Lieder Israels zu singen. Schriftgelehrte hatten ihre Schüler um sich versammelt, und viele Händler machten sich mit ihren Waren und Opfertieren breit. Jesus ging schweigend an allem vorbei und kam zur nördlichen Säulenhalle, wo eine steile Treppe zur Burg Antonia hinaufführte, in der römische Soldaten ihr Quartier hatten. War diese Burg, die den Tempelplatz hoch überragte, nicht ein Zeichen, wie sehr das ganze Heiligtum in der Hand von Heiden war?

Vom großen Hof gelangte man über Stufen zu einem erhöhten Platz, zum inneren Tempelhof, der auf allen Seiten durch eine niedere Mauer – die Trennmauer zwischen Juden und Heiden –

abgegrenzt war. In der Mitte dieses Platzes erhob sich das Heiligtum, dessen mächtige Fassade der aufgehenden Sonne entgegenschaute und der nochmals Höfe vorgelagert waren. Von Osten her ging Jesus durch das Schöne Tor in den Frauenhof, und von dort stieg er mit seinen Jüngern, während die Frauen zurückbleiben mußten, zum Vorhof der Männer hinauf. Da sie Laien waren, durften sie nicht weitergehen. Über eine Brustwehr sahen sie aber in den Priesterhof hinein, in dem der Brandopferaltar stand und hinter dem sich die Fassade des Tempelhauses erhob. Das große und breite Tor stand offen. Ein Vorhang verbarg aber das Innere des Heiligtums vor den Blicken der Laien, und das Allerheiligste durfte selbst der Hohepriester nur einmal im Jahr mit dem Blut der Sühne betreten. Eine Faszination, die alle erschrecken und erschaudern ließ, ging von diesem Ort aus.

Jesus blieb lange stehen, während sein Blick unverwandt auf den großen Vorhang gerichtet war. Widersprechende Gedanken rangen in seiner Seele miteinander. Mit seinen inneren Augen schaute er, wie die Herrlichkeit des Herrn die Erde erleuchtete und von Osten her – gleich dem Rauschen gewaltiger Wasser – ins Heiligtum einzog (Ez 43,2f.), um hier seinen Namen für alle Völker wohnen zu lassen (Jes 18,7). Gleichzeitig hörte er in sich die prophetischen Worte gegen diesen Ort, und das trügerische Schreien der Menge: »Der Tempel des Herrn, der Tempel des Herrn ist hier!« (Jer 7,4) Wie sollte das Blut von Tieren, das vom Hohenpriester ins Allerheiligste getragen wurde, Israel mit seinem Gott versöhnen, wenn die Herzen des Volkes so schwer und verschlossen waren, wie er es bei seiner Verkündigung hatte erfahren müssen? Wie konnte der Hohepriester, der von der Gemeinde am Salzmeer sogar als Frevelpriester betrachtet wurde, nur durch das Blut eines jungen Stieres von seinen Sünden so gereinigt werden (Lev 16,6), daß er in seinem Eintreten für Israel Gott wohlgefällig wurde? Während die Fragen und Bilder in seiner Seele hin und her gingen, war die Zeit für das abendliche Feueropfer gekommen (Num 28,3.8). Als ein Priester das Messer gegen das Lamm erhob, das arglos zum Altar geführt wurde, erinnerte er sich der vielen Worte, die ihn oft wie scharfe Pfeile getroffen hatten, und er sah sich selber wie ein Lamm, das bald getötet werden konnte.

Nach langem Schweigen drehte er sich abrupt um, verließ den Tempel und kehrte mit seinen Jüngern nach Betanien zurück. Der Geruch von verbranntem Fleisch verfolgte ihn. Mit der Stadt war er innerlich ins Reine gekommen, aber das Heiligtum in seinem sakralen Glanz blieb ihm eine offene Frage und Wunde. Er spürte zutiefst, daß der Tempel mit seinen trennenden Mauern und die Opferriten ihm widerstanden, und ebenso die Herzen, die an diesen Mauern, Opfern und Traditionen hingen.

In die Nacht hinein ließen sich Lieder hören, die in langsamen und tragenden Weisen gesungen wurden:

Wohlan, nun preiset den Herrn,
all ihr Knechte des Herrn,
die ihr steht im Hause des Herrn,
zu nächtlicher Stunde.   Ps 134,1

Als die Jünger und Pilger sich schon lange in ihre Mäntel gehüllt und zum Schlafen niedergelegt hatten, klangen die Worte vom Lobpreis im Hause des Herrn in Jesus noch lange nach. Sie verbanden sich mit prophetischen Worten über die Völker, die von allen Enden der Erde nach Jerusalem wallfahren werden, um den Herrn auf dem Zion zu lobpreisen.

Am nächsten Tag kehrte er mit seinen Jüngern, geführt von der inneren Stimme, in den Tempel zurück. Als ihm in den Säulenhallen die lauten Rufe der Geldwechsler und das Geschrei der Händler mit ihren Opfertieren entgegenschlugen, stieg ein tiefer Unwille und eine Regung des Zornes in ihm auf (1 Sam 11,6). Schlagartig wurde ihm klar, welches Zeichen er setzen mußte, um auch den Tempel für seinen Abba in Anspruch zu nehmen. Er ging auf eine Gruppe von Geldwechslern zu und stieß ihre Tische um, so daß das Geld auf dem Boden davonrollte. Dann riß er die Käfige einiger Taubenhändler auf und ließ die Tiere davonflattern. Schafe, die zum Verkauf angeboten wurden, trieb er weg. Die Händler und Geldwechsler, die sich plötzlich in ihren Geschäften

gestört sahen, wichen zunächst verwirrt zurück, und den Schriftgelehrten und Pharisäern, die in der Nähe waren, fuhr sogar der
Schrecken in die Knochen, denn sie befürchteten einen Aufruhr
an heiliger Stätte. Einige liefen, die Tempelpolizei zu benachrich-
tigen, andere taten sich zusammen und gingen auf den Störer der
heiligen Ordnung zu. Jesus rief in die aufgeschreckte Menge
hinein: »Habt ihr nicht gehört, was in der Schrift steht?

Mein Haus wird ein Haus des Gebets für alle Völker
genannt.   Jes 56,7

In ihm sollen Israel und Fremde aus allen Völkern und fernsten
Ländern dem Herrn danken und ihn lobpreisen (2 Chr 6,32). Was
aber habt ihr daraus gemacht? Eine Räuberhöhle!« (Jer 7,11) Die
Schriftgelehrten ließen sich durch seine Anklage nicht beeindruk-
ken, und einer von ihnen rief ihm zu: »In der gleichen Schrift
steht, daß die bekehrten Heidenvölker Brandopfer und Schlacht-
opfer auf dem Altar in Jerusalem darbringen und so beim Herrn
Gefallen finden werden (Jes 56,7). Wie kannst du verwerfen, was
Gott wohlgefällig ist?« Jesus entgegnete ihm mit scharfen Worten:
»Lies beim Propheten Maleachi, welche Opfer dem Herrn gefal-
len! Nicht die ekligen Speisen, sondern die reinen Opfer, die vom
Aufgang der Sonne bis zum Untergang an jedem Ort der Erde
dem Herrn dargebracht werden (Mal 1,11). Auch der Prophet
Hosea sagt das gleiche:

Liebe will ich, nicht Schlachtopfer,
Gotteserkenntnis statt Brandopfer.   Hos 6,8

Weil ihr nicht auf den Herrn hört, deshalb wird dieses Haus zum
Gespött und zum Hohn unter den Völkern werden« (2 Chr 7,19f.).
Die Schriftgelehrten erregten sich und riefen: »Wie kannst du es
wagen, das Heiligtum zu schmähen?« Während der Streit zunahm,
spürte Jesus, daß sein Abba in ihm wie in einem Tempel wohnte
und ein tiefer Friede überkam ihn. Mit einer Ruhe, die seine
Gegner fassungslos machte, sprach er in den Lärm hinein: »Reißt
diesen Tempel nieder, und ich werde in wenigen Tagen ein anderes Heiligtum errichten.« Einige schrieen: »Er lästert.« Andere

lachten höhnisch auf: »Er redet wie ein Irrer. Sechsundvierzig Jahre haben unsere Väter an diesem Tempel gebaut. Wie will er ihn in wenigen Tagen neu aufbauen?« Daß Herodes den Tempel, in dem sie standen, hatte bauen lassen, übergingen sie mit Absicht.

Inzwischen eilte die Tempelpolizei herbei, gefolgt von einer Gruppe sadduzäischer Priester. Da sie Jesus in einer Auseinandersetzung mit Schriftgelehrten sahen und die Händler und Geldwechsler ihre Tische wieder aufgestellt hatten, griffen sie nicht direkt ein. Der größte Teil der vielen Pilger auf dem weiten Tempelplatz schien von der Aktion in der Säulenhalle wenig bemerkt zu haben, und eine Verhaftung hätte eher eine neue und größere Erregung provoziert. Die pharisäischen Schriftgelehrten und sadduzäischen Priester, die sich sonst immer bekämpften, diskutierten erregt das Vorgefallene und waren sich gegen Jesus rasch einig. Nun glaubten sie eindeutige Beweise zu haben, daß dieser falsche Prophet aus Galiläa nicht nur das Gesetz mißachtete, sondern offen den ganzen Opferdienst im Tempel angriff, was die sadduzäischen Priester, die im Dienst des Heiligtums standen und von ihm lebten, besonders erregte. Alle stimmten überein, daß mit der Schärfe des Gesetzes gegen den Störer der heiligen Ordnung vorzugehen sei. Die Gruppe entfernte sich, während die Tempelpolizei zurückblieb, um das weitere Geschehen zu beobachten. Jesus hörte das Tuscheln seiner Gegner und sah, wie die sadduzäischen Priester und die pharisäischen Schriftgelehrten sich in demonstrativer Einmütigkeit entfernten. Er wußte, nun war die letzte Entscheidung gefallen. Vereint rückten die feindlichen Reihen im Dunkeln gegen ihn heran, um sich seiner zu bemächtigen.

In Erwartung der Stunde

In Betanien wurden Jesus und die Zwölf von Simon dem Aussätzigen zum Essen geladen. Während sie zu Tisch lagen, sprachen sie von der Zeit des Exils, als Israel nach der Zerstörung der heiligen Stadt durch die babylonischen Heere keinen Tempel hatte. Dann kam die Rede auf den großen Versöhnungstag. Jesus selber sprach wenig, und er leitete das Gespräch eher durch Fragen an seine Mahlgefährten. Vor allem schien ihn zu interessieren, welche Bedeutung sie jenem Sühneritus beimaßen, in dem der Hohepriester die Sünden von ganz Israel auf den Kopf eines Bockes stemmte, der danach in die Wüste hinausgetrieben wurde. Doch niemand hatte sich darüber Gedanken gemacht, und sie wußten nur, daß es im Gesetz so vorgeschrieben war.

Während des Essens kam eine Frau mit einem Alabastergefäß. Sie zerbrach das Glas am schmalen Hals und ließ einen Teil des ausströmenden Öls über das Haupt Jesu fließen. Mit dem Rest salbte sie seine Füße. Der Duft der kostbaren Narde erfüllte den ganzen Raum. Die Gäste waren überrascht. Einige sahen darin eine Verschwendung und zeigten ihr Unbehagen offen. Judas meinte ruhig und kalt: »Man hätte das Öl für mehr als dreihundert Denare verkaufen und das Geld den Armen geben können.« Bei manchen fand er Zustimmung. Jesus aber wandte sich voll Aufmerksamkeit der Frau zu, die verwirrt und verlegen zu seinen Füßen kauerte, und fragte die Gäste:»Warum versteht ihr sie nicht und quält sie? Erinnert ihr euch nicht?

Solange der König an der Tafel liegt, gibt meine Narde ihren Duft. Hld 1,12

Auch die Narde dieser Frau gibt ihren Duft, solange vom Reich Gottes gesprochen wird. Arme werdet ihr immer unter euch haben, und ihr könntet euch ihnen jederzeit zu Nächsten machen. Diese Frau aber hat hier und jetzt getan, was sie tun konnte. Ja, ihr offenes Herz hat ihr ein prophetisches Zeichen eingegeben. In ihrer Liebe hat sie meinen Leib im voraus für das Begräbnis gesalbt.« Die letzten Worte wirkten wie ein Schock auf den Gastgeber und die Gäste und ließen alles andere vergessen. Warum sprach Jesus von seinem Begräbnis? Sie waren verwirrt, wagten ihn aber nicht näher zu fragen. Das Gesicht des Judas versteinerte sich. Nur die Frau, die in ihrer Verlegenheit den Hinweis auf das Begräbnis überhört hatte, schien in ihrer hilflosen Offenheit selber wie eine Narde zu duften.

Das Mahl endete in gedrückter Stimmung. Jesus nahm danach

die Zwölf und die übrigen Jünger zu sich und versuchte ihnen Hoffnung zu geben: »Fürchtet euch nicht vor jenen, die den Leib töten können, sondern freut euch, daß ihr ins Buch des Lebens eingeschrieben seid. Der Herr wird alle dem Tod entreißen.« Sie hatten bis jetzt ganz ans kommende Reich und kaum an den Tod gedacht. Durch den neuen Ton in der Rede Jesu aufgeweckt fragte einer aus der Runde zaghaft: »Warum heißt es in einem Lied Israels, die Toten könnten den Herrn nicht mehr loben« (Ps 115,17)? Da alle von der Lehre der Sadduzäer, daß es keine Auferstehung von den Toten gebe, gehört hatten, horchten sie auf. Was würde Jesus antworten? Er sprach: »Nur jene können den Herrn nicht mehr loben, die ganz der Sünde verfallen sind, denn sie sind auf Erden schon tot, weil sie sich fern vom Quell des Lebens befinden. Die Verstorbenen aber läßt der Gott Abrahams, Isaaks und Jakobs (Ex 3,6) nicht in den Staub der Vergessenheit zurücksinken, denn er ist ein Gott der Lebenden und nicht des düsteren Totenreiches. Die Unterwelt liegt offen vor ihm« (Spr 15,11). Die Herzen der Jünger waren noch nicht ruhig, und einer von ihnen fragte weiter: »Die Pharisäer glauben an eine Auferstehung von den Toten; sie lehren aber, daß alle, die früh sterben oder getötet werden, aus Strafe für ihre Sünden diesem bösen Geschick verfallen. Können jene, die von Gott selber gerichtet werden, ihn im Reich des Todes noch loben? Sind sie nicht für immer dunkle Schatten unter seinem Zorn?« Jesus schwieg längere Zeit, und sagte dann in die wachsende Spannung hinein: »Hiob hat sich mit Recht gegen seine Freunde gewehrt, die wie Feinde gegen ihn waren. Sie wollten ihm in seinem Unglück eine tiefe Schuld einreden; doch sie haben die geheimnisvollen Wege des Herrn nicht erkannt.« – »Was sind die geheimnisvollen Wege? Kannst du sie uns erklären?«, fragten die Jünger weiter. Mit Lippen, die tiefe Erkenntnis ausströmen ließen (Spr 15,7), antwortete Jesus: »Der Prophet Jesaja sah in Visionen den Weg des Knechtes. Er wird vom Geist des Herrn gesalbt, wegen der Sünden des Volkes geschlagen und getötet. Doch Gott verwirft ihn nicht. Weil er sein Leben als Sühnopfer für andere hingibt, findet der Herr Gefallen an ihm und rettet ihn aus den Schlingen der Unterwelt, um ihm Anteil an seinem Reich zu geben« (Jes 53). Diese Worte klangen im Schweigen, das folgte, lange weiter. Die Jünger ahnten mehr, als sie verstanden. Wie konnte ein Getöteter bei Gott Gefallen finden? Warum war er ein Sühnopfer? Thomas versuchte, was ihm dunkel geblieben war, zu ergründen und fragte: »Wie kann der Knecht Gottes sein Leben als Sühnopfer hingeben? Er wird sich doch nicht wie ein Lamm auf dem Altar hinschlachten lassen? Sind Menschenopfer für Gott nicht ein Greuel, sind sie nicht Mordtaten, die seinen Zorn wecken?« Jesus erwiderte sogleich: »Ja, dem Herrn mißfällt zutiefst, wenn Menschen das Blut ihrer Brüder und Schwestern vergießen.« Nach einer längeren Pause fügte er aber hinzu: »Könnt ihr begreifen, daß sich der Menschensohn sogar solchen zum Nächsten macht, die ein mörderisches Herz haben? Arglos wie ein Lamm geht er den Verlorenen nach und sucht sie, ohne darauf zu achten, was ihm selber geschieht und was sie ihm antun.« Johannes fragte unsicher und erregt zugleich: »Wird Gott den Messias nicht auf allen Wegen schützen und seine Feinde vernichten?« Jesus sagte ihm mit Worten voll Wärme und Vertrauen: »Ja, Gott wird ihn schützen und ihn nie aus seiner Hand gleiten lassen. Verstehst du aber das Wort des Herrn beim Propheten Jeremia?

Meinen Herzensliebling gebe ich preis
in die Hand seiner Feinde.«   Jer 12,7

Diesen Worten folgte wieder ein gedrücktes Schweigen, während von fern her der Gesang einer Pilgergruppe zu vernehmen war.

Herr, sei mir gnädig, denn mir ist angst;
vor Gram zerfallen mir Auge, Seele und Leib.
Ich höre das Zischeln der Menge – Grauen ringsum.
Sie tun sich gegen mich zusammen;
sie sinnen darauf, mir das Leben zu rauben.
                                        Ps 31,10-14

Den Jüngern war, als ob sie selber ein Zischeln hören würden, und ein Grauen begann sie von allen Seiten zu umgeben.

Die letzte Auseinandersetzung

Als Jesus in die Stadt und in den Tempel zurückkehrte, wußte er sich in Gefahr. Er vertraute jeden seiner Schritte dem Vater an, ging arglos wie ein Lamm (Jer 11,19) und achtete doch mit der Klugheit einer Schlange auf mögliche Zeichen für seinen Weg. Als Pharisäer und Schriftgelehrte ihn bemerkten, gingen einige auf ihn zu und wollten ihn nochmals auf die Probe stellen: »In welcher Vollmacht lehrst du das Volk und deutest die Schrift? Du hast doch kein Lehrhaus besucht.« Jesus spürte den Hinterhalt in ihren Gedanken und ließ sie in das Netz laufen, das sie ausgespannt hatten, um ihn zu fangen (Ps 9,16): »Sagt mir zuerst, mit welcher Vollmacht Johannes gepredigt hat! War er ein Prophet? Kam seine Taufe von Gott oder nur von ihm selber?« Die Frage schuf Verwirrung, und die Schriftgelehrten merkten sofort, daß sie selber in die Rolle von Geprüften geraten waren. Sie berieten deshalb leise untereinander, was sie erwidern sollten. Wenn sie sich zu einer von Gott stammenden Vollmacht des Johannes bekannten, mußten sie mit weiteren peinlichen Fragen von seiten Jesu rechnen. Sagten sie hingegen, seine Taufe sei nur ein Menschenwerk, dann befürchteten sie die Reaktionen unter den vielen Pilgern, die ihrem Gespräch zuhörten. Das Volk hatte ja immer an den Täufer geglaubt, und seit seiner Hinrichtung hatte dieser an Ansehen noch gewonnen. Sie entschieden sich deshalb fürs Ausweichen und sagten: »Wir wissen es nicht.« Jesus griff ihre Antwort auf: »Wenn ihr nicht wißt, mit welcher Vollmacht Johannes getauft hat, wie wollt ihr dann die Vollmacht verstehen, die mir vom Vater gegeben wurde? Da ihr aber ein Lehrhaus besucht habt, könnt ihr mir gewiß eine andere Frage beantworten: Wessen Sohn wird der Messias sein, wenn er kommt?« Sie waren froh, vom Thema, das für sie peinlich geworden war, wegzukommen und antworteten ohne Zögern: »Davids«. Er fragte sie weiter: »Weshalb hat der große König, als er den Messias prophetisch schaute, von ihm gesagt: Es spricht der Herr zu meinem Herrn: Setze dich mir zur Rechten, und ich lege dir deine Feinde als Schemel unter die Füße (Ps 110,1)? Wie konnte David den Messias, wenn dieser sein eigener Sohn ist, als Herr anreden?« Die Schriftgelehrten blieben verwirrt stehen. Obwohl sie untereinander oft über den erwarteten Messias gesprochen hatten und auch den Psalm, den Jesus vortrug, gut kannten, war keinem von ihnen die Frage, die sie eben gehört hatten, je in den Sinn gekommen. Sie begannen, sich miteinander zu beraten. Einer meinte, von einem Lehrer gehört zu haben, der Messias sei seit Anfang der Schöpfung bei Gott verborgen und er werde am Ende der Tage zur Rettung Israels kommen. Vielleicht sei er tatsächlich nicht der Sohn Davids, und der große König habe dies selber in einem Psalm andeuten wollen. Andere wandten aber sofort ein, die Schrift bezeuge doch klar, daß dem Haus Davids eine ewige Verheißung zuteil wurde (2 Sam 7,12-16), und sie lehre eindeutig, daß der Messias aus dem Baumstumpf Isais wachsen (Jes 11,1) und aus Betlehem hervorgehen werde (Mi 5,1).

Seine Herrschaft ist groß,
und der Friede hat kein Ende.
Auf dem Thron Davids herrscht er über sein Reich;
Er festigt und stützt es durch Recht und Gerechtigkeit,
jetzt und für alle Zeiten. Jes 9,6

So wußten die Schriftgelehrten keine Antwort und waren verwirrt. Wenn ihm solche Fragen kamen, mußte er die Schrift auf eine Weise lesen, die sie nicht kannten und die sie beunruhigte. Es gab nur eines: Der gefährliche Geist, der aus ihm sprach, mußte zum Schweigen gebracht werden.

Jesus erriet ihre Gedanken, und es drängte ihn, alles Dunkle ans Licht zu bringen (Dan 2,22). Deshalb begann er dem zuhörenden Volk ein Gleichnis zu erzählen: »Ein Mann legte auf fruchtbarer Höhe einen Weinberg an und baute mitten darin einen Turm (Jes 5,1f.). Er gab den Garten Winzern, damit sie ihn bearbeiten würden und er die Früchte davon bekäme. Zur Zeit der Ernte schickte er einen Diener, um seinen Anteil zu holen. Die Winzer aber ergriffen und mißhandelten ihn. Darauf sandte der Herr einen Zweiten, den die Winzer beinahe erschlugen. Der Herr sagte zu sich: Vielleicht haben sie meine Diener nicht erkannt? Und er schickte einen Dritten. Doch diesen töteten sie sogar. Nun sagte der Herr: Vor meinem eigenen Sohn werden sie gewiß Achtung haben. Als die Winzer aber den Sohn kommen sahen, rotteten sie sich zusammen: Auf, das ist der Erbe! Sie töteten ihn und warfen ihn zum Weinberg hinaus.« Als die Zuhörer sich über die bösen Winzer zu ereifern begannen, fragte sie Jesus: »Was wird der Herr mit den Mördern tun?« Von allen Seiten rief man ihm zu: »Er wird das Böse mit Bösem vergelten, und die Mörder töten.« Jesus entgegnete: »So denken und handeln Menschen. Der Herr aber wird vor den Augen seines Volkes ein Wunder vollbringen:

Der Stein, den die Bauleute verwarfen,
er wird zum Eckstein werden.«
Ps 118,22

Das Volk verstand diese Antwort nicht; nur die Schriftgelehrten vermuteten, Jesus könnte mit den mordenden Winzern sie gemeint habe. Sie empörten sich darüber und hatten in ihrem Eifer bereits vergessen, was sie eben noch selber zueinander gesagt hatten. Sie erregten sich auch, weil sie zurecht annahmen, Jesus habe mit dem Sohn im Gleichnis sich selber gemeint: »Hebt er sich über alle in Israel hinaus? Will er allein der erwählte Sohn Gottes sein?« Sie kehrten ihm entrüstet den Rücken.

Jesus merkte, daß Judas sich von den Zwölf, die bei ihm waren, entfernt hatte. Die Ereignisse spitzten sich zu und nahmen ihren Lauf. Deshalb wollte er Vorsorge treffen, daß er mindestens beim Paschamahl, das unmittelbar bevorstand, vom Bösen nicht überrascht wurde. Er entließ seine Jünger und ging allein zu einem Haus, in dem er früher bei Pilgerfahrten mit seinen Verwandten aus Nazaret oft das Paschalamm gegessen hatte. Er verabredete, wie zwei seiner Jünger den Diener des Hausherrn treffen würden. Dann verließ er die Stadt. Gedanken begleiteten ihn, mit welchem Zeichen er von seinen Jüngern Abschied nehmen werde.

Die zu reinigende Braut

Gegen Abend kam eine Gruppe von Pilgern aus Galiläa in Betanien an. Unter ihnen war Maria. Jesus hatte seine Mutter lange Zeit nicht mehr gesehen und war überrascht, wie sie sich verändert hatte. Sie strahlte eine seltsame Schönheit und reife Gelassenheit aus, die nur aus vielen inneren Schmerzen herangereift sein konnten. Alles betont Mütterliche war von ihr abgefallen, und sie begegnete Jesus wie eine Frau, die seinen Weg aus der Ferne mit großer Liebe und tiefer Anteilnahme begleitet hatte. Er umarmte sie zart, und sie überbrachte ihm ein neues Kleid (1 Sam 2,19), dessen Untergewand von oben bis unten ohne Naht gewoben war. Er nahm es dankend und wie ein Zeichen kommender Ereignisse entgegen (Ps 22,19). Von dem, was er inzwischen in der Öffentlichkeit gewirkt hatte, brauchte er ihr nicht viel zu erzählen. Sie hatte sich alles berichten lassen, in ihrem Herzen bewahrt und mitgetragen. Auch ihrerseits mußte sie die Reaktionen der Verwandten und Bekannten, die ihr so viel Leid bereitet hatten (Ijob 19,13f.), nur andeuten. Er verstand, denn er hatte längst alles innerlich gespürt. Zu dem, was er plante oder erwartete, stellte sie keine Fragen, und er gab ihr nur zu verstehen, daß er von Stunde zu Stunde alles vom Vater erwarte. Auch sie verstand, ohne im einzelnen zu begreifen. Schweigend und einander tief gegenwärtig blieben sie lange nebeneinander sitzen. Als Maria zur Gruppe der Pilger, mit der sie gekommen war, zurückkehrte, ging sie von ihm weg wie eine Frau, die eine schwere Last trug, aber gerade dadurch zu einer geheimnisvollen Ruhe und Reife gefunden hatte.

Jesus verweilte noch lange im Raum, der durch die Begegnung mit Maria um ihn entstanden war. Seine Erinnerung wanderte in die Jahre von Nazaret zurück, und sein ganzes vergangenes Leben zog nochmals in Bildern an ihm vorbei. Das Kommen seiner Mutter hatte die tiefen Räume der Vergangenheit in ihm angesprochen und lebendig werden lassen. Zugleich sah er darin die Ankündigung eines endgültigen Abschieds. Er ließ beides in sich zusammenschwingen. Angesichts des erwarteten Abschieds wuchs aus den Bildern der Vergangenheit die Entschiedenheit zum letzten großen Zeichen.

Während er den Bildern und Mächten nachspürte, die ihn bewegten, begannen in der Nähe Stimmen leise zu singen. Er achtete zunächst nicht darauf, plötzlich heftete sich seine Aufmerksamkeit aber an die herüberklingenden Worte:

Schön bis du, meine Freundin,
hinter dem Schleier
deine Augen wie Tauben.
Dein Haar gleicht einer Herde von Ziegen,
die herabzieht von Gileads Bergen.
Rote Bänder sind deine Lippen;
lieblich ist dein Mund.
Deine Brüste sind wie die Zwillinge einer Gazelle,
die in den Lilien weiden.
Wenn der Tag verweht und die Schatten wachsen,
will ich zum Myrrhenberg gehen,
zum Weihrauchhügel.
Alles an dir ist schön, meine Freundin;
kein Makel haftet dir an.   Hld 4,1-7

Die gesungenen Worte schwebten, ohne daß man genau wissen konnte, woher sie kamen, durch die Bäume des Gartens. Sie flochten sich für Jesus zu einem Bild zusammen, das für einen Augenblick nochmals die Erinnerung an seine Mutter wachwerden ließ. Dann stellte sich ein anderes Bild ein: Jahwe erwählte sein Volk und vermählte sich mit ihm:

Wie eine Blume auf der Wiese ließ ich dich wachsen. Und
du bist groß geworden und herrlich aufgeblüht. Deine Brü-
ste wurden fest; dein Haar wurde dicht. Doch du warst
nackt und bloß. Da kam ich an dir vorüber und sah dich,
und siehe, deine Zeit war gekommen, die Zeit der Liebe. Ich
breitete meinen Mantel über dich und bedeckte deine Nackt-
heit. Ich leistete dir den Eid und ging mit dir einen Bund
ein, und du wurdest mein.   Ez 16,7f.

Die aufgeblühte Frau wurde rasch zur Dirne. Gott versprach ihr ewige Treue, doch die Erwählte ließ sich gleich mit Nebenbuhlern ein. Jesus spürte plötzlich mit neuer Intensität die Zärtlichkeit seines Abbas, während sein Geist vom prophetischen Bild zu den Menschen hinüberglitt, denen er in den letzten Monaten begegnet war. Glichen sie nicht einer verwelkten Dirne? Sie gingen müde und dumpf wie Gefangene durch ihre Tage. In ihren Begierden waren sie auf sich selber geworfen, in kurzer dumpfer Gier, und was sie erträumten, war wie ein Netz, in dem sie sich selber fingen. Jesus sah Aussatz auf ihren Leibern und tödliche Wunden in ihren Herzen, Wunden, die so tief waren, daß die Getroffenen davon selber kaum etwas merkten. Eine Resignation lag auf ihnen, die sie für Weisheit und Klugheit hielten. Die schöne Freundin aus dem Lied, die Königstochter, die ihm entgegenkommen sollte (Ps 45,10), und die Braut, mit der er vor seinen Abba hintreten wollte, gab es noch gar nicht. Er mußte sie erst durch seine Hingabe reinigen und heilen. Er wollte durch seine Liebe ihre Liebe, die in früher Jugend rasch wieder erloschen war, neu aufblühen lassen (Jes 54,6).

Seine Jünger traten ihm vor Augen. Ein guter Wille, wie der Hauch einer Frühlingsblume, lebte in ihnen, aber zugleich gingen sie unter einer Last dahin, die ihre Schritte schwer und ihre Augen matt werden ließ. Sie hörten seine Worte, aber sie kamen in ihren Ohren und Herzen nicht zum Klingen und Schwingen. Wann würde das Reich seines Vaters voll anbrechen? Er dachte an das Festmahl mit feinsten Speisen, das Gott auf dem Berg Zion allen Völkern bereiten wird (Jes 25,6). Plötzlich drängte sich ihm das Zeichen auf, in dem er von seinen Jüngern Abschied nehmen wollte. Er mußte mit ihnen tiefer eins werden, als es Mann und Frau geschenkt wird, wenn sie ein Fleisch werden. Er wollte sich ihnen zur Speise geben.

Das Abschiedszeichen der Liebe und der Verrat

Die Jünger fragten ihn, wo sie das Paschamahl bereiten sollten. Auch Judas erkundigte sich danach. Jesus gab Simon und Johannes den Auftrag, in die Stadt zu gehen, und eröffnete ihnen, wo ein Mann mit einem großen Wasserkrug auf sie warten werde. Ihm sollten sie folgen und im Haus, in das sie geführt würden, das Mahl bereiten. Die beiden taten, wie ihnen aufgetragen wurde. Sie kauften ein makelloses Lamm, dazu ungesäuerte Brote und Wein, Bitterkräuter und Fruchtmus (Ex 12,1-11). Am Nachmittag gingen sie in den Tempel hinauf, um im Gedränge derer, die das gleiche taten, das Lamm zu schlachten. Priester fingen das Blut auf und gossen es an den Fuß des Altars.

Nach Sonnenuntergang fand sich Jesus mit den übrigen Jüngern aus dem Kreis der Zwölf dort ein, wo Simon und Johannes das Mahl bereitet hatten. Der rituellen Vorschrift folgend legten sie sich – als Zeichen der Freiheit nach dem Auszug aus dem Sklavenhaus Ägyptens – feierlich zu Tisch. Kurz nach dem eröffnenden Segenswort hielt Jesus aber plötzlich inne. Mit einer Traurigkeit, die nicht zur Freude des Festes paßte, sagte er: »Einer meiner Freunde wird mich bald verraten« (Ps 31,12). Wie ein Blitz fielen die Worte in die Tafelrunde. Einige riefen fast gleichzeitig: »Ich bin es sicher nicht, Meister!«, während andere kaum glauben konnten, daß einer von ihnen so untreu und vermessen sein könnte. Jesus wurde noch deutlicher: »Es ist einer, den ich selber erwählt habe, und der jetzt mit mir ißt (Ps 41,10) und die Hand in die Schüssel taucht. Der Menschensohn geht seinen Weg, wie er in der Schrift vorgezeichnet ist. Doch wehe jenem Menschen, durch den der Sohn den Sündern ausgeliefert wird. Er wird sich ins härteste Gericht stürzen.« Gleich danach begann Jesus von den Bitterkräutern zu essen, die nun nicht mehr bloß an die bittere Wüste erinnerten, sondern auch die Bitternis der Stunde spüren ließen. Als sich die Jünger ihm langsam anschlossen und Judas seine Hand in die Schüssel tauchte, tat Jesus das gleiche. Der Jünger schaute ihn voll Unruhe an und fragte leise und gequält: »Meinst du mich?« Jesus entgegnete nur: »Du weißt, was du tust.«

Nach dem Lobpreis Gottes und dem Dank für die Befreiung aus der Knechtschaft Ägyptens erinnerte Jesus die Zwölf an das Manna, das dem Volk in der Wüste geschenkt wurde. Dann begann er von einer neuen Speise des Himmels zu sprechen, die der Vater bald geben werde. Er nahm das bereitliegende Brot, brach es in Stücke und reichte es in die Runde mit den Worten: »Nehmt und eßt, das ist mein Leib.« Die Jünger waren verwirrt, denn sie merkten, ohne die Tragweite seiner Worte zu verstehen, daß er den Ritus des Mahles durchbrochen hatte. Sie nahmen das dargereichte Brot, aßen es und begannen gleich danach mit dem Essen des Lammes. Beim anschließenden Segensbecher sprach Jesus ein langes Gebet. Er pries den Vater für die Werke der Schöpfung und dankte ihm für die Gnade des Bundes (Ex 24,5-8). Er sprach vom Sklavenhaus der Sünde, in dem das Volk und die Völker immer noch gefangengehalten werden, und von einem neuen Bund (Jer 31,31-34), der nicht mehr wie der Bund am Sinai mit dem Blut von Tieren geschlossen wird. Dann reichte er den bereitstehenden Becher seinen Jüngern mit den Worten: »Das ist mein Blut, das Blut des Bundes, das für viele vergossen wird.« Die Jünger horchten verwirrt auf. Hatte Mose nicht strengstens verboten, Blut zu genießen (Lev 17,10-14)? Was sollte dieses seltsame Zeichen mit dem Blut ihres Meisters? Jesus drängte sie: »Was das Gesetz verworfen hat, macht der Vater zur Quelle wahren Lebens, und das Blut, das von Frevlern vergossen wird, gibt der Menschensohn als Blut des Bundes, das alle mit ihm verbindet.« Sie gaben zögernd nach und tranken. Dann fuhr er fort: »Mit Sehnsucht habe ich darauf gewartet, dieses Abschiedsmahl mit euch zu halten. Tut nach meinem Weggang das, was ich für euch getan habe, zur Erinnerung an mich. Ich werde vom Getränk des Weinstocks nicht mehr kosten, bis ich es im Reich meines Vaters neu mit euch trinken werde.« Den Jüngern blieben seine Worte dunkel und verschlossen. Da aber eine drückende Last auf ihnen lag und sie sich bereits daran gewöhnt hatten, manches nicht zu verstehen, fragten sie nicht weiter. Ihr Mahl endete trotz großer Trauer mit dem frohen Hallel, dem allgemeinen Lobgesang (Ps 115-118), und sie dankten Gott für seine ewige Huld. Dann brachen sie auf.

Durch dunkle Gassen, in denen noch zahlreiche Pilger unterwegs waren, verließen sie die Stadt und gingen zum Kidrontal. Unterwegs sagte Jesus: »Ich habe zu Gott gebetet, daß er euch den Feinden entreißt, die bald kommen werden. Wenn der Hirt geschlagen wird, zerfällt die Herde und die Schafe zerstreuen sich (Sach 13,7). Aber ich werde euch bald neu sammeln.« Petrus unterbrach ihn: »Wir werden bei dir bleiben, was immer auch kommen mag.« Ähnlich beteuerten die andern. Jesus entgegnete nur: »Bereits morgen früh, wenn der Hahn kräht, wird es anders sein.«

Da die Pilger dem Gesetz entsprechend die Paschanacht in Jerusalem verbringen mußten, kehrten sie nicht nach Betanien zurück. Am Osthang des Kidrontals, das zum Stadtbezirk zählte, ging Jesus in ein Landgut mit Olivenbäumen, in dem eine alte Ölkelter stand. Hier hatte er in früheren Jahren, als er mit den galiläischen Pilgern nach Jerusalem zog, meistens die Paschanacht verbracht. In diesem Ölgarten ließ er nun die Seinen lagern, wobei er bemerkte, daß Judas fehlte. Der Jünger, dem er mit der Geste beim Mahl zu erkennen gegeben hatte, daß er ihn durchschaute, war in der Dunkelheit etwas zurückgeblieben, und sobald er sah, wie die andern ins Landgut hineingingen, kehrte er rasch in die Stadt zurück.

Jesus nahm jene drei Jünger mit sich, die ihn auf den Berg jenseits des Jordans begleitet hatten. Er ging einen Steinwurf weiter und bat sie, mit ihm im Gebet zu verharren. Gleich danach begann er selber am ganzen Leib zu zittern. Die große Zuversicht, mit der er bis jetzt trotz der drohenden Gefahr seinen Weg gegangen, und die beseligende Freude, die ihm ständig von seinem Abba her zugeflossen war, verschwanden auf einen Schlag. In seiner Seele brach etwas durch, und ein Abgrund an Betrübnis und Verwirrung öffnete seinen Rachen (Ps 22,14). Er fiel in einen tiefen Schacht, und Fluten der Angst schlugen über seinem Kopf zusammen (Ps 69,16), während der Vater zugleich sein liebendes Antlitz vor ihm verbarg (Ps 30,8). Seine Glieder lösten sich, und die Festigkeit seines Herzens zerfloß wie Wachs (Ps 22,15). Im Taumel (Jes 24,20) entfernte er sich etwas von seinen Jüngern, warf sich auf den Boden und begann stöhnend zu rufen: »Abba, Vater, alles ist dir möglich. Laß diesen Taumelkelch an mir vorübergehen!« Dann fügte er mit der Anstrengung seines Willens hinzu: »Aber nicht, was ich will, sondern was du willst, soll an mir geschehen.« Lange verharrte er in diesem Ringen, bis die Sehnsucht übermächtig wurde, bei seinen Jüngern etwas Trost zu finden. Er kehrte zu den Dreien zurück; doch sie waren inzwischen aus Trauer und Müdigkeit eingeschlafen, obwohl sie sein Zittern und Rufen noch wahrgenommen hatten. Er rief sie wach und klagte aus seiner Not heraus: »Konntet ihr nicht eine Stunde mit mir wachen? Die Versuchung, in der Nacht zu fliehen ist groß, und der Sog des Abgrunds ist stark. Wachet und betet, damit ihr nicht in den Schacht der Verzweiflung stürzt!« Sobald er sich etwas entfernt hatte, warf es ihn wieder auf den Boden. Er rang mit der Nacht in ihm, während Schweiß aus seinen Poren trat. Mit seinem Wollen hielt er dem Vater die Treue, aber in seinem Leib und seiner Seele tobte es dagegen an (Jer 4,19), und es gelang ihm nicht, den Sturm des Aufruhrs zu bändigen. Als er nach längerer Zeit nochmals zu seinen Jüngern zurückkehrte, fand er wieder keine Hilfe bei ihnen, denn ihre Augen waren vor Trauer ermattet (Klgl 2,11). Er setzte sich deshalb erneut dem einsamen Kampf aus. Als der Aufruhr in ihm sich etwas legte, sah er, wie in der Dunkelheit viele Fackeln rasch näher kamen. Er weckte seine Jünger: »Steht auf, denn jetzt ist die Stunde da, in der das Gericht über die Sünde beginnt.«

In den Abgrund des Todes gestoßen

Die Fackeln wurden von Dienern getragen, die im Auftrag des Hohenpriesters kamen und auch Schlagstöcke und Schwerter mit sich führten. Judas war bei ihnen. Er schritt rasch auf Jesus zu, sagte eilig: »Rabbi«, und küßte ihn. Sofort schloß sich der Kreis um sie (Ps 86,14). Während einige der Jünger abwehrend ihre Hände ausstreckten, griff einer, der mit der Schar gekommen war, zum Schwert, traf in der Verwirrung aber nur einen Knecht des

Hohenpriesters. Jesus sagte laut zu seinen Jüngern und zu den Häschern: »Alle, die zum Schwert greifen, werden durch das Schwert umkommen.« Inzwischen hatte man ihn, ohne daß er sich wehrte, ergriffen. Wie seine Jünger sahen, daß er gebunden wurde, flohen sie – jeder für sich allein (1 Sam 4,10), und die Nacht schloß sich über ihnen (Mi 3,6). Nur Simon blieb, geschützt durch die Dunkelheit, in der Nähe zurück.

Die Häscher führten Jesus noch in der Nacht zum Haus des Hohenpriesters Kajafas, in dem sich unterdessen viele Mitglieder des Hohenrates, die eilig zusammengerufen worden waren, ein-gefunden hatten. Als Jesus den Oberpriestern, Ältesten und Schriftgelehrten vorgeführt wurde, ging ein Tuscheln und Zi-scheln durch die Runde (Ps 31,14). Die Rivalitäten und Meinungs-verschiedenheiten, die üblicherweise unter ihnen herrschten, schienen diesmal wie weggeblasen zu sein, und sie waren froh darum. Ihre Rollen als Ratsherren und ihr Bewußtsein, dem Tem-pel und dem Gesetz zu dienen, verdrängten alle persönlichen Fragen und Zweifel. Während die Vielen heimlich triumphierend auf den Einen schauten, der einsam und allein vor ihnen stand (Ps 25,2.16f.), fühlten sie sich alle untereinander einig (Ps 41,8).

Simon war der Rotte, von der Jesus gefangen weggeführt wur-de, im Schutz der Dunkelheit gefolgt. Als sie durch das Tor beim Haus des Hohenpriesters verschwand, wagte er es nach einigem Zögern, in den Vorhof einzutreten, denn er rechnete damit, daß ihn unter den vielen Leuten, die dort versammelt waren, niemand kennen würde. Plötzlich trat aber im Schein des Feuers, das im Hof brannte, eine Magd auf ihn zu und sagte zu den Umstehenden: »Den habe ich noch vor kurzem bei ihm gesehen.« Simon erschrak und begann zu zittern. Hastig und ohne Überlegung beteuerte er: »Nein, ich kenne ihn nicht.« Doch nun waren viele auf ihn auf-merksam geworden. Die Magd wiederholte ihre Bemerkung, und Simon leugnete noch heftiger. Die Umstehenden sagten aber laut zueinander: »Der war sicher dabei, denn er ist ja ein Galiläer. Seine Sprache verrät ihn.« Da fuhr dem Simon die Angst durch Seele und Leib, und er verlor sich in wilde Selbstverwünschungen. Er schrie und schwor: »Ich weiß gar nicht, von welchem Menschen ihr überhaupt redet.« Einige sagten: »Laßt ihn in Ruhe! Die Hauptsache ist, daß er mit dem da drinnen nichts zu tun haben will.« Einer klopfte ihm sogar gutmütig auf die Schulter und meinte: »Reg dich nicht auf! Die hohen Herren wissen, was sie zu tun haben. Wir wollen uns nicht in ihre Sachen einmischen«. Simon zog sich hastig aus dem Schein des Feuers zurück und verließ im Schutz der namenlosen Menge den Vorhof.

Im Innern des Hauses hatte inzwischen ein Verhör begonnen, bei dem das ganze Gewicht einer langen Tradition über Jesus herfiel. Schriftgelehrte von der Partei der Pharisäer traten auf: »Wir haben aus Galiläa gehört, daß du das Gesetz verachtest. Bekenne dich für schuldig!« Auf die Rückfrage, wo und wann er gegen das Gesetz gehandelt habe, konnten jedoch keine übereinstimmenden Zeugen gefunden werden (Dtn 17,6). Dann meldeten sich die Sadduzäer und ließen neue Zeugen auftreten (Ijob 10,17): »Du hast den Opferdienst verhöhnt und gesagt, du werdest den Tempel niederreißen und ihn in drei Tagen wiederaufbauen.« Aber auch hier stimmten die Zeugen nicht überein. Der Zusammenbruch der Anklage erhöhte nur die Spannung, denn vom Gefesselten strahlte eine so ruhige Gelassenheit, ja Hoheit aus, daß bereits sein Anblick alle reizte (Weish 2,14). Einer steckte den andern in seiner Erregung an, so daß alle Ratsherren vom *einen* Streben mitgerissen wurden, jenen, der sie durch seine seltsame Autorität herausforderte, zu verurteilen und auszustoßen. Der Hohepriester griff in die gespannte Situation ein und ließ mit der feierlichen Stimme seines Amtes die Frage ergehen: »Antwortest du nichts auf die Anklagen, die gegen dich erhoben werden?« Da Jesus schwieg, hatte der Hoherat keinen Plan mehr für das weitere Verhör. Ohne genau zu wissen, was er tat, trat der Hohepriester in die Mitte und beschwor den Angeklagten beim lebendigen Gott: »Sag uns: Bist du der Messias, der Sohn des Hochgelobten?« Jesus schaute in die Runde und tat, was sie von ihm nicht zu erhoffen gewagt hatten. Er bekannte offen und leugnete nicht: »Ja, ich bin es. Jenen, den ihr als Wurm und Menschensohn verachtet (Ijob 25,6), wird Gott zu seiner Rechten erhöhen (Ps 110,1) und zum Menschensohn auf den Wolken des Himmels machen« (Dan

7,13). Da sprangen die Ratsherren auf, hielten sich die Ohren zu und schrien von allen Seiten: »Gotteslästerung! Gotteslästerung!« Der Hohepriester holte zu einer feierlichen Geste aus, riß sein Kleid am Hals ein kleines Stück ein und rief in die aufgeregte Versammlung hinein: »Was brauchen wir noch Zeugen? Ihr habt die Lästerung gehört. Welches Urteil fällt ihr?« Wie aus einem finsteren Grund erscholl es einmütig: »Er ist des Todes schuldig.« Jesus spürte, wie ein dunkles Mal auf seine Stirn und seinen Leib gebrannt wurde, und er sprach mit der Stimme eines Propheten: »Das Netz, mit dem ihr mich fängt, wird euch selber umgarnen (Ijob 18,7-10), und das richtende Wort wird sich in eurem Mund in Natterngift verwandeln« (Ijob 20, 12-14). Eilfertige Diener, die dem Hohenpriester und den Ratsherren gefallen wollten, rissen ihr Maul gegen ihn auf, schlugen voll Hohn auf seine Wangen und scharten sich gegen ihn zusammen (Ijob 16,10). Sie stellten ihn als Zielscheibe ihres Spottes hin und spuckten ihm ins Gesicht (Ijob 17,6). Sein reiner Leib wurde mit Schmutz beladen, und keiner erschrak dabei (Jer 36,24). Die Oberpriester, Ältesten und Schriftgelehrten ereiferten sich untereinander: »Er hat das Gericht verachtet, das Gott selber eingesetzt hat (Dtn 17,12). Welche Vermessenheit zu behaupten, Gott werde ihn erhöhen und zum Richter über uns einsetzen! Er wird bald erfahren, daß der Herr den Frevel dessen, der sich gegen den Allmächtigen erkühnt (Ijob 15,25), zu Boden wirft.« Der Hohepriester streckte seine Hand aus, und rief wie im Wahnsinn oder in prophetischer Verzückung (1 Sam 10,10): »Alle Schuld, die du in Israel hast aufleben lassen, falle auf dich zurück« (Lev 16,21).

Am frühen Morgen führte man Jesus gefesselt zur Burg Antonia, um ihn dem römischen Statthalter auszuliefern. Die Ratsherren hatten inzwischen unter sich vereinbart, ihn vor Pilatus als Aufrührer gegen die fremde Macht anzuklagen. Er hatte ja selber gesagt, daß er der Messias sei. Er mußte folglich einen Umsturz planen, denn der von Gott gesalbte König Israels (Ps 72) konnte nicht unter fremder Herrschaft sein Reich antreten. Hatten ihm nicht die galiläischen Pilger bereits als König gehuldigt, als er vor einigen Tagen unter messianischen Rufen in die Stadt hineingeritten war? Sie hofften nur, daß er sich vor dem römischen Statthalter ebenso offen als Messias bekennen würde, wie er es vor ihnen getan hatte. In diesem Fall brauchten sie keine weiteren Argumente.

Die Ratsherren blieben in der nördlichen Säulenhalle des Tempels vor der langen Stiege stehen, die zur Burg hinaufführte (1 Makk 6,11), und baten den römischen Statthalter zu sich heraus. Sobald Pilatus – umgeben von Soldaten – erschien, begannen sie, Jesus anzuklagen. Der Statthalter ließ ihn in die Burg zurückführen und begann ein Verhör: »Bist du der Messias, der König der Juden?« Jesus entgegnete: »Hast du von dir aus Anlaß, diese Frage zu stellen, oder tust du es nur, weil andere mich anklagen?« Pilatus erwiderte: »Mich kümmern die Dinge eures Glaubens nicht; aber die Führer deines Volkes haben dich mir übergeben. Was hast du getan?« Jesus schwieg und verteidigte sich nicht, was den Statthalter sehr überraschte. Er ging deshalb wieder zu den Ratsherren hinaus, um sich genauer zu erkundigen, weshalb sie diesen seltsamen Menschen ihm zur Bestrafung übergeben hatten. Die Oberpriester und Ältesten klagten ihn an, er sei kein Freund der Römer (1 Makk 8,1-32), habe in Galiläa angefangen, eine neue Herrschaft zu verkünden, und er sei mit diesem Ziel auch nach Jerusalem gekommen. Als Pilatus hörte, Jesus stamme aus Galiläa, dem Gebiet des Herodes, schickte er ihn zum Landesfürsten, der in diesen Tagen ebenfalls in Jerusalem weilte. Herodes freute sich, als Jesus ihm vorgeführt wurde, denn er hatte ja schon lange ein Wunderzeichen von ihm sehen wollen. Auf seine geschwätzige Rede (Ijob 11,1f.) reagierte Jesus aber mit keinem Wort. Um so heftiger klagten ihn die Ratsherren an, die mitgekommen waren. Er wolle sich zum König aufwerfen und bedrohe alle Herrschaft. Herodes und seine Offiziere hatten aber diesbezüglich nichts Gefährliches von ihm in Galiläa gehört. Da sie jedoch in ihrer Neugierde nach einem Wunder enttäuscht wurden, machten sie aus der Anklage eine Posse. Sie ließen Jesus die schmutzigen Reste eines königlichen Prunkgewandes anziehen und sandten ihn so zu Pilatus zurück. Das Spiel behagte dem römischen Statthalter, denn er begriff sofort, wie der Landesfürst die Anklagen gegen diesen Königsanwärter beurteilte. Vor allem gefiel ihm, daß der jüdische Herrscher aus den eifernden Angriffen der Ratsherren eine Szene des Spottes zu machen verstand. So wurden die beiden Machthaber, diese rauchenden Stummel (Jes 7,4), von da an Freunde, obwohl sie vorher in langer Feindschaft gelebt hatten.

In der Säulenhalle vor der Burg hatte sich inzwischen eine größere Gruppe aus dem Volk versammelt, die einen der ihren dank der Paschaamnestie von Pilatus freibitten wollte. Kurze Zeit vorher hatte es eine Unruhe gegeben, bei der jemand getötet worden war, weshalb die Aufrührer – und mit ihnen ein gewisser Barabbas – von den römischen Soldaten festgenommen wurden. Als Pilatus nach der Rückführung Jesu wieder aus der Burg herauskam, traten sogleich Bittsteller auf, die für Barabbas Fürsprache einlegten. Der Statthalter wollte aber das verhöhnende Spiel (Jer 20,7), das Herodes begonnen hatte, fortführen und die Sache mit Jesus so erledigen. Deshalb bot er ihnen den König in seinem lumpigen Prachtgewand zur Freilassung an. Doch die Ratsherren eiferten in der versammelten Menge, die langsam größer wurde, und stachelten alle auf, Barabbas frei zu fordern. Das Volk ließ sich wie eine Taube betören (Hos 7,11). Erste Rufe ertönten, und bald schrie die ganze Menge: »Barabbas, Barabbas soll frei werden!« Der Statthalter merkte, daß sein grausames Spiel danebenging. In der Pose eines ernsten Richters, der seine Sache schon verspielt hatte, fragte er: »Was soll mit diesem König geschehen?« Als Antwort scholl ihm entgegen: »Kreuzige ihn, kreuzige ihn!« Heiden, die sich im äußeren Vorhof befanden und die Ereignisse aus Neugierde verfolgten, ließen sich von der schreienden Menge grundlos anstecken und stimmten in den Schrei nach der Kreuzigung ein. Auf die theatralische Frage des Statthalters, welches todeswürdige Verbrechen dieser König begangen habe, riefen einige Ratsherren: »Wir haben ein Gesetz, und danach muß er sterben, denn er hat sich selber zur Rechten Gottes erhoben. Der Satan, der sich zu Gott macht, spricht aus ihm.« Obwohl Pilatus nicht verstand, was die Ratsherren mit dieser Anklage meinten, wurde es ihm unheimlich. Deshalb wollte er mit der Sache nichts mehr zu tun haben und sie möglichst rasch erledigen.

Er gab den Befehl, Jesus zu geißeln, und überließ ihn der Hinrichtung. Den Soldaten war dieser Ausgang willkommen, denn so konnten sie in ihrem eintönigen Alltag das von Herodes begonnene Spiel weitertreiben. Sie führten Jesus in die Burg hinein, riefen die ganze Kohorte zusammen, drückten ihm einen Busch aus Dornen als Krone auf den Kopf und gaben ihm ein Bambusrohr als Szepter in die Hand. Dann lachten und tanzten sie um ihn herum, beugten das Knie vor ihm, huldigten ihm als König der Juden und spieen ihm zugleich ins Gesicht. Danach griffen sie zur Geißel, zogen ihm die Kleider aus und schlugen in lustvoller Erregung auf ihn ein.

Der Kreis hatte sich um ihn geschlossen. Büffel von Baschan umringten ihn, und reißende, brüllende Löwen sperrten ihren Rachen gegen ihn auf (Ps 22,13-17). Als verspotteter König spürte er, wie alle – Herodes und Pilatus als Figuren der Herrscher der Welt – sich gegen den Sohn verbündeten (Ps 2,2). Als die Soldaten zur Geißel griffen, erschienen sie ihm unter seinen Schmerzen wie ein gewaltiges Heer, das von Gog und Magog (Ez 38,1-15), von allen vier Enden der Welt heranzog. Das Böse traf ihn mit voller Wucht in seinem Leib, und die Anklage auf Gotteslästerung machte ihn für Israel und inmitten der Völker zum Fluch (Sach 8,13). Seine Seele erbebte, wie Bäume im Wald zittern (Jes 7,2), und das Herz drehte sich in seinem Leibe (Klgl 1,20). Er hatte den Satan vom Himmel fallen sehen. Nun spürte er, wie der große Ankläger sich in die namenlose Menge und in die gesichterlosen Völker der Erde hinein aufgelöst hatte. Der Böse? Giftige Pfeile, von unsichtbarer Hand geschossen, drangen von allen Seiten auf ihn ein (Ps 64,4).

Als die Soldaten ihm die Kleider wieder anzogen, war nichts mehr an seinem Leib gesund und die blutenden Wunden begannen zu schwären (Ps 38,4-6). Sie legten ihm einen Kreuzesbalken auf die Schultern, den er kaum zu tragen vermochte, und führten ihn zur Burg hinaus. Vor dem Zug, der sich zum Richtplatz bewegte, trug ein Soldat eine Tafel mit der Aufschrift: »König der Juden«. Viele Leute, denen sie unterwegs begegneten und die gaffend stehen blieben, lachten untereinander und spotteten über diesen König (2 Chr 36,16). Der Kreuzesbalken lag wie eine unendlich schwere Last auf ihm (Ps 38,5), und plötzlich tauchte in seiner Erinnerung das Bild jenes Tieres auf, das mit den Sünden des ganzen Volkes beladen fast über den gleichen Weg, den man ihn jetzt führte, am großen Versöhnungstag aus der Stadt hinausgetrieben wurde. Bei dieser Erinnerung wurde die Last noch schwerer, und er stürzte unter ihr zu Boden. Die Soldaten rissen ihn hoch, nahmen ihm aber zugleich den Balken ab und zwangen einen Mann, den sie zufällig unter den Leuten am Weg aufgriffen, für ihn das Holz bis zum Richtplatz zu tragen.

In der Menge, an der er vorbeigeführt wurde, gab es Pilger aus Galiläa, die ihm vor wenigen Tagen noch zugejubelt hatten. Manche hielten sich jetzt aus Angst im Hintergrund, während andere sich rasch der neuen Situation anpaßten und meinten, der Prediger aus Nazaret wäre schon immer verdächtig gewesen. Von den Männern wagte keiner ihm ein Zeichen der Treue zu geben. Nur unter den Frauen, die in der Öffentlichkeit nichts galten und ohne größere Gefahr ihre Gefühle zeigen durften, fanden sich einige, die sich zu ihm hindrängten und ihm weinend und klagend ihren Schmerz und ihr Mitleid bekundeten. Jesus dankte es ihnen, sagte aber: »Ihr Töchter Israels, weint nicht über mich, weint vor allem über euch und eure Kinder. Wenn das an mir geschieht, was wird dann mit der Stadt und dem Volk geschehen?« Diesen Worten klangen andere nach: Zu den Unfruchtbaren, die einst betrübt und und verachtet waren (1 Sam 1,1-16), wird man dann sagen: Wohl den Leibern, die nicht geboren, und den Brüsten, die nicht genährt haben; und den Bergen und Höhen, die Segen für Israel bringen sollten (Ps 72,3), wird man zurufen: Fallt über uns und bedeckt uns (Hos 10,8). Schon jetzt wird hier offenbar, was sich einst überall ereignen wird.

Am Richtplatz, der Schädelstätte hieß und die Spuren vieler Toten erahnen ließ, reichte man Jesus als Betäubungstrank Wein, der mit Myrrhe vermischt war (Ps 69,22). Er kostete ein wenig davon, wollte ihn aber nicht trinken. Dann nahmen ihm die Soldaten die Kleider, nagelten seine Hände auf den Kreuzesbalken und zogen ihn an einem der Pfähle hoch, die bereits dort standen. Auch die Tafel mit den Worten »König der Juden« hefteten sie an den Pfahl. Ähnlich verfuhren die Soldaten mit zwei Banden-kriegern, von denen der eine zur Rechten und der andere zur Linken Jesu aufgehenkt wurden und die den höhnisch-bitteren Hofstaat des Königs der Juden (1 Kön 10,4-8) zu bilden hatten. Die Kleider der Gekreuzigten verteilten sie unter sich, über den Leibrock Jesu aber, den seine Mutter von oben bis unten ohne Naht gewoben hatte, warfen sie das Los (Ps 22,19).

Einige der Oberpriester, der Ältesten und Schriftgelehrten wollten sich vergewissern, daß Jesus tatsächlich hingerichtet wur-de, und waren deshalb dem Zug bis zum Richtplatz gefolgt. Wie er nun am Kreuz hing, fühlten sie sich erleichtert und fingen an zu spotten. Was er vor dem Hohenrat bekannt hatte, hielten sie ihm höhnend entgegen: »Du hast dich doch als Messiaskönig ausgegeben und behauptet, Gott werde dich zu seiner Rechten erhöhen. Nun bist du tatsächlich erhöht, aber nicht auf den Wol-ken. Wenn du der auserwählte Sohn des Himmels bist, dann steig vom Kreuz herab und laß dich zur Rechten Gottes emportragen (Weish 2,18f.)! Dann werden wir dir glauben.« Auch Pilger aus Galiläa, die dabeistanden, fühlten sich zum Spott ermutigt: »Er hat auf seine Wunder vertraut. Wenn er tatsächlich helfen kann, dann helfe er sich selber. Wir wollen sehen, ob seine Zuversicht mehr ist als ein Spinnennetz« (Ijob 8,14). Doch plötzlich legte sich eine Dunkelheit über das Land, die niemand erklären konnte, und allen wurde es unheimlich. Der Spott verstummte.

Da Jesus den betäubenden Trank abgelehnt hatte, drangen die Taten und Worte seiner Feinde überscharf in sein Bewußtsein. Er nahm die Soldaten, die ihren Auftrag wie eine alltägliche Pflicht ausführten und nicht zu beachten schienen, wen ihre Schläge trafen, wie Figuren wahr, die von fremden Mächten geführt und von fremden Händen bewegt wurden. Als er am Pfahl hochgezo-gen wurde, durchbohrte ein harter und endlos wirkender Strahl des Schmerzes sein ganzes Bewußtsein (Jes 53,5). Die Worte, die das Wirken seines Vaters in ihm verhöhnten, erreichten seine Seele nur noch wie durch einen Schleier hindurch und wurden zu Pfeilen, geschossen von namenlosen Händen. Sie trafen ihn aber genau dort, wo er die beglückende und süße Gegenwart seines

Abbas erfahren hatte. Er betete für seine Feinde: »Vater, vergib ihnen, denn sie wissen nicht, was sie tun!« Das Böse, zu dem die namenlosen Gestalten die Güte seines Vaters verdreht hatten (Ps 56,6), wollte er nochmals in Liebe verwandeln. Plötzlich sah er seinen Jünger Judas vor sich. Auch er hing an einem Baum und wand sich in Not und Verzweiflung (Sir 47,23). Jesus nahm ihn in seiner eigenen Not ganz zu sich und viele, die in ähnlicher Verwirrung mit dem Tod rangen, schienen ihm zu folgen. Er umwarb das treulose und verzweifelte Herz seines Jüngers (Hos 2,16) und traute sich ihm neu an (Hos 2,21). Dabei strömte das ganze Grauen der Gottlosigkeit in ihn ein. Er sank in die Tiefe, in eine grundlose Tiefe (Ps 88,5-7). Je weiter er hinabfiel, desto langsamer wurden die Bewegungen, bis alles stillstand. Die Zeit hatte aufgehört. Nur noch ein Raum war da, ohne Richtung und Ziel, ein Ort namenlosen Grauens und qualvoller Ängste, eine Welt ewiger Hoffnungslosigkeit. Aus seinem Innersten brach ein Ruf und Schrei hervor: »Eloï, Eloï, lema sabachtani? Mein Gott, mein Gott, warum hast du mich verlassen?« Dann ließ er sich in die Hände dessen fallen, von dem er sich ganz verlassen erfuhr (Ijob 16,6-19).

Die Umstehenden vernahmen mit Schaudern den qualvollen Ruf. Einer der Schriftgelehrten, der dem Grauen, das aus der Dunkelheit heranschlich, hartnäckig standhalten wollte, erkühnte sich zu einem letzten Spott. Er verdrehte (Ps 56,6) »Eloï« und sagte höhnend: »Hört, hört, er ruft nach Elias. Nun werden wir gleich sehen, ob der Prophet kommt, um ihn zu retten.« Es blieb ganz still, so daß es selbst dem Spötter unheimlich wurde. Jesus aber stieß nochmals einen Schrei aus, der allen, selbst den abgestumpften Soldaten, durch Mark und Bein ging und wie Himmel und Erde erbeben ließ (Joel 4,16). Dann sank er in sich zusammen und starb.

Uralte Gräber, die in der Nähe lagen, schienen sich zu öffnen, um vergessene und vertuschte Geschichten von Unrecht, Lüge und Mord freizugeben. Gleichzeitig geschah im Tempel etwas Seltsames. Ein Reißen war zu hören, und der Vorhang zum Heiligtum wurde während des abendlichen Opfers plötzlich weggezogen, ohne daß jemand wußte, wie dies geschehen konnte. Tief erschrokkene Priester eilten aufgeregt hin, um alles wieder notdürftig in Ordnung zu bringen. Laien, die kurz hineinblicken konnten, meinten aber, das Heiligtum sei leer gewesen.

Nach dem Todesschrei Jesu sagte einer der Schriftgelehrten, der alles verfolgt und bisher geschwiegen hatte: »Nun sind wir sicher, daß er ein Frevler war, denn er wurde auch am Rande des Todes nicht gerettet (Ps 30,4). Gott kann einen Gerechten in Not und Todesgefahr kommen lassen; aber er gibt ihn nicht der Unterwelt preis (Ps 16,10) und läßt nicht zu, daß er verurteilt und getötet wird (Ps 37,33). Ein Gehenkter ist ein von Gott Verfluchter« (Dtn 21,23). Der römische Hauptmann, der die Soldaten bei der Kreuzigung befehligte, hatte das ganze Geschehen aufmerksam und schweigend verfolgt. Auf die letzten Worte des Schriftgelehrten hin sagte er aber: »Ihr wollt sicher sein, daß dieser ein Frevler war? Ich habe schon viele Gekreuzigte ersticken sehen; aber so ist noch keiner gestorben. Wahrhaftig, er muß ein Sohn Gottes sein.« Die Ratsherren schüttelten ihre Köpfe über diesen Heiden und gingen weg.

Aus einiger Entfernung hatten Frauen aus Galiläa, unter ihnen die Mutter Jesu und Maria von Magdala, die Kreuzigung und das Sterben Jesu voll Ohnmacht und Schmerz begleitet. Als die Oberpriester und Schriftgelehrten zur Stadt zurückkehrten, kamen sie ganz nahe heran und sahen, wie einer der Soldaten seine Lanze in die Brust des Verstorbenen stieß. Sie schauten zum Durchbohrten auf und weinten und klagten wie um den einzigen Sohn (Sach 12,10). Als Maria, die Mutter Jesu, Blut und Wasser aus der geöffneten Seite fließen sah, erinnerte sie sich an ein Wort des Propheten Sacharia:

An jenem Tag wird für das Haus David und für die Einwohner Jerusalems eine Quelle fließen zur Reinigung von Sünde und Unreinheit. Sach 13,1

Maria von Magdala aber redete wie im Traum von Wassern, die unter der Tempelschwelle hervorströmten (Ez 47,1f.).

Nicht alle Ratsherren waren mit dem Vorgehen gegen Jesus

einverstanden gewesen. Da sie aber die Meinung und Stimmung der großen Mehrheit kannten und sich fürchteten, dagegen aufzutreten, waren sie der Einladung zum nächtlichen Treffen und zum Verhör absichtlich nicht gefolgt. Zu ihnen zählte Josef von Arimathäa, der ein reicher Mann war und ganz in der Nähe des Richtplatzes einen Garten besaß. Durch seine Diener hatte er alles verfolgen lassen, was mit Jesus geschah. Als man ihm berichtete, daß der Gekreuzigte tot sei, erbat er sofort von Pilatus den Leichnam. Dieser willigte ein. Die römischen Soldaten nahmen den Gekreuzigten vom Holz herab und übergaben ihn seinen Dienern. Diese hatten Tücher und allerlei Spezereien herbeigeschafft. Maria von Magdala übergoß den toten Leib ihres geliebten Meisters mit Myrrhe, dem Öl der Liebe und Freude (Hld 1,13), während die Diener ihn in reine Leinwand hüllten. Dann legten sie ihn in ein neues Grab (Gen 25,9), das Josef von Arimathäa in einen Felsen hatte hauen lassen (Jes 22,15). Der Duft von Myrrhe, Aloë und Kassia erfüllte die Kammer (Ps 45,9). Nachdem die Diener einen schweren Stein vor das Grab gewälzt hatten, blieb Maria von Magdala in der Nähe sitzen. Die Nacht kam, und sie versank weinend in ein Meer der Traurigkeit. Keiner war da, sie zu trösten (Klgl 1,2).

Die Jünger hatten sich inzwischen weit zerstreut. Aus Angst vor der Stadt waren die meisten hastig in die Ferne geflohen und hatten sich gleich auf den Weg nach Galiläa gemacht. Auch Simon hatte das Haus des Hohenpriesters fluchtartig verlassen. Als er aber draußen vor der Stadt war, hörte er das Krähen eines Hahnes. Der Ruf des Tieres weckte ihn aus seiner Angst und erinnerte ihn an die Worte, die Jesus noch in der Nacht zu ihm gesprochen hatte. Eine große Scham überkam ihn, und er begann bitterlich zu weinen.

Auferweckt –
dem Netz des Jägers entronnen

Als die Nacht in der Mitte ihres Laufes war, entsprang das Wort, und Zeichen stellten sich ein, die zur prophetischen Kunde und zum Zeugnis der Zeugen wurden:

> *Du spaltest die Erde,*
> *und es brechen Ströme hervor;*
> *Du ziehst aus, um dein Volk zu retten,*
> *um deinem Gesalbten zu helfen.*
> *Vom Haus des Ruchlosen schlägst du das Dach weg*
> *und legst das Fundament frei.*
>
> Hab 3,9.13

Vom Grab wurde das Dach weggeschlagen, und die Fundamente der langen menschlichen Geschichte mit ihren Hoffnungen und Lügen, mit ihren Versöhnungsversuchen und Mordtaten wurden freigelegt (Jes 26,21).

Eines sprach Gott aus der Mitte seines geheimnisvollen Dunkels, und es wurde von den Jüngern im gebrochenen Licht des menschlichen Tages Vielfältiges gehört (Ps 62,12). Sie eilten, das Zerstreute zusammenzutragen.

Nach dem Sabbat eilten Frauen sehr früh zum Grab im Garten des Josef von Arimathäa. Trauer hielt ihre Herzen gefangen, und ihr Denken war noch ganz beim Tod ihres geliebten Meisters, dem sie ein letztes Zeichen ihrer Verehrung schenken wollten. Als sie bei der Schädelstätte vorbeikamen, erschienen ihnen die vielen Steine, die dort herumlagen, wie eine Ebene voller Gebeine (Ez 37,1f.). Seit dem letzten Schrei des Gekreuzigten sahen sie überall den Tod. Beim Grab fanden sie den Stein weggewälzt, und ihnen stockte der Atem (Hld 5,6): Der Leichnam war nicht zu sehen. Sie faßten dennoch Mut, in die Grabkammer hineinzugehen. Ein Licht traf sie, und sie erschraken so sehr, daß sie zu zittern begannen. Eine Gestalt in weißen Kleidern zeigte sich ihnen und sprach: »Fürchtet euch nicht! Preist Gott in Ewigkeit! (Tob 12,17) Ihr sucht Jesus, den Gekreuzigten; aber er ist nicht mehr hier (Hld 5,6). Geht und sagt seinen Jüngern: Er ist auferstanden und geht euch nach Galiläa voraus.« In erregter Angst flohen sie aus dem Grab, und wären vor Schrecken fast zu Boden gefallen (Tob 12,16).

Die Nachricht vom offenen und leeren Grab rüttelte Simon aus seiner Trauer, Scham und Verwirrung auf. Er traf einen anderen Jünger, der durch die Botschaft der Frauen ebenfalls aus seiner dumpfen Niedergeschlagenheit aufgeweckt wurde. Gemeinsam wagten sie es, zum Grab in der Nähe der gefährlichen Stadt zu eilen. Sie fanden alles, wie die Frauen es ihnen berichtet hatten. Da erinnerte sich Simon, wie Jesus ihm, dem Jakobus und dem Johannes auf dem Berg jenseits des Jordans im Licht erschienen war und von der Auslieferung an die Sünder gesprochen hatte. Ebenso deutlich hörte er nochmals den Tadel, weil er damals nicht hatte begreifen wollen. Doch inzwischen hatte sich vieles in ihm verändert. Die Tränen der vergangenen Tage hatten sein inneres

Erdreich getränkt. Er begann zu verstehen, was er bisher nicht verstanden hatte. Die Worte seines Meisters, die er noch im Gedächtnis trug, wurden zu Samenkörnern, die erste kleine Wurzeln ins Erdreich seiner Seele zu treiben begannen.

Maria von Magdala war allein und kauerte vor dem Grab. Der Himmel war für sie in Schwarz gekleidet und in ein Trauergewand gehüllt (Jes 50,3), als sie durch den Schleier ihrer Tränen hindurch eine Stimme hörte: »Warum weinst du?« Ohne nach dem zu schauen, der zu ihr sprach, antwortete sie: »Man hat meinen Herrn weggenommen, und ich weiß nicht, wo sie ihn hingelegt haben.« Dann drehte sie sich um und sah eine Gestalt, die nochmals fragte: »Frau, warum weinst du? Wen suchst du?« Sie meinte, den Gärtner vor sich zu haben, und sagte mit einem Herzen, das noch ganz am letzten sichtbaren Zeichen ihres geliebten Meisters hing und ihn im Garten suchte (Hld 6,1f.): »Wenn du ihn weggetragen hast, sag mir, wohin du ihn gelegt hast, damit ich ihn holen und mit mir nehmen kann.« Bei diesen Worten hatte sie sich schon wieder dem leeren Grab zugekehrt. Da hörte sie hinter sich: »Maria!« Die Stimme fuhr durch ihren Leib und entführte ihre Seele (Hld 6,12). Eine süße Macht drehte sie zu dem zu, der so zu ihr sprach. Mit großen Augen schaute sie zu ihm auf und konnte nur sagen: »Rabbuni, Meister!« Dann fiel sie vor ihm zu Boden, umfaßte mit Beben seine Füße und küßte sie (Ps 2,11). Jesus aber sprach zu ihr: »Halte mich nicht fest, Maria, denn für dich bin ich noch nicht bei meinem Vater. Geh zu meinen Brüdern und sag ihnen: Ich steige zu meinem Abba auf, und er wird auch zu eurem Vater werden; ihr werdet mir Schwestern und Brüder sein« (2 Sam 7,14). Die Worte beglückten und schmerzten sie zugleich. Kaum wurde sie aus dem Meer ihrer Traurigkeit herausgerufen, spürte sie bereits den Abschied. Doch neues Leben erfüllte sie. Die Worte, die er zu ihr gesprochen hatte, befreiten sie nicht nur von ihrem Suchen nach dem Leichnam, im beglückenden »Maria« fand sie ihn und sich selber im Urgrund ihrer Seele. Sie ließ ihn frei, und er wischte ihre Tränen ab (Jes 25,8) und entschwand ihren Blicken.

Die Seele des Simon war schmerzend offen. Eine Ahnung von Glauben im Herzen kämpfte mit einem Kopf, der noch wenig verstehen konnte. Fern von Menschen suchte er Ruhe auf einsamen Wegen zwischen Bäumen und Felsen. Als er von seinem Grübeln kurz aufschaute, sah er plötzlich eine helle Gestalt vor sich, deren Kommen er nicht bemerkt hatte. Da noch die Angst in seinen Knochen saß, erschrak er tief. Doch gleichzeitig hörte er die Worte: »Fürchte dich nicht!« Der Klang der Stimme ließ ihn erbeben, und er hörte nochmals: »Hab Vertrauen! Ich bin es.« Da erkannte er ihn und wich zitternd zurück. Obwohl alles in ihm auf diese Stimme gewartet hatte, stammelte er: »Herr, geh weg von mir, denn ich bin ein sündiger Mensch!« Er war in einem Taumel, und die Berge um ihn schienen zu schwanken (2 Sam 22,8). Obwohl er auf einem felsigen Weg stand, hatte er den Eindruck, in den Fluten großer Wasser zu versinken (Ps 18,5). Da hörte er nochmals: »Friede sei mit dir!« Eine Hand griff nach ihm und zog ihn aus den Fluten. Simon fiel vor Jesus auf die Knie. Der Herr aber sagte: »Deine Sünden sind dir verziehen.« Die Hand richtete ihn auf, und er hörte klar: »Ich will dich zum Menschenfischer machen; geh, sammle und stärke deine Brüder!« Simon konnte nur noch den Namen Jesu stammeln, dann war er wieder allein. Er eilte, es anderen mitzuteilen.

Der getötete Messias und das Licht aus der Schrift

Zwei Jünger verließen nach Westen die Stadt. In der Frühe hatten sie von Frauen gehört, daß das Grab leer sei. Doch diese Nachtricht erschien ihnen wie leeres Gerede und konnte ihre verhangenen Seelen nicht aufrichten. Obwohl sie keine Schriftgelehrten waren, hatten sie viel in den heiligen Büchern gelesen. Es war ihnen aufgegangen, daß Israel in seiner Not und Sündhaftigkeit nicht dem entsprach, was Gott aus seinem Volk machen wollte. Deshalb waren sie Jesus gefolgt. Er hatte in ihnen die Hoffnung lebendig werden lassen, er werde das Volk vom Bösen befreien. Doch nun war es ganz anders gekommen. War der Prophet aus

Nazaret für sie nicht zu einem versiegenden Bach und einem unzuverlässigen Wasser geworden (Jer 15,18)? Die Hoffnung war in ihren Herzen noch nicht ganz erloschen; aber die bitteren Ereignisse hatten sie gelähmt und ihren Geist betäubt.

Während sie in großer Niedergeschlagenheit miteinander sprachen, holte ein Wanderer sie ein, dessen Nahen sie nicht bemerkt hatten. Er aber schien etwas von ihrer Rede gehört zu haben, denn er fragte sie nach dem Grund ihrer Traurigkeit. Erstaunt, daß er von den Ereignissen der letzten Tage nichts zu wissen schien, erzählten sie ihm alles, was sich in Jerusalem zugetragen hatte. Da er ihnen mit großer Anteilnahme zuhörte, öffneten sie ihm ihre Herzen und sprachen von ihren Hoffnungen und Enttäuschungen.

Fast unbemerkt griff er ihre Fragen auf und begann mit ihnen, die heiligen Schriften durchzugehen. Er legte ihnen dar, wie das Volk auf dem Weg zur Befreiung immer wieder gegen Mose gemurrt (Ex 15,24) und sich gegen ihn zusammengerottet hatte (Num 16,3). Ein ähnliches Geschick mußten die Propheten und Boten Gottes erdulden. Könige, Priester und falsche Propheten verhöhnten sie (2 Chr 36,16) und lauerten ihnen auf (Hos 9,8). Das Volk trachtete den Gerechten nach dem Leben (Jer 11,18-23), und man tötete sie (Neh 9,26). Dann zeigte der Wanderer durch die heiligen Lieder Israels, wie sich immer wieder lügnerische und gewalttätige Frevler gegen David, den Gesalbten Gottes, und gegen die betende Gemeinde zusammengetan hatten, um ihnen das Leben zu rauben. Der Unbekannte schloß mit den Worten: »Das Geschick des Mose, der Propheten und des gesalbten Königs zeigt, welchen Weg der Messias gehen muß, um in seine Herrlichkeit zu gelangen.« Die beiden Jünger blieben mit offenem Mund stehen, denn so war ihnen die Schrift noch nie gedeutet worden. Ihre Herzen tauten aus der Erstarrung etwas auf, und vieles, was sie früher gehört hatten, kam auf sie zu. Da ihr Begleiter ihre Trauer so gut verstand und in der Schrift so kundig war, ließen sie ihren Fragen freien Lauf: »Die Schriftgelehrten lesen die heiligen Bücher anders und lehren, daß alle Leiden in der messianischen Zeit aufhören werden. Wenn die Schrift von der Verfolgung der Propheten und Gerechten spricht, dann sehen sie darin nur Zeichen für die vormessianische Zeit. Sagt die Schrift tatsächlich, daß auch der Messias verfolgt wird?« Der Wanderer ließ die Schrift zu ihnen sprechen: »Ihr kennt doch das Wort des Psalms:

Die Könige der Erde stehen auf, die Großen haben sich verbündet gegen den Herrn und seinen Gesalbten.

Ps 2,2

Hat nicht David in prophetischer Schau vorausgesehen, daß sich die Könige der Erde gegen den Messias, den Gesalbten des Herrn, verbünden und ihn verfolgen werden?« Die beiden Jünger hatten ihre Traurigkeit inzwischen ganz vergessen und fielen eifrig ein: »Ja wir wissen, daß in den Tagen des Messias viele Könige der Erde mit ihren Heeren zu einer großen Schlacht gegen Jerusalem heranziehen werden. Lehrt aber nicht die Schrift, daß Gott alle vereinten Feinde vernichten wird (Sach 12,3-9)? Gibt er nicht seinem Gesalbten die Macht, die Heiden und Gottlosen mit eiserner Keule zu zerschlagen (Ps 2,9) und sie mit dem Feuerhauch seines Mundes zu verbrennen (Jes 11,4)? Wie kann der Messias von seinen Feinden getroffen und getötet werden, wenn er ein so siegreicher Krieger ist?« Der Wanderer ließ die Frage eine Zeitlang zwischen ihnen schweben, bis er neu ansetzte: »Wieviel Zeit ist seit Mose, David und den Propheten verflossen? Glaubt ihr, Gott hätte so lange gewartet, wenn er die Übeltäter einfach vernichten wollte? Seine Geduld waltet von Geschlecht zu Geschlecht (Ps 100,5), und seine Güte reicht, soweit die Wolken ziehn (Ps 36,6). Er erbarmt sich der Menschen und wartet in ewiger Huld (Jes 54,8), bis die Frevler und Gottlosen sich bekehren (Ez 18,23). Auch in den Tagen des Messias ist Gott kein anderer Gott.« Einer der beiden Jünger sprach dazwischen: »Die Prediger in den Synagogen verkünden immer:

Erbarmen ist bei Gott, aber auch Zorn.   Sir 5,6

Ergießt sich in den Tagen des Messias nicht der Zorn Gottes über alle Gesetzlosen und sein Erbarmen über den heiligen Rest Israels?« Der unbekannte Begleiter fiel ihm gleich ins Wort: »Ja, es gibt den Zorn. Aber der Heilige Israels ist Gott und nicht ein

Mensch (Hos 11,9). Weil er alle Geschöpfe in großer Geduld trägt, können die Menschen dem bösen Trieb ihrer Herzen verfallen und alles nur noch mit den Augen ihrer Leidenschaft sehen. Darum verfinstert sich für sie die Welt und der Himmel über ihren Köpfen wird zu Erz (Dtn 28,23). Eine Hülle legt sich über die Völker und eine Decke über die Nationen (Jes 25,7). Auch für Israel entschwindet das leuchtende Angesicht des Herrn, und es kann seine Worte nur noch als Gestammel vernehmen (Jes 28,13). In ihrer Leidenschaft quälen und verfolgen die Frevler einander, bis ihre Gewalttaten auf sie selber zurückfallen (Ps 7,13-17). Deshalb stehen sie unter dem Zorn. Doch Gottes Gericht ist Licht für die Welt (Jes 26,9).« Diese eindringliche Darlegung hatte die beiden Jünger direkt aufgewühlt. Was ihr Begleiter sagte, erschien ihnen seltsam hell und klar, und doch hatten sie noch nie eine ähnliche Deutung der Schrift gehört. Nachdem sie längere Zeit schweigend neben ihm hergeschritten waren, begann er nochmals, und ihnen war, wie wenn er nun an ein Geheimnis rühren würde: »In den Tagen des Messias geht der Zorn durch Israel und über die Erde. Deshalb wird der Gesalbte wie Mose und David, wie die Propheten und viele Gerechte verfolgt und verworfen werden. Aber die wunderbare Hand des Herrn ist mit ihm. Ihr kennt doch das Wort aus dem Psalm?

Der Stein, den die Bauleute verwarfen, er ist zum Eckstein
geworden.   Ps 118,22

Wer kann in Israel verworfen und zugleich zum Eckstein gemacht werden? Doch nur der Messias! Die Bauleute, das sind die Sünder, in denen der Zorn wirkt und die den Stein verwerfen. Der Herr aber überläßt seinen Gesalbten nicht den Bösen. Bekennt der Gerettete nicht selber?

Er griff aus der Höhe herab und faßte mich,
zog mich heraus aus gewaltigen Wassern.
Er entriß mich meinen mächtigen Feinden,
die stärker waren als ich und mich haßten.
Er führte mich hinaus ins Weite.   Ps 18,17-20

So läßt der König David in prophetischer Schau den Messias sprechen, der von seinen Feinden in den Abgrund gestürzt, von Gottes Hand aber aus der Tiefe gezogen und zur Rechten seiner Macht erhöht wird« (Ps 110,1). Der Weg des Messias trat den beiden Jüngern wie ein großes Bild vor Augen. Ihr Inneres lebte auf, und sie wurden selber ins Weite geführt. Die Welt hatte sich um sie herum verändert.

Nach längerer Zeit tauchten sie aus dem Staunen und Nachsinnen auf, und einem von ihnen kam nochmals eine Frage: »Ist der Messias so schwach, daß er von seinen Feinden in den Abgrund gestürzt werden kann?« Der geheimnisvolle Lehrer, den sie so unverhofft auf dem Weg gefunden hatten, sagte zunächst nur: »Was ist Schwäche?« Erst nach längerem Schweigen fuhr er fort: »Wie könnte der Knecht Gottes schwach sein, da der Geist des Herrn auf ihm ruht (Jes 42,1). Wenn aber die Feinde sich gegen ihn erheben, dann lehrt ihn der Geist, dem Bösen nicht mit Bösem zu widerstehen. Im täglichen Hören auf Gott hält er seinen Widersachern den Rücken, seinen Spöttern die Wangen und denen, die ihn anspeien, sein Gesicht hin (Jes 50,4-6), und er läßt sich arglos wie ein Lamm zur Schlachtbank führen« (Jes 53,7). Nun begannen die Herzen der Jünger direkt zu brennen. Hatte sich ihr Meister nicht genau so seinen Gegnern ausgeliefert? Beide riefen fast zugleich: »Dann haben die Hohenpriester, die Ältesten und die Schriftgelehrten unrecht getan, als sie Jesus verurteilt haben? Gott hat den Propheten aus Nazaret trotz der Kreuzigung nicht verworfen.« Ihr geheimnisvoller Weggefährte gab ihnen keine direkte Antwort, sondern erwiderte nur: »Erinnert euch, was beim Propheten Jesaja die Sünder nach ihrer Bekehrung vom Knecht sagen, den sie selber geschlagen haben:

Wir meinten, er sei von Gott geschlagen,
von ihm getroffen und gebeugt.
Doch er wurde durchbohrt wegen unserer
Verbrechen.
Zu unserem Heil lag die Strafe auf ihm.

Jes 53,4f.

Die Menschen meinen immer, Gott räche sich in Ungeduld; doch sie schlagen einander selber. Sie meinen, andere seien schuldig; doch ihre Schuld trifft den Knecht. Nur jene können den Messias erkennen, die ihre eigene Schuld zu sehen vermögen.« Den Jüngern schwindelte vor ihren Augen, und sie mußten unwillkürlich an ihre Flucht denken. Eine tiefe Scham überfiel sie, und eine neue Unruhe und Angst drohte in ihnen aufzusteigen: »Wird Gott jene strafen, die an seinem Messias schuldig geworden sind?« Der Fremde ließ die Frage einen Augenblick stehen, um dann zu erwidern: »Die letzten Wege Gottes mit den Menschen kennt niemand. Doch habt Vertrauen und denkt an das Wort des Herrn beim Propheten Sacharja:

Über das Haus David und über die Einwohner Jerusalems
werde ich den Geist des Mitleids und des Gebets ausgießen.
Und sie werden auf den blicken, den sie durchbohrt haben.«
Sach 12,10

Es war Abend geworden, und in den beiden Jüngern war tiefer Friede eingekehrt. Ihre brennenden Herzen hatten jede Unruhe verloren.

Inzwischen waren sie beim Dorf angekommen, zu dem sie unterwegs waren. Der Fremde, der zu ihrem wunderbaren Lehrer geworden war, wollte sich verabschieden, doch sie drängten ihn, für die Nacht bei ihnen einzukehren. Beim Mahl nahm er das Brot, segnete und brach es. Da erkannten sie ihn. Doch bevor sie sich in ihrem frohen Erschrecken fassen konnten, entschwand er ihren Augen. Es brach aus ihnen heraus: »Er lebt. Unsere Herzen hatten schon zu brennen begonnen, als er uns die Schrift erklärte; nur unsere Augen haben ihn lange nicht erkannt.« Obwohl es draußen dunkel geworden war, brachen sie nochmals auf und kehrten eilends nach Jerusalem zurück. Ein neues Licht führte sie durch die Nacht.

Ein lebendiges Zeichen für alle Völker

Simon war unterwegs nach Galiläa. Anfangs fühlte er sich so leicht, wie wenn er von Flügeln des Windes getragen würde (Ps 18,11). Noch nie hatte er so intensiv gespürt, wie nach dem Frühregen überall neues Leben aufsproß. Gräser wuchsen, Blumen leuchteten in ihren frohen Farben, und selbst die steinigen Berge überzogen sich mit einem zarten Grün. Bäume trugen ihre Blüten oder setzten bereits die ersten Früchte an (Ps 104,14-16). Die scharfen Düfte von Koriander, Minze und Raute folgten seinem Weg, und ließen ihn die neue Kraft des Lebens spüren. Über allem aber wölbte sich ein Himmel, der sich wie das Meer am Horizont verlor und über den einzelne Wolken wie Schiffe mit Segeln zogen. Wandernd schaute Simon zum tiefen Blau hinauf (Ijob 35,5) und ließ seine Seele wie in die Ewigkeit hineingleiten. Der Himmel und das Firmament nahmen ihn mit, um die Herrlichkeit des Herrn zu rühmen (Ps 19,2).

Simon war allein unterwegs, eine kurze Strecke begleitete ihn aber ein Mann aus Ägypten. Dieser erzählte von den großen Steinmälern, die viele hundert Ellen zum Himmel emporragten. Die alten Könige, die Pharaonen, hätten die mächtigen Monumente über ihren Grabstätten erbauen lassen, um ihr Andenken für alle kommenden Generationen in Stein zu bewahren. Während der Ägypter eifrig erzählte und den Mann aus Galiläa beeindrucken wollte, tauchte vor den Augen Simons wieder das Bild vom Grab Jesu auf. Es war nicht zugedeckt, sondern offen und leer gewesen. In seiner Kammer vermoderte kein Leichnahm. Zur Erinnerung an den Gekreuzigten bedurfte es keiner toten Steine, denn er lebte in seinem verwundeten und geheilten Herzen. Während Simon dem Bild vom leeren Grab nachhing, stahl sich unerwartet ein Wort Davids zu seinem Geist, und erreichte geflüstert sein Ohr (Ijob 4,12):

Ich habe den Herrn beständig vor Augen.
Darum freut sich mein Herz und frohlockt meine Seele;
Auch mein Leib wird wohnen in Sicherheit.

Denn du gibst mich nicht der Unterwelt preis;
und läßt deinen Frommen das Grab nicht schauen.

Ps 16,8-10

Was meinte David in diesem Lied? Er selber war doch gestorben und sein verschlossenes Grab hatte er, Simon, in Jerusalem mehr als einmal gesehen. Der prophetische König konnte nicht sich, sondern mußte einen anderen, den Messias, gemeint haben. Simon schauderte beim Gedanken, daß David bereits vor vielen Generationen geschaut haben könnte, was eben jetzt in Jerusalem geschehen war. Er begann ahnend zu verstehen, in welche Taten Gottes er, der kleine Fischer aus Galiläa, hineingenommen wurde.

Der Ägypter hatte inzwischen weitererzählt. Simon unterbrach seine geschwätzige Rede von den mächtigen Steinmälern: »Der Gott Israels wird an der Grenze Ägyptens ein ganz anderes Mal errichten« (Jes 19,19f.). Dann begann er selber von Jesus zu erzählen und endete damit, wie sie das offene und leere Grab entdeckt hatten. Der Ägypter war immer mehr in Staunen geraten und rief schließlich aus: »So etwas habe ich noch nie gehört«. Nachdem ihre Wege sich getrennt hatten, blieb Simon mit seinen Gedanken noch lange bei den seltsamen Wegen Gottes.

Der Herr wird sich den Ägyptern offenbaren, und die
Ägypter werden an jenem Tag den Herrn erkennen.

Jes 19,21

Von Simon zu Petrus

Als Simon sich den Orten am oberen Ende des Sees näherte, drängten sich neue Fragen an ihn heran. Würden die anderen ihm glauben? Wer würde sie in Zukunft führen? Bisher brauchten sie nur den Schritten Jesu zu folgen, der ihnen vorausgegangen war. Trotz der Freude im Herzen fühlte sich Simon plötzlich etwas verloren, und je näher er seiner Heimat kam, desto unsicherer und verzagter wurde er.

Johannes und Jakobus, die Donnersöhne, waren froh, als er zu

171

ihnen kam. Daß Jesus sich ohne Widerstand gefangennehmen ließ, hatte sie tief verwirrt, ja verstört. An ihren Seelen begann aber ebenso die Scham wegen ihrer Flucht zu nagen. Ihr rasch aufbrausender Wille, Feuer vom Himmel herabzurufen, war der Bereitschaft gewichen, tiefer zu hören, um das Unverständliche vielleicht doch zu begreifen. Simon erzählte alles, was ihm selber widerfahren war, und sie fragten vieles. Der Bericht von seinem Verrat und seinen Tränen, ließ die bohrenden Gefühle ihrer eigenen Scham frei aufbrechen, und sie erlebten mit Schrecken den Tod ihres Meisters am Kreuz. Wie Simon aber auf den Morgen nach dem Sabbat zu sprechen kam, waren sie nur noch Ohr, und die Worte, die sie hörten, wühlten sie auf. Ein langes Schweigen folgte der Erzählung Simons, bis Johannes staunend sagen konnte: »Gott hat nicht mit Feuer vom Himmel eingegriffen; aber unseren Meister den Händen seiner Feinde entrissen. Wir sind geflohen, während die Erde den Toten herausgeben mußte« (Jes 26,19).

Die neue Kunde verbreitete sich rasch bei den Jüngern und Jüngerinnen in Galiläa. Sie weckte Hoffnungen und stieß auf Zweifel. Simon wußte nicht, was er nun weiter tun sollte, und kehrte nach einiger Zeit des Wartens und der Ratlosigkeit zu seiner früheren Arbeit zurück. Einige aus dem Kreis der Zwölf, die bei ihm waren, folgten ihm. In der ersten Nacht, in der sie wieder ihre Netze auf dem See auswarfen, fingen sie nichts, und sie waren bekümmert (Jes 19,8). Am Morgen aber wurde der See ganz ruhig, und als sie langsam zurückfuhren, war kaum ein Laut zu vernehmen. Sie harrten schweigend auf eine Hilfe (Klgl 3,26). Da sahen sie am Ufer einen Wanderer stehen, der sie fragte, ob sie etwas zu essen hätten. Als sie verneinten, sagte er: »Werft eure Netze zur Rechten des Bootes nochmals aus!« Sie folgten, ohne zu wissen warum, dem seltsamen Rat, und fingen bald so viele Fische, daß sie die Netze nicht mehr ins Boot heben konnten, sondern langsam hinter ihnen her ans Ufer ziehen mußten. Johannes wandte sich plötzlich an Simon mit dem Wort: »Es ist der Herr.« Dieser fuhr aus seiner ihm vertrauten Arbeitswelt auf wie einer, der aus dem Schlaf erwachte (Gen 28,16). Er zog rasch sein Obergewand an und sprang ins Wasser. Dann wagte er es aber nicht, den geheimnisvollen Wanderer direkt anzusprechen. Er half den anderen Jüngern, das Netz ans Ufer zu ziehen. Dort sahen sie am Boden ein Feuer mit glühenden Kohlen und ein Brot daneben. Jesus sagte ihnen: »Bringt von den Fischen, die ihr eben gefangen habt.« Nachdem alles bereitet war, nahm er vom Brot, segnete es und gab es ihnen. Ebenso tat er es mit den Fischen vom Feuer. Obwohl sie wußten, wer er war, wagte doch keiner, ihm eine Frage zu stellen, denn sie waren wie im Traum. Nach dem Essen fing er ihre Blicke ein und sagte zu ihnen: »Ihr habt Fische gefangen; nun sollt ihr Menschenfischer werden. Die Ernte, die auf euch wartet, ist groß. Bittet den Herrn, daß er Arbeiter ruft, die mit euch sammeln werden!« Dann wandte er sich an Simon und überraschte ihn mit der Frage: »Liebst du mich?« Das Herz des Jüngers begann wild in seinem Leib zu pochen (Jes 21,4), denn er erinnerte sich seines Verrates. Er konnte nur stammeln: »Du weißt es, Herr, wie ich dich liebe.« Noch zweimal wiederholte Jesus die gleiche Frage, und jedesmal bohrte sie sich noch tiefer in seine Wunde und in seine Scham ein, bis sie plötzlich in der Tiefe seiner Seele einen Strom des Friedens erreichte. Simon hörte, wie zu ihm gesagt wurde: »Ich will dich zum Felsen machen. Deshalb sollst du von nun an Petrus heißen. Die Schlüssel des Himmelreiches lege ich auf deine Schultern (Jes 22,22). Stärke und sammle meine Brüder!« Bei diesen Worten entschwand Jesus ihren Augen.

Der Glaube an den Namen Jesu und die Zweifel

Die Elf waren versammelt, aber Furcht lag über ihnen und sie hatten die Türen verschlossen. Sie trugen alles zusammen, was sie seit dem Tod ihres Meisters erfahren und gehört hatten, und suchten die Zeichen, die ihnen geschenkt wurden, zu verstehen. Thomas aber zweifelte und blieb hartnäckig: »Wir hatten früher auch gemeint, Wunder von ihm zu sehen. Trotzdem konnte seine Macht ihn nicht retten. Haben wir uns damals nicht getäuscht, und habt ihr jetzt nicht Gespenster gesehen? Wenn ich ihn und seine Wunden nicht berühren kann, glaube ich nicht.« Sie begannen ein einfaches Mahl und erinnerten sich dabei, wie sie ihn nach dem letzten gemeinsamen Mahl schmählich verlassen hatten. Plötzlich war er mitten unter ihnen durch die Worte: »Der Friede sei mit euch!« Ihre Wunde brach auf und wurde zugleich wunderbar geheilt. Er sprach weiter: »Glaubt an den Vater, und ihr werdet verstehen.« Dann wandte er sich zu Thomas: »Komm und berühre mich, und sei nicht ungläubig, sondern gläubig!« Das Herz des Jüngers zitterte, und er konnte nur stammeln: »Mein Herr!« Jesus entgegnete ihm: »Selig, die tiefer schauen, weil sie nicht mit ihren leiblichen Augen sehen!« Dann wandte er sich an alle: »Erkennt das Wirken des Vaters! In seinem Namen wollte ich euch versammeln; aber die Sünde hat den Sohn durchbohrt, und ihr habt euch zerstreut. Der Friede von oben wird euch auf dem Berg der Verheißung neu zusammenführen. Heiligt seinen Namen und seid untereinander eins, dann werden die Menschen erkennen, daß er mich gesandt hat.«

Er entschwand, und sie merkten erst jetzt, welch tiefen Frieden er ihnen hinterlassen hatte. Einem von ihnen fielen unverhofft Worte des Propheten Ezechiel ein:

Wenn ich die vom Haus Israel aus all den Ländern zusammenführe, in die sie zerstreut sind, dann erweise ich mich an ihnen vor den Augen der Völker als heilig, und sie werden erkennen, daß ich, der Herr, ihr Gott bin.

Ez 28,25f.

Sie sprachen noch lange über die Worte aus dem Mund Jesu und über die prophetische Verheißung. Thomas schwieg zunächst, bis er plötzlich in die Rede der andern einstimmte: »In ihm hat sich das Geschick unseres Volkes erfüllt. Wie Israel zur Zeit des Propheten Ezechiel geschlagen und zerstreut wurde, so trafen ihn am Paschafest die Schläge der Feinde, und wir haben uns zerstreut. Er wurde wegen unseres Unglaubens durchbohrt. Doch Gott hat ihn nicht verlassen und uns neu zusammengeführt. Nicht weil ich ihn mit meinen Fingern berührt habe, glaube ich; meine Seele hat die Wunde gespürt, die der Unglaube ihm zugefügt hat.« Die anderen staunten über diese Worte, und in ihrem Frieden begannen auch sie die Wunden zu spüren, die der Unglaube schlug. Sie dankten Gott und priesen den Namen Jesu. Ihre Worte gingen zu den andern Jüngern und Jüngerinnen hinaus.

Auf einem Berg, wohin sie von allen Seiten aus der Zerstreuung gerufen wurden, kamen sie nach einiger Zeit wieder zusammen. Es waren etwa fünfhundert Männer und Frauen. Auch Jakobus, ein leiblicher Verwandter Jesu, war dabei. Er hatte die große Ablehnung in Nazaret nicht geteilt, war aber unsicher geblieben, bis er vor kurzem selber gerufen wurde. Er sagte den Jüngern, zu denen er stieß: »Ich liebte ihn von früher Jugend an, aber trotz seiner Verbundenheit mit der heiligen Überlieferung kam er mir oft so unabhängig vor. Ich machte mir manche Sorgen, ob er im geheimen nicht stolz sei. Als wir später hörten, was die Pharisäer über ihn sagten, liefen die Zungen in Nazaret; ich aber befürchtete, er sei einem bösen Geist verfallen. Die Nachricht von seiner Hinrichtung war für die meisten eine letzte Bestätigung ihrer Meinung, mir aber hat er sich selber kundgetan. Nun weiß ich, Gott hat sich unseres Volkes neu erbarmt.«

Die Nacht verging, während der die meisten der Versammelten, unruhig vor Erwartung, in einer geschützten Mulde teils wachten und beteten, teils müde wurden und schliefen. Viele hofften, nun werde das neue Reich beginnen. In der Frühe des nächsten Tages, als die Morgenröte anbrach (Jes 58,8), fuhr ein Ruf durch die Schar: »Jesus!« Sie sahen ihn auf dem nahen Gipfel, in Licht gehüllt wie in ein Kleid (Ps 104,2). Beim gemeinsamen Ruf wurde die Gestalt deutlicher, und eine Stimme, die wie vom Höchsten ausging (Sir 24,3) und die Erde leise mitschwingen ließ (Spr 8,27-30), sprach zu ihnen: »Vom Vater im Himmel wurde ich gesandt, und ich faßte Wurzel in Israel (Sir 24,12). Es war meine Freude, bei den Menschen zu sein (Spr 8,31). In die Tiefen des Todes ließ ich mich stoßen, um die Verlorenen zu suchen und reiche Frucht zu bringen. Ihr seid meine Frucht, und ihr werdet nicht allein sein. Mein Wort geht mit euch in die ganze Welt hinaus (Ps 19,5), und es kehrt nicht leer zurück. Es bewirkt, wozu es ausgesandt ist (Jes 55,11). Sammelt alles ein in meinen Namen!« Die Stimme klang weiter, war aber nicht mehr zu verstehen. Viele riefen: »Jesus, unser Messias!« Der Name des Herrn war in ihm leibhaftig geworden. Doch die Gestalt löste sich langsam in Licht auf und entschwand in der Stille des Morgens, die durch keinen Wind und kein Rauschen gestört wurde.

Manche waren beim Hören der Stimme auf ihre Kniee gefallen; andere standen staunend da, während wieder andere mit sich rangen. Viele hatten klare Worte vernommen, aber einige meinten, nur ein fernes Klingen sei an ihr Ohr gedrungen. Neben den Elf und vielen, die an den Auferweckten und seinen leibhaftigen Namen glaubten, gab es andere, die sich fragten, ob sie beim Sehen der Gestalt im Morgenlicht nicht einer großen Täuschung erlegen seien.

Der Heilige Geist und der neue Weinberg

Zum Dank für die erste Ernte feierte Israel fünfzig Tage nach Pascha das Wochenfest (Lev 23,15-21), und viele Pilger zogen nach Jerusalem hinauf. Der geschlagene Hirt, der zu neuem Leben erweckt worden war, führte auch seine zerstreute Herde in jene Stadt zurück, die für sie zu einer mörderischen geworden war. Sie ließ sich führen, ohne zu wissen, was auf sie wartete.

Die Nacht zum Festtag verbrachten die Elf, die übrigen Jünger und die Frauen im gemeinsamen Beten, und sie dankten Gott für das neue geheimnisvolle Leben ihres Meisters. Während sie in der Frühe, als es noch dunkel war, mit heiligen Liedern den Herrn priesen (Jes 30,29), löste sich plötzlich das Singen von ihnen. Ihre Ohren öffneten sich (Jes 50,4f.), und sie hörten von ferne ein Rauschen wie von gewaltigen Wassern (Ez 1,24). Ein Sturmwind brauste daher (Ez 1,4), während jeder tief in seinem eigenen Inneren ein feines Klingen zu vernehmen begann. Es war wie das Zirpen vieler Zikaden, wie ein Konzert von Engeln, das durch seine feinen und sirrenden Töne immer tiefer in ihre Ohren eindrang. Das Rauschen aus der Ferne kam näher, schwoll zu einem gewaltigen Dröhnen an (Ez 3,13) und erreichte doch jeden wie das Flüstern einer Stimme (Ijob 4,16). Es weckte in allen eine zarte Lust, durch die sich ihre Seelen und Gedanken lösten und aufschlossen. Das Rauschen und Klingen erfüllte den Raum, hüllte alle ein und entführte ihre Seelen aus der Verschlossenheit.

Aus dem Wirbelsturm kamen Feuermassen (Sir 48,9). Funken, die je verschieden waren, ließen sich auf jeden von ihnen nieder (Sir 42,22.24). Eine Kraft erfüllte sie, die ihre bedrückten und gebeugten Leiber aufrichtete, während geflügelte Wesen, Gesichter wie Adler und Löwen, wie Stiere und Menschen vor ihren Augen auftauchten (Ez 1,4-21).

Sie waren entrückt, hatten ihr Bewußtsein aber nicht verloren und wußten dennoch nicht, wie ihnen geschah. Prophetische Worte kamen plötzlich auf die Zunge eines Jüngers, und er sprach laut in die versammelte Gemeinde hinein:

Danach aber wird es geschehen,
daß ich meinen Geist ausgieße
über alles Fleisch.
Eure Söhne und Töchter werden Propheten sein,
eure Alten werden Träume haben,
und eure jungen Männer haben Visionen.
Auch über Knechte und Mägde
werde ich meinen Geist ausgießen in jenen Tagen.
Ich werde wunderbare Zeichen wirken
am Himmel und auf der Erde. Joël 3,1-3

Nun begannen sie zu verstehen. Das gewaltige Rauschen, das vom Himmel her kam, schmolz mit dem feinen Flüstern und Sirren in ihren Ohren zusammen und wurde zu einem vielstimmigen Chor. Ihre geschlossenen und gedrückten Kehlen öffneten sich, um Stimmen freizugeben, die ein neues Lied sangen (Jdt 16,13) und mit dem »Heilig, Heilig« von Serafim Gott lobten und priesen (Jes 6,3). Ohne selber zu wissen, wie das Ungeheuerliche geschah, kam ihnen der heilige und schreckliche, der verbotene Name Jahwes wie selbstverständlich auf die Lippen (Jes 44,5), und sie riefen ihn als Abba an.

Während sie mit Zungen redeten, die von einer geheimnisvollen Kraft in ihnen bewegt wurden, vertrauten sie sich dem Geist an, der über sie gekommen war. Die verriegelten Türen des Hauses öffneten sich, und von einem gemeinsamen Willen bewegt strömten sie auf die Straße hinaus, um vor aller Welt das Lob des Herrn zu singen. Ihre Herzen atmeten in Freiheit.

Das Wort in der Öffentlichkeit und die neue Gemeinschaft

Obwohl es noch früh am Morgen war, eilten bereits viele Pilger durch die Gassen. So sammelte sich rasch eine große Menge um die Gruppe von Männern und Frauen, die auf so seltsame Weise sangen und deren erhobene Arme wie Ähren im Wind hin und her wogten. Viele, die sich neugierig herandrängten, waren aus fremden Ländern gekommen, um in Jerusalem anzubeten und Opfer im Tempel darzubringen. Sie horchten auf und staunten, denn sie hörten einen Lobpreis Gottes in ihrer eigenen Muttersprache. Manche fragten sich, ob eine ganze Gruppe in prophetische Verzückung geraten sei (1 Sam 10,10f.). Doch andere lachten nur und meinten: »Diese Leute sind voll des süßen Weines.«

Aus dem Kreis, in dem das neue Lied erklang, trat Petrus heraus und sprach zur versammelten Menge: »Hört, ihr Bewohner von Jerusalem und ihr gottesfürchtigen Juden aus der Diaspora! Diese Männer und Frauen sind nicht betrunken, wie ihr meint. Der Tag hat ja kaum begonnen. Jetzt erfüllt sich, was der Prophet Joël vor langer Zeit angekündigt hat. Gott gießt seinen Geist über die Söhne und Töchter Israels aus, um ihnen Heil und Befreiung zu schenken.« Jemand rief dazwischen: »Warum redet und singt ihr auf so seltsame Weise?« Eine Frau aus dem Kreis der Jünger wurde vom Geist erfüllt und sprach laut:

> *»Dann freut sich das Mädchen beim Reigentanz,*
> *jung und alt sind fröhlich.*
> *Ich verwandle ihre Trauer in Jubel,*
> *tröste und erfreue sie nach ihrem Kummer.«*
>
> Jer 31,13

Viele hatten die Worte wiedererkannt, mit denen der Prophet Jeremia die Zeit der Heimkehr aus dem Exil angekündigt hatte. Sie fragten deshalb: »Wer seid ihr denn?« Petrus fuhr fort: »Juden wie ihr. Doch wir bezeugen Jesus von Nazaret. Gott hat ihn gesandt und mit machtvollen Taten beglaubigt, die viele von euch selber hören und sehen konnten. Doch eure Führer haben ihn abgelehnt, und hier in Jerusalem wurde er durch das Volk Israel, zu dem auch wir gehören, verworfen und den gesetzlosen Römern zur Kreuzigung ausgeliefert. Gott aber gab ihn nicht der Unterwelt preis, sondern hat ihn aus der Tiefe des Meeres befreit und lebendig aus dem Grab heraufgeholt (Jona 2,3-7). In ihm hat der Gott unserer Väter nicht feindliche Heere wie beim Auszug aus Ägypten vernichtet, sondern die Macht der Totenwelt bezwungen. Erkennt deshalb mit Gewißheit: Gott hat Jesus zum Herrn und Befreier gemacht.« Die Menge verstummte und staunte, denn die Worte des Petrus ließen sie aufhorchen und erreichten viele in ihren Herzen. Manche fragten, was sie tun sollten. Petrus erwiderte: »Glaubt an den Namen Jesu, und ruft ihn an! Wer weitere Fragen hat, komme und frage morgen wieder!« (Jes 21,12)

Während die Menge sich langsam zerstreute, staunten die Jünger und die Frauen, die mit ihnen in die Öffentlichkeit getreten waren, über das, was mit ihnen geschehen war. Petrus konnte kaum begreifen, daß er es gewagt hatte, vor einer großen Menge von Menschen frei zu reden, und daß ihm die Worte, die er sprach, wie in den Mund gelegt wurden (Jes 51,61). Alle unter ihnen fühlten sich wie neue Menschen, und es wurde ihnen plötzlich bewußt, daß sie seit der Begegnung mit Jesu unter einer großen inneren Spannung gelebt hatten. Er hatte sie zutiefst fasziniert, aber sie waren dem, was von ihm ausging, nicht gewachsen gewesen. Doch nun waren sie befreit vom Druck, den seine Botschaft in ihnen geweckt hatte. Auch die tiefe Angst vor der mörderischen Stadt war verflogen und hatte sich in den Willen verwandelt, vor Jerusalem Zeugnis abzulegen. Sie sagten zueinander: »Jetzt beginnen wir die Worte von der Gottesherrschaft zu verstehen.«

Doch was war mit ihnen geschehen? Die beiden Jünger, denen Jesus unterwegs die Schrift erklärt hatte, begannen: »Die Worte der Propheten, in denen wir während der letzten Wochen viel gelesen haben, künden oft vom Geist Gottes. Wir meinten, sie deuten auf jenen Geist des Herrn hin, der Jesus aus dem Grab erweckt hat und der am Ende der Tage allen toten Gebeinen neues Leben schenken wird (Ez 37,1-14). Nun aber ist etwas Neues über uns gekommen, das er uns damals noch nicht erklärt hat.« Jener

Jünger, dem die Worte des Propheten Joël geschenkt worden waren, konnte seine eigene Rede nicht deuten. So lasen sie nochmals nach, was ihnen bereits verkündet worden war, und sie mußten mit Staunen feststellen: Der Geist war auch über sie gekommen. Er hatte nicht nur Jesus zum Messias gesalbt, sondern sie alle zu Propheten gemacht.

Petrus erinnerte sich an die Frage seiner ersten Hörer und gab sie der geisterfüllten Gemeinschaft um ihn weiter: »Was soll mit jenen geschehen, die sich uns anschließen wollen?« Während sie überlegten, wurde einer Frau ein Wort geschenkt, und sie rief in die Runde: »Tauft sie im Namen Jesu!« Alle wunderten sich, daß eine Frau sie lehrte. Sie stimmten aber ihrem Wort bald zu, denn Jesus hatte sich am Anfang seines Wirkens selber von Johannes taufen lassen und schon vorher viele von ihnen. Sie beschlossen deshalb: »Wie die Beschneidung das Zeichen der Zugehörigkeit zu Israel ist, so soll die Taufe jene bezeichnen, die zu uns, die wir an Jesus glauben, gehören werden.« Da bat Maria von Magdala: »Auch ich möchte getauft werden. Wer ins Wasser steigt und davon zugedeckt wird, ist wie in einem Grab. Unser Meister wurde begraben, und ich habe lange vor seinem Grab geweint. Ich möchte durch die Taufe sein Grab teilen, um ihn wieder ganz zu finden.« Die anderen verstanden diese seltsamen Worte vom Grab der Taufe nicht. Alle fragten sich aber, ob auch Frauen getauft werden sollten, da in Israel nur die Männer das Zeichen der Zugehörigkeit zum erwählten Volk empfingen. Doch sie brauchten nicht lange zu überlegen, denn der Geist war ja in gleicher Weise über die Söhne und Töchter Israels herabgekommen.

Am nächsten Tag strömten viele von denen, die der Predigt des Petrus gelauscht hatten, am gleichen Ort zusammen. Die Apostel sprachen lange zu ihnen und führten sie dann zum Betesdateich hinaus. Nach einem Lobgesang stiegen alle, Männer und Frauen, ins Wasser hinab; sie bekannten sich zum Namen Jesu und ließen sich untertauchen. Beim anschließenden Preis- und Dankgebet begann wieder ein Brausen. Einige der Neugetauften erschraken zunächst. Doch es war kein Gerichts- und Feuersturm, wie Johannes bei seiner Taufe angekündigt hatte; allen lösten sich vielmehr im mächtigen Hauch, der auf sie zukam, die Herzen und die Zungen. Sie priesen Gott, wie es ihnen eingegeben wurde. Unter ihnen waren einige Schriftgelehrte, die am Tag zuvor die Worte des Petrus gehört hatten und davon seltsam berührt worden waren. Sie waren mitgekommen, hatten sich aber nicht taufen lassen, denn in ihnen waren noch viele offene Fragen. Doch im Brausen lösten sich auch ihre Zungen. Staunend sagten sie danach: »Nun verstehen wir die Worte des Propheten Jesaja:

Ich gieße Wasser auf den dürstenden Boden,
rieselnde Bäche auf das trockene Land.
Ich gieße meinen Geist über deine Nachkommen aus.

Jes 44,3

Mit dem Wasser der Taufe gießt Gott seinen Geist über uns aus.« Und auch sie ließen sich taufen.

Unter jenen, die zum Glauben an Jesus gekommen waren, befanden sich zahlreiche Pilger, die nach dem Fest wieder in ihre Heimat zurückkehrten. Sie trugen die Botschaft von dem, was ihnen widerfahren war, in die Dörfer Judäas und Galiläas und in fremde Länder hinaus. Jene aber, die in Jerusalem blieben, kamen täglich zusammen. Der Geist begleitete sie, so daß sich ihre Zahl rasch vermehrte. Neue Häuser öffneten sich ihnen, in denen sie sich versammeln konnten. Sie erinnerten sich der Worte und Taten Jesu und priesen das Wirken Gottes. Jene unter ihnen, die Güter besaßen, bereiteten das gemeinsame Mahl, zu dem alle ohne Unterschied – Arme und Reiche, Knechte und Herren, Frauen und Männer – geladen waren. Sie erfuhren die Schönheit, wie Brüder und Schwestern in Eintracht leben zu dürfen (Ps 133,1).

Die Bewohner Jerusalems wunderten sich über die neue Gemeinschaft, in der Arme, Sklaven und Frauen wie freie Söhne und Töchter waren und in der Öffentlichkeit von Jesus sprachen. Auf ihre Fragen, weshalb sie dies täten, bekamen sie nur die Gegenfrage zu hören: »Kennt ihr nicht die Worte der Propheten?

Ihr alle werdet Priester des Herrn genannt,
man sagt zu euch Diener unseres Gottes.

Jes 61,6

Taube hören Worte, die nur geschrieben sind, und Blinde sehen selbst im Dunkel« (Jes 29,18).

Die Kraft der Befreiung und die seltsamen Wege des Herrn

Zum Gebet gingen sie täglich in den Tempel hinauf. An der Schönen Pforte, durch die man zum Frauenhof gelangte, saß oft ein gelähmter Mann, der von seinen Verwandten dorthin getragen wurde, um die Gläubigen anzubetteln. Als Petrus und Johannes mit einigen Jüngern an ihm vorbeigingen, bat er auch sie um ein Almosen. Beide sahen ihn an und wurden von seiner Not berührt. Der Gelähmte spürte ihre Betroffenheit, hing mit offenen Augen an ihnen und eine Hoffnung auf Hilfe keimte in ihm auf. Sie sahen seine Erwartung, die in ihnen ihrerseits das Vertrauen weckte, der Geist von oben werde heilen, wie er durch Jesus gewirkt hatte. Was sie in den Augen des Kranken erwachen sahen, ließen sie mit der Hoffnung in ihren eigenen Herzen zusammenklingen. Doch da strömte auch eine dunkle Macht auf sie ein. Ihr Vertrauen verdoppelnd ließen sie sich emportragen, und als erstem kamen Petrus Worte auf die Lippen: »Reichtum an Gold und Silber besitzen wir nicht, doch den reichen Segen, den Gott schenkt, wollen wir mit dir teilen. Im Namen des Jesus von Nazaret, steh auf und geh umher!« Petrus faßte den Gelähmten bei der Hand, und dieser fühlte sogleich neue Kraft in seinen Beinen. Er sprang auf, ging umher, lobte und pries Gott. Einige, die in unmittelbarer Nähe waren, hatten alles verfolgt, was geschehen war; andere erkannten den Mann, der bei Petrus und Johannes war und Loblieder sang, als den Gelähmten, der an der Schönen Pforte zu sitzen pflegte. Eine staunende Erregung breitete sich aus, und das Volk strömte zusammen.

Ergriffen vom Geist, der durch sie geheilt hatte, gingen Petrus und Johannes und die Jünger, die bei ihnen waren, in eine der Säulenhallen, in der auch die Schriftgelehrten ihre Schüler zu unterrichten pflegten, und wandten sich an das Volk: »Juden, was staunt ihr? Starrt uns nicht an, als hätten wir etwas Großes voll-bracht! In der Kraft des Geistes hat Jesus von Nazaret das neue Kommen unseres Gottes verkündet. Er zog durch die Dörfer und Städte Galiläas, trug die Not und Last von uns allen und heilte viele Kranke. Doch unsere Führer haben ihn als Gehilfen Beelze-bubs verdächtigt und töten lassen. Gott aber hat seine befreiende und lebenspendende Macht an ihm selber erwiesen und ihn dem Tod entrissen.« Auf den Geheilten zeigend, der inzwischen ruhig neben ihnen stand, fuhr Petrus fort: »Wenn dieser Mann, der eben noch gelähmt war, jetzt gesund vor euch steht, dann wißt, die lebenspendende Kraft von oben hat ihn geheilt. Sein Glaube an den Auferweckten hat ihm vor euren Augen neue Kraft und Ge-sundheit geschenkt.« Der Geheilte wunderte sich über das, was Petrus eben von ihm sagte, denn er hatte früher wenig von Jesus gehört und in seinem Elend schon längere Zeit nicht mehr an ihn gedacht. Johannes merkte seine Verlegenheit und griff helfend ein: »Wir haben die Hoffnung in deinen Augen gesehen. Gott hat Jesus, den Auferweckten, erhört, und dieser hat unser Gebet ver-nommen; wir aber haben deine Sehnsucht nach Heilung zum Herrn getragen« (Hos 2,23f.). Die übrigen Jünger stimmten den Worten des Johannes eifrig zu, denn sie hatten die beiden Apostel durch ihr Gebet begleitet.

Zum Volk gewandt fuhr Petrus fort: »Brüder und Schwestern, ich weiß, die Führer unseres Volkes, die Dörfer Galiläas und die Stadt Jerusalem haben Jesus nicht erkannt. So hat sich erfüllt, was in den heiligen Schriften durch das Geschick des Mose und der Propheten schon lange angekündigt wurde. Der Messias, unser Befreier, mußte leiden, unsere Krankheiten und Sünden tragen, um so in sein Reich der Herrlichkeit eingeführt zu werden. Lernt von seinem Weg! Kehrt in eurem ganzen Denken um, und hängt nicht weiter an euch und an euren frommen Gedanken! Glaubt an den, der gelästert und verworfen wurde. Dann wird unserem Volk Heilung und Freude zuteil.

Dann springt der Lahme wie ein Hirsch,
die Zunge des Stummen jauchzt auf.

In der Wüste brechen Quellen hervor,
und Bäche fließen in der Steppe.   Jes 35,6

Wenn ihr glaubt, wird unserem Volk eine Zeit des Aufatmens und der Erquickung geschenkt werden.« Bei diesen Worten lief ein Staunen durch die Menge, und ein Hauch von Kraft wehte durch die Säulenhalle. Manche fragten die Jünger, was sie tun sollten. War die Stunde gekommen, da Jerusalem zu hören begann und zitternd zum Herrn kam, um seine Güte zu suchen (Hos 3,5)? Konnten die Apostel in der Kraft von oben jene Stadt gewinnen, die ihrem Meister verschlossen geblieben war?

Inzwischen war dem Tempelhauptmann gemeldet worden, daß viel Volk in einer Säulenhalle zusammenströmte. Da er eine Unruhe befürchtete, griff er mit seiner Truppe ein und ließ Petrus und Johannes festnehmen. Viele, die eben noch durch die Predigt bewegt wurden, bekamen Angst. Sie entfernten sich unauffällig, als sie die beiden Apostel in den Händen der Tempelwache sahen, und vergaßen die Botschaft von Jesu. Petrus und Johannes aber bebten innerlich beim Gedanken, daß sie vor jenes Gericht geführt wurden, das Jesus, ihren Meister und Herrn, verurteilt hatte. Sie beteten in ihren Herzen um Kraft, ihn auch vor den Führern Israels als Messias bekennen zu können. Beide wurden einigen Oberpriestern und Mitgliedern des Hohenrates zur Befragung vorgeführt. Sie bekannten, wie sie dem Gelähmten begegnet waren und wie der Name Jesu ihn geheilt hatte. Als die Ratsherren hörten, daß die beiden mit großem Freimut von Jesus sprachen, wurden sie unruhig, denn sie befürchteten, daß eine Sache, die sie für erledigt hielten, neue Verwirrung stiften würde. Da sie aber zugleich bemerkten, daß die beiden ungelehrte und einfache Leute waren, berieten sie untereinander, was sie tun sollten. Sie gaben sich der Hoffnung hin, durch Einschüchterungen jedes weitere Reden über den falschen Propheten ersticken zu können. Sie ließen deshalb Petrus und Johannes wieder vorführen und verboten ihnen unter Androhung schwerer Strafen, je wieder öffentlich von Jesus zu reden und in seinem Namen zu predigen. Petrus und Johannes antworteten, was ihnen in diesem Augenblick eingegeben wurde:

»Urteilt selber! Ist es gerecht, mehr auf Menschen als auf Gott zu hören?« Die Ratsherren wußten nicht genau, was die beiden mit dieser Frage beabsichtigten. Sie gaben ihnen keine Antwort, sondern drohten ihnen nochmals und entließen sie.

Jene, die an Jesus glaubten, trafen sich nun oft in der Säulenhalle des Tempels. Vom Volk schlossen sich ihnen viele an, und auch Schriftgelehrte und Pharisäer fanden den Glauben an Jesus. Die neue Gemeinde betete gemeinsam und las aus den heiligen Schriften. Oft wurden sie vom Geist ergriffen und lobten und priesen Gott, während einige in Zungen redeten. Andern wurden prophetische Gaben zuteil, und sie stärkten die Gemeinde, wenn neue Fragen und Sorgen auftauchten. Jene, die Jesus in Galiläa begleitet hatten, fragten sich selber, weshalb ihnen jetzt diese Gaben geschenkt wurden, da ihre Herzen damals doch so schwer geblieben waren. Sie wußten nur eine Antwort: »Dank des Geistes haben wir die Angst voreinander verloren, und der Neid um den ersten Platz, durch den wir früher einander gefressen haben (Jes 9,19f.), wurde von uns genommen.« Manche aus ihrer Mitte kümmerten sich um den täglichen Tisch, während andere unterrichteten und jene, die neu zum Glauben kamen, im Weg Jesu belehrten. Jeder diente allen anderen. Durch einige Apostel und Jünger geschahen Heilungen und Wunder, so daß die ganze Stadt davon sprach. Die Stunde der Entscheidung kam nochmals.

Vielen Ratsherren aus der Partei der Sadduzäer mißfiel das Treiben der neuen Sekte im hohen Maße. Obwohl sie keine klaren Anklagen hatten, ließen sie die Apostel, die durch eine Nachwahl wieder zwölf geworden waren, bei einer günstigen Gelegenheit verhaften und ins Gefängnis werfen. Am darauffolgenden Tag rief der Hohepriester den ganzen Hohenrat zusammen, um über sie zu urteilen. Doch zu ihrer großen Überraschung fanden ihre Diener die Apostel nicht mehr im Gefängnis, sondern wieder in der Säulenhalle des Tempels, wo sie das Volk lehrten. Der Tempelhauptmann bat sie, zum Hohenrat zu kommen, denn er wagte es wegen der vielen Leute nicht, sie mit Gewalt abführen zu lassen. Die Apostel folgten ihm freiwillig. Der Hohepriester begann das Verhör mit Strenge: »Wir haben euch verboten, im Namen Jesu zu lehren. Ihr aber erfüllt die ganze Stadt mit dem Gerede von diesem falschen Propheten. Wollt ihr das Volk aufwiegeln, Rache für seinen Tod zu fordern?« Petrus antwortete im Namen aller: »Wir denken nicht an Rache. Habt ihr aber nicht selber dem Urteil zugestimmt, daß es gerechter ist Gott als den Menschen zu gehorchen?« Der Hohepriester fragte: »Was hat euch Gott befohlen?« Petrus verkündete: »Der Gott unserer Väter hat Jesus von Nazaret mit heiligem Geist gesalbt und durch Machttaten beglaubigt; ihr aber habt ihn durch die Hand von Heiden kreuzigen lassen. Er ist der Stein, den die Bauleute verworfen haben, und den Gott zum Eckstein gemacht hat. Ihr seid die Bauleute, die ihn als Gotteslästerer verurteilt haben; Gott aber hat ihn durch die Auferweckung von den Toten als Sohn eingesetzt. Wir sind Zeugen seiner Auferweckung, und Gott hat uns befohlen, davon überall Kunde zu geben. Vertraut nicht auf eure Lehrhäuser, die euch zum falschen Urteil verleitet haben, sondern glaubt Gott, der den Verurteilten zum Sohn und Messias erhoben hat.« Einer rief erregt dazwischen: »Gott erhört keinen Verurteilten.« Petrus rief ebenfalls: »Denkt an den Heiden Haman, der Mordechai und alle Juden vernichten wollte! Gott hat es gefügt, daß er selber an jenem Galgen aufgehängt wurde, den er für andere errichtet hat« (Est 7,10). Nun entstand ein Tumult, und viele Ratsherren schrieen im Zorn: »Die Anhänger des Lügenpropheten sind des Todes schuldig. Sie verachten wie er den Hohenrat und stellen ihn den Heiden gleich. Wir müssen wie Pinhas die Übeltäter töten, um Israel von der Plage dieser Sekte zu befreien.«

Während die Apostel vor Gericht standen, versammelte sich die Gemeinde zum Gebet. Aus dem tiefen Frieden heraus, der ihnen bisher geschenkt wurde, erbebten sie unter dem feindlichen Angriff und beteten mit David:

> *»Die Könige der Erde stehen auf, die Großen haben sich*
> *verbündet gegen den Herrn und seinen Gesalbten.«*

Ps 2,2

Plötzlich erkannten sie, daß der vereinte Ansturm, dem die Apostel und sie selber ausgesetzt waren, schon immer die Geschichte

Israels und der Welt beherrscht hatte. Das Geschick ihres Meisters leuchtete vor ihnen auf, und sie beteten: »Wahrhaftig, mit Herodes und Pontius Pilatus haben sich alle Großen der Erde, alle Stämme Israels und alle Heiden gegen Jesus, deinen Knecht, verbündet und zusammengerottet. Doch du hast ihn dem Tod entrissen, ihr vernichtendes Urteil verurteilt und zum Quell der Wahrheit gemacht. So gib nun heute deinen Zeugen die Kraft, freimütig dein Wort zu verkünden, das Wahrheit für die ganze Welt ist.« Bei diesem Flehen wurden ihre Augen geöffnet und sie sahen, wie die vereinten Mächte des Todes die Menschen schon seit Anbeginn der Welt gefangenhielten.

Im Hohenrat fanden unterdessen die zornigen Rufe, die eine Verurteilung der Apostel forderten, keine volle Zustimmung. Manche Ratsherren hatten seit der Hinrichtung Jesu keinen inneren Frieden gefunden. Als sie das Gerücht von der Auferweckung des Gekreuzigten hörten, waren sie noch unruhiger geworden. Besonders verwirrt hatte sie aber die Tatsache, daß auch Schriftgelehrte und Pharisäer sich der neuen Sekte anschlossen, ja selbst Mitglieder des Hohenrates ihr geneigt zu sein schienen. Sie wollten sich deshalb nicht wieder allzu rasch in die Zustimmung zu einer Hinrichtung hineinziehen lassen. Da die Zwölf, die vor ihnen standen, nicht jene Hoheit ausstrahlten, die beim Propheten aus Nazaret so provozierend war, fiel es ihnen auch leichter, nach einem Ausweg zu suchen. Während manche solche Gedanken erwogen, erhob sich Gamaliël, ein Gesetzeslehrer, der beim Volk in hohem Ansehen stand und zur Zeit der Verurteilung Jesu nicht in Jerusalem gewesen war. Er ließ die Apostel hinausführen und sagte zu den Ratsherren: »Überlegt euch gut, was ihr mit diesen Leuten tun wollt. Seit einer Generation sind schon zweimal Männer aufgetreten, die einen größeren Anhang gefunden haben: zunächst Theudas und dann Judas von Gamala. Doch beide wurden getötet, und ihre Anhänger haben sich danach von selber zerstreut. Darum rate ich euch: Laßt eure Hände von diesen Männern. Ist das, was Jesus begonnen hat, nur ein Menschenwerk, dann wird sich seine Gefolgschaft mit der Zeit ebenso zerstreuen; stammt es aber von Gott, dann könnt ihr nichts dagegen ausrichten. Ihr wollt euch doch nicht auf einen Kampf mit Gott einlassen?« Die Rede des Gamaliël fand Beifall. Darauf ließ der Hohepriester die Apostel auspeitschen und verbot ihnen streng, weiter im Namen Jesu zu predigen. Dann ließ er sie frei; sie aber freuten sich, daß sie das Geschick ihres Meisters ein wenig teilen durften.

Die Gemeinde spürte das Wirken Gottes, als die Apostel ihr aus feindlicher Hand zurückgeschenkt wurden. Trotz der Bedrohung erfüllte sie ein tiefer Friede. Ein Schriftgelehrter, der sich ihr angeschlossen hatte, rief staunend aus: »Wie seltsam sind die Wege Gottes, daß er jenen zum Sohn Gottes eingesetzt hat, den unsere Ratsherren als Gotteslästerer verworfen haben!« Ein anderer stimmte ihm bei: »Wie seltsam, daß der Sammlung in seinem Reich eine Zusammenrottung gegen ihn vorausging!« Einer erinnerte die Gemeinde an ein Wort des Herrn beim Propheten Jesaja:

In Zukunft will ich an diesem Volk seltsam handeln,
so seltsam, wie es niemand erwartet.
Dann wird die Weisheit seiner Weisen vergehen und die
Klugheit seiner Klugen verschwinden.   Jes 29,14

Manche Schriftgelehrten, die das Leben der neuen Gemeinschaft beobachteten, waren im Zweifel, und wurden von Gedanken hin und her gezogen. Die Einmütigkeit und die Heilungen, die sie verwundert sahen, beeindruckten sie, doch sie konnten den Glauben nicht verstehen, daß der Messias schon gekommen sei. Während einige Jünger im Tempel zum Volk sprachen, griffen sie mit ihren Fragen ein: »Wie könnt ihr behaupten, der Gekreuzigte aus Nazaret sei der Christus, der Gesalbte des Herrn? Habt ihr noch nie in den Schriften gelesen, daß mit dem Kommen des Messias eine Zeit des Friedens anbricht?

Seine Herrschaft ist groß,
und der Friede hat kein Ende.
Auf dem Thron Davids herrscht er über sein Reich;
er festigt und stützt es durch Recht und Gerechtigkeit.
Jes 9,6

Wo ist heute diese Gerechtigkeit, von der der Prophet spricht? Wie kann ein gläubiger Jude behaupten, der Friedensfürst sei bereits gekommen, solange überall Ungerechtigkeit herrscht und Heiden im Land sitzen?« Die Pharisäer merkten, daß die Jünger unsicher wurden, und fuhren mit Eifer fort: »Überall breitet sich Böses aus. Von der Zeit des Messias sagt der Prophet aber:

Man tut nichts Böses mehr
und begeht kein Verbrechen;
denn das Land ist erfüllt von der Erkenntnis des Herrn.

Jes 11,9

Heute fehlt vielen im Volk das Wissen um das Gesetz, und das Land ist keineswegs voll der Erkenntnis des Herrn.« Die Schriftgelehrten schauten scheu um sich, ob keine Römer in der Nähe waren, dann wiesen sie zur Burg Antonia hinüber und setzten nochmals an: »Wenn die gesetzlosen Heiden sogar auf dem heiligen Tempelberg sitzen, dann kann doch die messianische Zeit noch nicht gekommen sein? Der Prophet Micha sagt:

Denn von Zion kommt die Weisung,
aus Jerusalem kommt das Wort des Herrn.
Er spricht Recht im Streit vieler Völker,
er weist mächtige Nationen zurecht.
Dann schmieden sie Pflugscharen aus ihren Schwertern
und Winzermesser aus ihren Lanzen.

Mi 4,2f.

Möge Gott geben, daß diese Zeit bald kommt, in der die mächtigen Nationen der Heiden zurechtgewiesen werden. Wer aber kann so vermessen sein zu behaupten, sie sei jetzt – in der traurigen Gegenwart – bereits da?«

Die Jünger waren bei dieser Rede der Schriftgelehrten, die ihrer tiefen Erregung freien Lauf ließen, immer unsicherer geworden. Sie entfernten sich, ohne eine Antwort zu geben, und trugen die große Frage den Aposteln und der ganzen Gemeinde vor. Einer begann: »Jesus ist in die Herrlichkeit des Vaters eingegangen, und dort herrscht er für immer in Friede und Gerechtigkeit.« Ein

Pharisäer, der gläubig geworden war, erwiderte: »Die Schrift sagt aber, daß in der messianischen Zeit das Land Korn in Fülle geben wird (Ps 72,16) und daß jeder in Frieden unter seinem Weinstock und unter seinem Feigenbaum sitzen darf (Mi 4,4). Damit ist doch ein Reich auf Erden gemeint. Jesus, unser Messias, wird gewiß bald vom Himmel her zurückkehren, um von Jerusalem aus mit Macht über alle Völker zu herrschen.« Thomas war vorsichtiger und meinte: »Hätte Israel auf die Botschaft unseres Meisters gehört und hätten wir mit vollem Herzen geglaubt, dann wäre das Reich des Friedens und der Gerechtigkeit bereits gekommen.« Petrus fügte hinzu: »Wenn das Volk jetzt an den Namen Jesu glaubt, wird ihm bald eine Zeit des Aufatmens und der Erquickung geschenkt werden.« Diesen Worten folgte ein langes Schweigen, bis eine Frau mit prophetischer Stimme rief: »Das Reich Gottes ist wie ein Samenkorn, das in die Erde gestreut wurde.« Johannes griff die prophetische Rede auf und deutete sie: »Die Wege Gottes sind anders als die Wege der Menschen. Sein Friede und seine Gerechtigkeit breiten sich nicht dadurch aus, daß die Gewalttäter und Gottlosen im Feuer vom Himmel vernichtet werden. Unser Meister ließ sich vom Bösen durchbohren, und er hat es durch seine Liebe verwandelt. Deshalb konnte die Zeit des Messias kommen, auch wenn Unfriede und Ungerechtigkeit in der Welt weiterherrschen. Das Reich Gottes ist wie ein Samenkorn, das in ein Erdreich mit viel Unkraut gesät wurde. Es durchsäuert langsam alles, und erst am Ende der Tage wird Gott den Weizen vom Unkraut scheiden.« Die Gemeinde wurde durch diese Worte gestärkt, und sie fand wieder den Frieden. Sie staunte über die geheimnisvollen Wege Gottes und dankte für die Erkenntnis, die ihr geschenkt wurde.

Die leibhafte Erinnerung

Die Zahl derer, die an Jesus glaubten, wuchs weiter. Als die Gemeinde beim Mahl versammelt war, sprach einer, der aus der griechischen Diaspora stammte, mit prophetischer Stimme:

»Wenn wir in Frieden und Gerechtigkeit leben, weilt Jesus, der Christus, bei uns. Er ist vom Himmel her bereits zurückgekehrt.« Diese Worte erregten alle, und ein neues Gefühl, die messianische Gemeinde zu sein, in der mitten unter friedlosen und kriegerischen Völkern der große Friedensfürst bereits herrschte, breitete sich aus. In die gesteigerte Erwartung erging nochmals ein prophetisches Wort: »Wir sind der Leib Jesu, der Leib des Christus«. Eine solche Botschaft hatten sie noch nie vernommen. Viele staunten, andere wurden unsicher. Hatte sich plötzlich ein trügerischer Geist eingeschlichen?

Die Apostel versammelten sich mit den Jüngern, die sich in der Schrift auskannten, um über die prophetischen Worte zu beraten. Die Botschaft vom Leib des Herrn erinnerte die Zwölf an das letzte Mahl mit ihrem Meister und an die Worte, die er über Brot und Wein gesprochen hatte. Sie mußten mit Überraschung feststellen, daß sie sich bis jetzt nie damit beschäftigt hatten. Er hatte sein Leben hingegeben und zugleich das Brot, das er ihnen zu essen gab, als seinen Leib bezeichnet. Sie suchten in der Schrift nach einem tieferen Verständnis, fanden aber nirgends eine Stelle, die ihnen größere Klarheit geben konnte. Wohl aber erinnerten sie sich, daß er ihnen nach seinem Tod öfters beim Mahl erschienen war. In eine beginnende Ratlosigkeit hinein sagte Andreas: »Denkt an das, was wir selber erfahren durften, wenn der Geist auf uns herabkam. Wir lobten und priesen Gott wie mit einer einzigen Zunge und einem einzigen Leib.« Nun fügte Petrus eifrig hinzu: »Ja, wenn wir heilen durften, war mir immer, als ob das Vertrauen der Kranken mit meinem Glauben an Jesus zu einem einzigen Glauben verschmelzen würde.« Diese Worte wirkten so tief auf alle Versammelten, daß sie mit einer einzigen Stimme und einem einzigen Leib Gott zu preisen begannen. Dann sagte Johannes: »Als er gefangengenommen wurde, sind wir geflohen, er aber hat uns nicht verlassen. Er hat uns mit sich getragen.« Maria, die Mutter Jesu, war beim Gespräch der Apostel und Jünger dabei. Meistens schwieg sie, doch diesmal fügte sie den Worten des Johannes hinzu: »Was ihm begegnete, hat er stets mit seinem Herzen verwandelt. Sein Leib wurde von feindlichen Händen durchbohrt; doch er hat ihn zu einer Speise für uns und für viele gemacht.« Diesen kurzen Worten folgte ein langes Schweigen. Sie hatte den Leib, von dem sie sprach, in ihrem Leib getragen, und sie hatte ihren Sohn bis ans Kreuz begleitet. Die Stille wurde erst durchbrochen, als Maria von Magdala plötzlich rief: »Wenn das Brot des Segens sein Leib ist, dann dürfen wir ihn selber mit Mund und Herz empfangen.« Niemand unter ihnen hatte bisher so leibhaftig gedacht. Die Apostel und Jünger beschlossen aber, künftig beim täglichen Mahl stets des letzten Mahles Jesu zu gedenken.

Sünde in der Gemeinde und Umkehrung des Bösen

Von jenen, die Güter besaßen, verkauften einige alles, um den Erlös der Gemeinde zu geben. Ein Mann namens Hananias machte es den andern nach und verkaufte ebenfalls ein Grundstück. Dabei tat er so, als ob er die ganze Summe, die er eingenommen hatte, den Aposteln zu Füßen legen würde. Mit Wissen seiner Frau behielt er aber einen Teil des Geldes für sich zurück. Petrus durchschaute ihn und fragte: »Warum hast du nicht in Freiheit gehandelt und nur die andern nachgeahmt? Du hättest deinen Acker behalten oder mit deinem Erlös machen können, was du willst. Doch du hast dem Satan Platz in deinem Herzen geschenkt und willst den Heiligen Geist und die Gemeinde belügen.« Wie Petrus diese Worte sprach, fuhr dem Hananias ein tödlicher Schreck in die Glieder. Er fiel zu Boden und starb sogleich. Junge Männer trugen ihn hinaus, um ihn zu begraben. Nach einiger Zeit kam seine Frau, die noch nicht wußte, was geschehen war. Petrus fragte sie, um welchen Preis sie das Grundstück verkauft hätten. Die Frau folgte der Lüge ihres Mannes. Da sagte Petrus: »Warum habt ihr gemeinsam beschlossen, den Heiligen Geist auf die Probe zu stellen? Horch, die Füße jener, die deinen Mann begraben haben, kehren bereits zurück.« Da fiel auch sie vor Schrecken tot zu Boden, und die jungen Männer begruben sie neben ihrem Mann.

Eine tiefe Erschütterung und ein Schrecken trafen die ganze Gemeinde. Sie hatte sich im Bild der messianischen Zeit gesehen und mußte nun feststellen, daß die Sünde auch in ihr am Werk war. Manche wollten sich mit dem Gedanken helfen, die beiden Übeltäter seien unverhofft gestorben und von Gott selber aus der Gemeinde ausgemerzt worden. Doch andere widersprachen: »Warum soll Gott bei uns die Sünder mit Gewalt vernichten, wenn er es in Israel und in der Welt nicht tut?« Durch die Ereignisse aufgeschreckt sahen sie plötzlich an vielen anderen Orten in der Gemeinde die Sünde. Es gab Spannungen unter ihnen. Jene, die aus der griechischen Diaspora kamen, mißtrauten beim Verteilen des Essens den Gläubigen aus Jerusalem. Manche Streitigkeiten entstanden wegen der Beobachtung des Gesetzes. Einige, die sich ihnen voll Eifer angeschlossen hatten, waren bald wieder lau geworden und blieben ohne ersichtlichen Grund den täglichen Versammlungen fern.

Durch die Ernüchterung fiel bei manchen Frost auf ihre noch jungen und blühenden Hoffnungen. Die Apostel trugen die Sorgen aller und versuchten sie zu stärken. Sie erinnerten sich, mit welchem Kleinmut sie selber ihrem Meister in Galiläa gefolgt waren und wie sie ihn in Jerusalem sogar verraten hatten. Sie lehrten: »Das Unkraut wächst mitten unter dem Weizen. Die messianische Gemeinde muß in einer Welt des Unfriedens und der Sünde leben, und diese dunklen Kräfte wirken auch in sie hinein.«

Einigen jungen Männern und Frauen, die noch voll ungebrochenen Eifers waren, behagte diese Lehre nicht. Sie meinten: »Wir sind die messianische Gemeinde, die Heiligen des Höchsten (Dan 7,18). Jesus hat nicht geheiratet. Wir sollten ihm darin folgen, dann werden wir eine Gemeinschaft von ganz Reinen sein. Er wird bald vom Himmel her zu uns zurückkehren, und wir werden mit ihm wie Engel leben und in seinem Königreich herrschen.« Diese Worte beunruhigten die Apostel tief. Sie spürten den heiligen Eifer der jungen Leute, aber auch die geheime Versuchung, sich im Stolz zu erheben. Petrus antwortete in einer Demut, die alle berührte: »Wem es gegeben ist, der folge in allem unserem Meister. Aber es ist nicht allen gegeben. Er war öfters in meinem Haus, hat meine Frau und Kinder gesehen und mich deswegen nie getadelt.« Ein Pharisäer, der sich ihnen angeschlossen hatte, fügte nach einer Weile hinzu: »Auch die Schrift preist im Hohenlied die Liebe zwischen Mann und Frau.« Einer der Eiferer wandte ein: »Das ist doch nur ein Bild für die Liebe zwischen Gott und seinem Volk.« Der Pharisäer fragte aber in Bescheidenheit zurück: »Was lehrt Salomo?

Freu dich der Frau deiner Jugendtage,
der lieblichen Gazelle, der anmutigen Gemse!
Ihre Liebkosung mache dich immerfort trunken,
an ihrer Liebe berausch dich immer wieder!«

Spr 5,18f.

Die jugendlichen Eiferer schwiegen verlegen, denn diese Worte der Schrift hatten sie nie beachtet. Dennoch blieben sie bei ihrer Frage: »Wie können wir das Volk des Messias und die Heiligen des Allerhöchsten sein, wenn wir nicht ganz rein sind?« Thomas gab zu Bedenken: »Als wir mit unserem Meister zusammen waren, schritt er uns immer voraus, und er ging allein in den Tod, während wir ihn verlassen haben. Auch jetzt geht er durch den Geist, den er uns geschenkt hat, der Gemeinde voraus. Wir sind nicht durch unsere Taten rein, sondern durch ihn und seinen Geist.« Die Eiferer fragten: »Macht sein Geist nicht auch uns heilig?« Ein Schriftgelehrter, der zum Glauben an Jesus gekommen war, mischte sich mit einer Gegenfrage ins Gespräch: »Gott hat das Volk Israel erwählt und reingewaschen, trotzdem ist es zur Dirne geworden (Ez 16). Müßen wir unsere Gemeinde nicht im Licht dessen sehen, was dem ganzen Volk zugestoßen ist?« Die Eiferer insistierten: »Aber Jesus hat doch das neue Kommen unseres Gottes verkündet, und er wollte das Volk von allem Bösen befreien, das früher auf ihm lag. Ja, Israel war bis zu seinen Tagen eine Dirne, und deshalb hat es ihn auch verworfen und getötet. Aber wir gehören doch nicht mehr zu diesem abtrünnigen und ehebrecherischen Volk.« Nun meldete sich Petrus und versuchte mit stockenden Worten zu erklären, was er selber nur schwer fassen konnte: »Ja, unser Meister wollte Israel von allem Bösen befreien. Wir sind ihm gefolgt, und auch wir hofften auf eine große Befreiung. Dennoch haben wir vieles nicht verstanden. Einmal hat er mich sogar als Versucher von sich gewiesen. Wie geheimnisvoll muß das Böse sein? Wie sehr kann es sich mit dem Guten vermengen? Ich war voll guten Willens und wollte ihm helfen, er aber hat mich als Satan angefahren. Nie werde ich diese Stunde vergessen.« Diese Worte lösten eine tiefe Betroffenheit aus, denn der Schmerz des Petrus war neu wach geworden und erreichte die anderen. Sie spürten plötzlich, wie das Böse sich auch bei ihnen einschleichen konnte. Manche gerieten in Verwirrung, und alles begann für sie zu wanken. Sie waren zum Glauben an Jesus gekommen, weil sie in ihm den Messias und den Sieger über das Böse sahen. Und jetzt? Einer sprach seine Not aus: »Wie können wir an den Messias glauben, wenn nicht nur in der Welt, sondern auch bei uns Gut und Böse ineinander vermengt bleiben?« In ein Schweigen voll Ratlosigkeit sprach Johannes: »Als wir mit unserem Meister von Galiläa nach Jerusalem zogen, meinte ich, Gott müsse mit Feuer vom Himmel alle Bösen vernichten. Doch wie täuschte ich mich über mich selber! Wie untreu wurde ich unserem Meister! Hätte Gott alle Bösen vernichtet, hätte er dann nicht auch mich verbrennen müssen?« Die Ehrlichkeit dieser Worte ließ alle innerlich erzittern, sie steigerte aber auch die Ratlosigkeit vieler. Doch nach einer Weile fuhr Johannes fort: »Durch mein eigenes Versagen habe ich gelernt, daß Gottes Wege anders sind als unsere menschlichen Pläne. Jesus wurde von Tag zu Tag und von Stunde zu Stunde von seinem Vater geführt. Er konnte genau das Böse vom Guten scheiden, wir aber sind im Dunkeln getappt.« Einer aus der Gemeinde fragte dazwischen: »Müssen wir immer noch im Dunkeln tappen? Wir haben doch seinen Geist empfangen?« Bevor einer der Apostel oder Jünger eine Antwort gab, begann eine Frau in Zungen zu reden und sprach ein Wort aus der Schrift in die Gemeinde hinein:

»Der Herr sagte zu Hosea: Geh, nimm dir eine Dirne zur Frau.«   Hos 1,2

Die meisten empfanden dieses Wort des Propheten Hosea als Störung und wollten darüber hinweggehen. Johannes aber griff die Gabe der Frau an die Gemeinde auf und sprach: »Als unser Meister gefangengenommen wurde, waren wir untreu wie Dirnen und liefen ihm davon. Er aber hat uns in seinem Leiden getragen, wie ein Hirt ein verlorenes Schaf trägt. Ist er mit uns Treulosen nicht ebenso einen Bund eingegangen, wie der Prophet Hosea im Auftrag Gottes eine Dirne zur Frau genommen hat?« Andreas griff die offene Frage auf und führte sie weiter: »Beim letzten Mahl hat er uns seinen eigenen Leib zu essen gegeben. In der Speise wird er ganz mit uns eins. Wie innig und tief muß der Bund sein, den er in diesem Zeichen mit uns und den vielen geschlossen hat?«

Die Unruhe und Ratlosigkeit war wieder von der Gemeinde gewichen. Die Sorgen wegen der eigenen Fehler und Sünden traten zurück, und alle gewannen ein neues Vertrauen zu Jesus. Sie glaubten an ihn als den Herrn und den Bräutigam ihrer Gemeinschaft. Mit neuen Ohren hörten sie, was Gott durch den Propheten Jeremia zu seinem Volk gesprochen hatte:

Mit ewiger Liebe habe ich dich geliebt,
darum habe ich dir so lange die Treue bewahrt.
Ich baue dich wieder auf,
du sollst neu gebaut werden, Jungfrau Israel.
Du sollst dich wieder schmücken mit deinen Pauken,
Du sollst ausziehen im Reigen der Fröhlichen.

Jer 31,3f.

Die ewige Liebe und Treue Gottes war ihnen auf Erden in der Liebe Jesu begegnet, der sich für Israel und die vielen Völker hingegeben hatte. Auch die Eiferer begannen zu verstehen: Nicht durch ihre eigene Reinheit wurden sie zur messianischen Gemeinde; das reinigende Wasser des Geistes wusch ihre Sünden ab (Ez 36,25f.), und der Bräutigam schenkte seiner Braut Schmuck und Freude. Sie lebten aus ihm und in seinem Leib.

Aus der Taube, die sich leicht betören ließ (Hos 7,11), wurde eine Taube mit silbernen Schwingen (Ps 68,14), die Einzige, die Makellose (Hld 6,9). Das Netz, das über Israel geworfen wurde, als es in untreuer Begierde nach Ägypten lief (Hos 7,12), verwandelte sich in ein Netz für den großen Fang, und die Taten, die anklagend die Gemeinde umringten (Hos 7,2), begannen die Güte jenes Gottes zu preisen, dessen Herz den Zorn in Mitleid umkehrt (Hos 11,9). Die Gemeinde säte unter Verfolgung, und sie erntete in Frieden (Hos 8,7).

Petrus versammelte alle, die an den Herrn Jesus glaubten, und erinnerte sie nochmals an ihre Ratlosigkeit: »Auch wir wandern im Dunkeln, in der Hoffnung und noch nicht im Schauen, aber jedem von uns wird ein Licht geschenkt. Tragen wir alle Lichter zusammen, dann leuchtet uns Klarheit auf. Aus allen Gaben zusammen erwächst der Name des Herrn. Er ist der Schlüssel zum Himmelreich.« Jemand fragte zaghaft: »Und Hananias und seine Frau? Hat der Satan sie geholt?« Die Worte rührten an eine Wunde. Lange kam keine Antwort, bis eine noch dunklere Frage auftauchte, über die bisher alle geschwiegen hatten: »Was ist mit Judas geschehen? Ist auch er dem Satan verfallen?« Nun griff Johannes ein: »Unser Meister hat der Sünde ein hartes Gericht angesagt; aber er selber wurde vor ein Gericht gestellt.« Ein Ratsherr, der damals selber dabei war und sich inzwischen der Gemeinde angeschlossen hatte, fügte hinzu: »Wir hatten ihn als Gotteslästerer verurteilt.« Frauen sagten: »Wir hörten, wie er am Kreuz einen Schrei der Gottverlassenheit ausstieß.« Johannes schloß: »Er hat selber das Geschick derer geteilt, die zum Fluch wurden, und er ist den Verlorenen bis in die äußerste Nacht nachgegangen.«

Ins Staunen der ganzen Gemeinde hinein fielen Worte des Johannes: »Gott vernichtet die Frevler und Gottlosen nicht mit Feuer und Schwert vom Himmel her. Er kehrt das Böse um, wie wir selber erfahren durften, und verwandelt es in Liebe.«

Zur Methode

Nach einer Grundüberzeugung der historisch-kritischen Exegese ist eine systematische Erarbeitung und Darstellung der Psychologie Jesu unmöglich. Damit ist jedoch die Frage nach seiner Erfahrung nicht erledigt, denn das historisch-kritische Urteil, was man dem vorösterlichen Jesus zuschreiben will, hängt stark vom Gesamtbild ab, das man sich von seiner Gotteserfahrung und seinem Wirken macht. Ferner betont gerade die historisch-kritische Exegese die zentrale Rolle der Nachfoge. Wie aber könnte man Jesus nachfolgen, wenn man sich nicht in einigen wesentlichen Punkten ein zusammenhängendes Bild von seinem Glaubensweg machen könnte?

Ein gewisser Ausweg aus dem Dilemma, daß eine Nachzeichnung des Glaubenswegs Jesu einerseits unmöglich und anderseits innerhalb bestimmter Grenzen dennoch gefordert ist, bietet ein Grundprinzip der großen theologischen Tradition, gemäß der in Christus sich das ganze Alte Testament erfüllt hat. Von dieser Voraussetzung her muß es grundsätzlich legitim sein, die Erfahrung, die Verkündigung und das Geschick Jesu ganz auf dem Hintergrund alttestamentlicher Glaubenserfahrungen und in Konfrontation mit ihnen zu zeichnen. Auch wenn die Frage nicht zu beantworten ist, wie die persönliche Auseinandersetzung Jesu mit der ihm vorausgehenden Heilsgeschichte im einzelnen genau verlaufen ist, ist es dennoch berechtigt und notwendig, sich vom Glaubensweg Jesu ein solches Bild zu machen, das einerseits möglichst viel der ihm vorausgehenden Erfahrung Israels und anderseits das Neue in ihm zur Sprache bringt.

Die Prinzipien für das Festlegen der Kontinuität und Diskontinuität zwischen Altem und Neuem Testament und für die dramatische Deutung der Sendung Jesu habe ich in früheren Veröffentlichungen systematisch zu erarbeiten versucht (Brauchen wir einen Sündenbock? Gewalt und Erlösung in den biblischen Schriften [Kösel Verlag, München 1978]; Der wunderbare Tausch. Zur Geschichte und Deutung der Erlösungslehre [Kösel Verlag, München 1986]; Jesus im Heilsdrama. Entwurf einer biblischen Erlösungslehre [Tyrolia Verlag, Innsbruck 1990]).

Bezüglich der grundsätzlichen Möglichkeit einer echten geschichtlichen Glaubenserfahrung Jesu folge ich im wesentlichen der Theologie von H. Urs v. Balthasar. Er sieht in der *Sendung* Jesu das Maß seines Wissens und seiner Freiheit (Theodramatik 2/2, 149-185), und er nimmt an, daß diese Sendung für Jesus nicht »wie vorfabriziert« bereitlag, sondern daß er sie – wie bereits im Motto angedeutet – »mit seiner ganzen freien Verantwortung aus sich selbst heraus gestalten, ja in einer wahren Hinsicht sogar erfinden« mußte (ebd. 182).

KÖSEL

Raymund Schwager

Der wunderbare Tausch

Zur Geschichte und Deutung
der Erlösungslehre
327 Seiten. Kartoniert

Die Erlösungslehre gehört zum Zentrum der christlichen Botschaft. Ihre Deutung ist heute sehr umstritten. Viele Jahrhunderte lang wurde in Predigt und Andachtstexten die Auffassung vertreten, Gott könne nur durch das Opfer seines Sohnes versöhnt werden. Wie läßt sich eine solche Vorstellung mit der Botschaft Jesu vom barmherzigen Vater vereinbaren?

In zehn Studien befragt der Verfasser große Autoren der Theologiegeschichte (von Augustinus über Luther bis hin zu Karl Barth u.v.a.), wie sie den Kreuzestod Chrsti deuten. Dabei geht es nicht um bloße Historie, sondern um einen Dialog zwischen damaliger und heutiger Fragestellung.

Traditionelle Motive treten so in ein neues Licht und ordnen sich zu einem dramatischen Verständnis des Todes Christi:
In einem wunderbaren Tausch bietet er dem Vater gegen die Lüge, die Gewalt und den satanischen Hochmut der Menschen seine gewaltfreie Feindesliebe als Versöhnungsgabe an.

KÖSEL

Wolfgang Feneberg

Jesus –
Der nahe Unbekannte

139 Seiten. Kartoniert

Wie leicht vergessen die Christen, daß »ihr«
Jesus ein Jude, ein Fremder, war. Feneberg
zeigt, wie ein Zugang zu Jesus nicht auf dem Weg
unserer religiösen Gewohnheiten, sondern in der
Entdeckung der Fremdheit Jesu möglich wird: Die
unserer Zeit entfremdete Gestalt Jesu wird uns wieder näher gebracht.

Der Leser wird bei der Lektüre allmählich in die
eigene Lebensgeschichte hineingezogen und
mit eigenen Entscheidungen beziehungsweise mit
deren Mangel konfrontiert. Die Haltungen Jesu fordern unsere Entscheidungen in den wichtigsten
Dingen des Lebens heraus.

Ein Buch, das sich an jeden wendet, der sich für
die Person Jesu interessiert.